"목숨은 소중히!"

"영웅 따윈 목표가 아니다!"

"하루카 님의 말은 절대적!"

"──아니, 잠깐만!"

"──아니, 잠깐만!"

하루카
이세계에서도 현실적인
소꿉친구'S의 두뇌 담당.
회복도 가능한
후위 타입

토야
동물 귀 아내를 얻기
위해 수인이 된 남자.
검술이 특기인 전위 타입

나오
자연스럽게 중심에 서고
결과도 남기는 우등생.
창술과 마법을 다루는
중위 타입

돌 위에서 데운 빵을 손에 들고
살짝 찢은 다음 고기를 끼워 그대로 베어 물었다.
바삭한 빵의 표면과 폭신한 안쪽,
그곳에 스며든 진한 풍미의 고기 기름. 일품이었다.
소금으로만 간을 했는데 그래도 맛있었다.
"이 고기, 팔기는 아깝지 않아?
적어도 같은 가격으로 팔면 너무 싸!"
"동감. 하지만 보존할 수는 없으니까."
"그렇겠지……."

C O N T E N T S

ISEKAITENI
JIRAITUKI

이츠키 미즈호 지음
Illustration 네코 네코
손종근 옮김

이세계 전이, 지리 포함.

[이세계 전이, 지리 포함.]

프롤로그

"여! 나, 사신(邪神)! 하지만 나쁜 사신 아니야!"

──허?

그때의 내 심경을 표현하라면 그 한마디로 충분하겠지.
내 눈앞에 으스대며 서 있는 것은 초등학교 저학년 정도의 소년.
그리고 캄캄한 가운데 떠 있는, 무수한 도깨비불──도깨비불!
"핫핫핫, 다들 혼란스럽구나. 무리도 아니지, 무리도 아니야.
인간인걸! 아, 이제는 아닌가!"
그러더니 또다시 폭소하는 소년.
아니, 재미없거든!
이쪽은 완전 혼란에 빠졌으니까!
"그런 너희를 위해서 설명 슬라이드를 준비했어! 여길 주목!"
그러면서 소년이 가리킨 방향을 보자, 하얗게 떠오르는 화면이.
오, 준비 괜찮네.
우선 첫 페이지.
하얀 바탕에 검은 글자가 표시되었다.

— 수학여행을 간다 —

응. 그랬다.

분명히 우리 학교는 한창 수학여행 중――이라고 할까, 공항으로 가는 버스에 타고 있었을 터.

음음, 그리 납득한 참에 팔락팔락, 슬라이드가 전환되었다.

― 버스가 사고를 당한다 ―
― 학급 전원 사망 ―
―BAD END―

네 문장뿐이냐!

게다가 글자밖에 없잖아―!

아마도 이곳에 있는 도깨비불들――아무래도 우리 반 학생들――의 마음은 이 순간 하나가 되었을 테지.

―― 웃 · 기 · 지 · 마 · 라! ――

"자! 내가 생각해도 참 알기 쉬웠지요! ――어? 좀 더 자세하게? 동영상으로 보여 달라? 아니아니, 안 되지 안 돼. 그건 19금이니까. 심의에 걸린다고. 게다가 모자이크만 가득하면 그렇잖아?"

심의도 있냐!

어, 아니, 그게 아니라 19금에 모자이크가 필요하다는 건 상당히 지독하게 죽었다는 이야기겠지.

전원 사망했으니까⋯⋯.

평범한 교통사고라면 어지간해서는 그렇게 되지 않을 테니까.

"응? 죽었을 때가 기억이 안 나? 응, 그런 부분은 잊어버리도록 했으니까. 아프고 괴로웠던 일은 필요 없잖아? ──기억한다면 이야기도 못 할 테니까."

어──, 응……, 타죽었다든지 했다면 그럴지도.

하지만 이 사람(?) 사신이지?

어쩐지 목소리도 들리지 않는데 대답하는 것 같네.

"내가 어째서 사신이라 불리느냐? 응, 신기하지. 나는 내킬 때에 죽은 사람들한테 새로운 캐리어 패스를 마련해줄 뿐인데, 뭔가 마음에 안 드나봐."

캐리어 패스……?

"그래, 젊은 나이에 죽은 사람 따위를 다른 세계로 전이시킨다든지 말이야. 아, 선생님이나 운전기사는 이제 나이가 나이니까 윤회 쪽으로 되돌렸어. 그러니까 여기에 있는 건 학생뿐이야."

그 말에 주위를 둘러보고(?) 도깨비불을 세어보니 서른둘.

우리 반은 남녀 각 열여섯 명씩이니까 확실히 학생 숫자밖에 없었다.

그렇다면 이 안에 내 소꿉친구인 하루카와 토모야도 있겠지.

전혀 구분은 안 되지만.

"자! 지금 사 분의 일 정도 사람이 생각한 '학급 전원 이세계 전이'라는 녀석입니다! 전이할 곳은 스테이터스가 있고 레벨이 올라간다든지 그런 게임 같은 세계입니다! 잘됐네!"

가벼워! 분위기가 가벼워, 사신!

그보다도 그런 식이라면 사신으로 취급되어도 어쩔 수 없잖아!

그리고 이 학급에 의외로 라이트노벨 좋아하는 사람이 많아서 놀랐어!

나도 좋아하지만!

"환생이 아니니까 나이는 그대로. 소환이 아니니까 억지로 어려운 일과 맞닥뜨리지도, 갑자기 노예가 되지도 않습니다! 잘됐네!"

그래. 있지, 있어.

멋대로 소환해서는 『당신은 용사입니다』 같은 소릴 하고 사람을 죽이게 만드는 이야기.

한쪽의 명분만 듣고 전쟁에 가담한다니, 대체 무슨 생각이지?

뭐, 살아남기 위해서 어쩔 수 없다, 그런 타입도 있겠지만.

"여성향 게임의 세계가 나왔나? 으─응, 그건 무리! 게임이 아니니까 시나리오 같은 것도 없습니다! 자신의 매력으로 열심히 해! 원래 있던 세계와 같은 정도의 난이도로 실현 가능해! 잘됐네!"

아니, 무리거든.

원래 있던 세계와 같은 난이도라면 절대적으로 무리니까.

적어도 우리 반 여자들 가운데 절세의 미녀라든지 그래서 미형의 남자를 마음대로 농락한다든지, 기대해봤자 공허할 뿐이니까.

"하렘? 그것도 조금 전이랑 똑같아! 매력과 돈이 있다면 가능해!"

예, 말할 필요도 없이 남자도 마찬가지네요.

"치트는 있냐고? 그런 건 없습니다! 내 변덕으로 전이되는 것뿐이니까! 아, 크게 서비스해서 대화랑 읽고 쓰는 건 가능하게 해둘게!

──슬슬 질문은 충분하려나? 그럼 전이 준비를 시작할까!"

소년이 그리 말하고 가볍게 손을 휘두르자 눈앞에 무언가 윈도 같은 것이 표시되었다.

가장 위에 150포인트라 적혀 있고, 그 밑으로 종족과 스킬이 나열되어 있고, 각각 필요한 포인트가 적혀 있었다.

"완전히 다른 세계니까 역시나 그대로 전이하면 적응 못 하겠지. 서비스로 조금만 편집할 수 있도록 했어. 가장 위에 있는 게 사용할 수 있는 포인트. 이건 모두 거의 똑같아. 죽기 전의 스펙이나 행동으로 조금은 다르지만, 그건 몸을 단련했다든지 공부를 열심히 했다든지, 그런 차이야. 노력은 너를 배신하지 않는다, 좋은 말이지!"

흠. 150은 많은 건지, 적은 건지…… 서로 이야기를 할 수도 없으니 알 수가 없네.

내 학교 성적은 나쁘지 않았다.

운동도 서툴지는 않았지만…… 사신의 평가로는 어떨지?

우리 반 안에서의 위치는 제쳐놓고, 저쪽 세계의 일반인 평균보다는 많다면 좋겠다.

절대로 사회적 안전망 같은 건 기대 못 할 테고 그 세계에서 살아온 경험도 없으니까.

"흠. 일단 가장 적은 사람도 저쪽 세계의 평균보다는 위니까 열심히 노력하면 어떻게든 될 거야!"

열심히 노력하면, 말인가.

치트는 없다고 그러니까 편하게 생활하기는 무리일 것 같네.

그것을 염두에 두고 스킬을 선택해야겠지.

"여기에 없는 스킬을 원해? 그러네, 그럼 원하는 걸 언급해봐. 문제없다면 추가할 테니까.

——스킬 강탈? 음—, 뭐, 괜찮아.

——스킬 복사? 오케이.

——취득 경험치 두 배? 그럼 하는 김에 네 배랑 열 배도 추가하자!

——미백? 어, 그런 걸 원해? 상관없지만.

——영웅의 자질? 되고 싶어? 영웅?"

아니, 어쩐지 다들 제멋대로 이야기하잖아?

내가 견실하게 해야겠다고 생각한 참이었는데.

자칭 사신 소년은 기본적으로 어느 의견이든 기각하지 않고 윈도에 새로운 스킬을 추가시켰다.

유리하게 보이는 것은 필요 포인트가 많고 그렇지 않은 것은 적다.

일단 밸런스를 잡고 있는 모양이지만…….

"아, 일단 말해두자면 소유 포인트가 부족한 스킬은 표시 안 되니까. 희망했는데 추가되지 않은 경우에는 그렇게 생각해!"

지금 소년이 입에 담은 것들은 추가된 모양이지만…… 150포인트 이상 필요한 스킬도 있을지 모른다.

나한테 필요해 보이는 건…… 이 윈도의 도움말인가?

스킬 설명이 간결하고 부족하단 말이지.

"아, 이런 데 익숙하지 않은 사람도 있구나. 게임을 안 하는 여자아이라든지. 도움말로 추가할게."

아, 추가됐다. 필요 포인트는 20——어? 포인트가 있어? 그것도 꽤 많지 않나?

지금밖에 못 쓰는 거지, 이거?

"자, 슬슬 다 나왔겠지? 그러면 고르고 있어봐. 한 시간 정도 있다가 마감할 테니까. 치트는 없으니까 어떤 스킬로 할지 잘 생각하고 골라야 돼!"

소년이 요청을 받으면 그대로 추가한 결과, 내 윈도에 표시된 스킬의 숫자는 처음의 두 배 이상으로 늘어났다.

어쩐지 보기에는 터무니없는 게 많은데…… 치트는 없다는 거지?

하지만 얻으면 치트가 될 것 같은 스킬은 있는데?

보아하니 스킬 복사 같은 건 100포인트가 필요해서 대부분의 포인트가 소비된다지만.

괜찮을까……?

자, 우선은 어떻게 할까.

신경 쓰이는 건【도움말】.

『각종 조언이나 상세한 설명이 표시된다. 한번 체크하면 취소할 수 없다』라고 적혀 있다.

특성을 생각하면 취소할 수 없는 것도 어쩔 수 없나.

설명이나 조언을 받은 뒤에 취소하고 다시 한다면 의미 없으니까.

이건 찍어야 할까? ……아니, 생각할 필요도 없다.

20포인트는 상당히 크지만 전이할 세계에 대한 설명이 없는 만큼, 조언 없이 캐릭터를 만들다가 지뢰 캐릭터가 되어버리면 대참사다.

박해당하는 종족이나 특징, 스킬 따위가 있다면 엄청난 일이 벌어질 테니까.

상식부터가 다를 테니까『차별이다!』라고 해봐야 아무도 도와주지 않겠지.

필요 경비이자 보험이다, 스스로를 그리 타이르고 과감하게 체크했다.

──아, 표시가 바뀌었다.

포인트가 부족해진 스킬 몇 개가 사라지고, 스킬을 설명하는 문장이 추가되었다.

『각종 조언이나 상세한 설명이 표시된다. 한 번 체크하면 취소할 수 없다. (전이 후에도 약간의 설명이나 조언을 받을 수 있다.)』

괄호 안에 새로이 표시된 설명문.

오오, 전이된 뒤에도 쓸 수 있다면 편리할 테니까 의외로 이득일지도?

좋아, 다음은 종족이네. 포인트가 필요 없는 것은 '인간족'.

『평균적인 능력을 가진 종족 (마법 소질이 없으면 마법을 쓸 수 없다.)』

　조금 동경하게 되는 것이 '엘프'. 필요 포인트는 20.

『마법이 특기이고 평균적으로 인간의 두 배 정도 수명을 가진다. (소질 없이도 마법을 익힐 수 있지만 비교적 체력이 떨어진다.)』

　중2병을 자극하는 것은 '뱀파이어 하프'. 필요 포인트는 50.

『강인한 육체와 회복력, 마법 소질을 가진다. 혼혈이라 햇빛에 내성도 있다. (뱀파이어보다 흡혈 충동이 강해서 하루에 400cc 이상의 인간 혈액이 필요. 대부분은 충동을 참지 못하고 대상이 죽을 때까지 흡혈하고 만다. 그 특성 때문에, 발견되면 토벌 대상으로 취급된다.)』

　아, 이건 안 되지.
　지뢰 종족이다.
　도움말을 선택한 나, 굿 잡!
　한 번 슥 살펴보니 조금 특수한 종족은 대부분 추가 설명에 약점이 적혀 있었다. 처음 설명만 읽으면 유리하게 보이는 만큼 상당히 위험했다.
　역시 20포인트.
　하지만 중요한 정보를 감추다니, 역시나 사신이라 그런지 아니면 다른 이유가 또 있는 건지…….

그밖에 문제가 없어 보이는 종족은…… '드워프'는 선택한 시점에서 체형이 둥글넓적하고 수염이 덥수룩, '하플링'은 신장이 120센티미터 이하가 되나.

게임이라면 괜찮겠지만 현실에서는 사양하고 싶으려나.

동물 귀도 좋아하지만 내가 가져봐야 기쁘지 않다. 나는 동물을 사랑해주고 싶은 타입이다.

……좋아, 역시 '엘프'로 하자.

이것으로 남은 것은 110포인트.

다음은 스킬이네. 이것저것 추가되었는데…….

【스킬 강탈 (필요 포인트 80)】

　　　대상이 가진 스킬을 레벨 그대로 전부 빼앗는다.

　　　빼앗고 싶은 스킬을 지정할 필요는 없다.

　　　빼앗은 스킬은 자신이 죽은 시점에서 반환된다.

　　　(수명의 4%×빼앗은 스킬의 레벨 합계를 대상에게 양도한다. 레벨이 없는 스킬은 레벨 5로 간주한다.)

보기에는 치트 같은 이 스킬, 단점이 너무 지독하다.

아니, 타인이 시간을 들여서 성장시킨 것을 빼앗는 거니까, 그 시간을 넘겨준다는 건 어떤 의미로 공평한가?

【스킬 복사 (필요 포인트 100)】

　　상대의 스킬에는 영향을 주지 않고 복사할 수 있다.

　　다만 복사 대상의 스킬명과 레벨을 확인하고 지정해야
만 한다.

　　(복사한 스킬은 레벨 1이 되고 봉인 상태가 된다. 복사된
사람에게 스킬 기초를 배우면 해제된다. 레벨이 없는 스
킬은 복사할 수 없다.)

　이쪽은 복사당하는 쪽에 불리한 게 없어서 그런지 페널티도 제
한적이네.

　제대로 상대의 허락을 얻어서 복사하면 레벨 1로 쓸 수 있게 되
니까 상당히 괜찮을지도?

【취득 경험치 두 배 (필요 포인트 50)】

　　전투나 훈련, 수행에 따라 얻을 수 있는 경험치가 두 배
가 된다.

　　(숙달에 필요한 경험치가 통상의 열 배가 된다.)

【취득 경험치 열 배 (필요 포인트 120)】

전투나 훈련, 수행에 따라 얻을 수 있는 경험치가 열 배
가 된다.
(숙달에 필요한 경험치가 통상의 열 배가 된다.)

【영웅의 자질 (필요 포인트 80)】
훈련과 노력 여하에 따라 영웅이 될 수 있는 소질을 가
진다.
(트러블에 쉽게 휘말려들게 되어 항상 목숨의 위기가 뒤
따른다.)

【마법 소질, 모든 속성 (필요 포인트 80)】
모든 종족의 마법을 습득할 수 있는 소질.
(모든 마법의 숙달 난이도가 몇 배나 상승한다.)

【마력, 극대 (필요 포인트 80)】
막대한 마력이 몸에 깃든다.
(체력이나 내구도가 극단적으로 낮아진다. 또한 마력 조
작이 무척 힘들어진다.)

【매료 (필요 포인트 50)】
이성을 강하게 끌어당기고 매료시킨다. 외모는 변하지
않는다.
(매료한 상대는 강한 독점욕을 발휘하여 자신만의 것으

로 만들려고 한다. 매료할 대상을 선택할 수는 없다.)

【굉장히 매력적인 외모 (필요 포인트 30)】
　　완벽한 조형의 외모가 된다. 이성은 물론 동성조차도 그
　　외모에 매료된다.
　　(동성애자에게는 편리할지도 모른다. 다만 미형 엘프족
　　은 위험해지기에 전혀 추천할 수 없다.)

─────────────────────────────

──으엑! 이쪽은 거의 지뢰잖아! 역시 사신!

아니, 확실히 치트는 없다고 그래놓고서 엄청 간단하게 추가하
는구나 싶었지만!

이거, 도움말을 찍지 않았다면 『완전 무적이네!』라고 생각하는
녀석들, 전원 사망 아냐?

어─, 하지만 정말로 죽어버릴 지경인 것은 【스킬 강탈】로 생각
없이 빼앗는 녀석뿐인가.

합계 레벨 25면 즉시 사망이니까.

그밖에는 힘겹기는 해도 그 자리에서 죽지는 않는다.

취득 경험치 증가 계열은 손해만 볼 것 같지만, 포인트를 소모
하는 이상은 내가 모르는 장점이 있을지도 모른다.

원래부터 있는 스킬 쪽은…….

─────────────────────────────

【완강 (필요 포인트 10)】

　　신체가 튼튼해진다.

　　(부상을 잘 당하지 않고 병에도 강해진다. 이세계니까 원래 있던 세계와는 다른 병원균이 있을 가능성도?)

【마법 소질, 불 속성 (필요 포인트 10)】

　　불 속성 마법을 습득할 수 있다.

　　(인간족은 이것이 없으면 습득 불가. 엘프족 등은 없어도 가능하지만 있으면 더욱 강력한 마법을 쓸 수 있다.)

【매력적인 외모 (필요 포인트 10)】

　　남들이 친근하게 느끼는 외모가 된다.

　　(원래 미형인 엘프족에게는 추천할 수 없다. 인간족이 다가와서 귀찮아질지도.)

【검술 재능 (필요 포인트 10)】

　　검술을 남들보다 잘 다룰 수 있는 재능.

　　(재능이니까 훈련은 필요. 과신하지 않도록.)

오오, 평범해!

괄호 안의 조언도 평범하게 도움이 된다!

아니, 추가 스킬 조언도 엄청 중요하지만 그건 얼마나 지뢰인지 설명하는 거니까.

그런데 새로 추가된 스킬은 전부 지뢰인 게……?

【미백 (필요 포인트 5)】

남들보다 하얀 피부를 손에 넣는다. 햇볕에 쉽게 타지도 않는다.

(색소가 적으니 햇볕에 약해서 쉽게 빨개진다. 피부암에 주의.)

【술고래 (필요 포인트 5)】

좀처럼 술에 취하지 않는다.

(쉽게 취하지는 않지만 알코올의 단점이 사라지는 것은 아니다. 반대로 조절이 잘 안 될 가능성도 있으니 급성 알코올 중독, 알코올 의존증에는 주의.)

【사기술 (필요 포인트 10)】

남들보다 말이 능해서 세 치 혀로 교묘하게 속일 수 있을지도.

(말뿐인 사람은 신용 받지 못한다. 장기적으로 우호 관계를 쌓고 싶다면 행동으로 나타내자.)

이런 것들이라면 그래도 제대로인가?

조언 역시도 상식적인 내용이고. 응.

……아니, 그렇지도 않나. 그 이외의 것들이 지독할 뿐이고.

추가 스킬은 피하자.

【도움말】이외에는 처음부터 있는 스킬을 선택하는 것이 아마도 올바를 터……이겠지?

이러니저러니 해서 한 시간 정도. 내가 고른 스킬은 이하와 같은 느낌이었다.

【도움말 (필요 포인트 20)】

【창술 재능 (필요 포인트 10)】

【마법 소질, 시공 속성 (필요 포인트 15)】

【창술 Lv.2 (필요 포인트 10)】

【회피 Lv.1 (필요 포인트 5)】

【완강 Lv.2 (필요 포인트 15)】

【매의 눈 Lv.1 (필요 포인트 5)】

【조용한 걸음 Lv.1 필요 포인트 5)】

【함정 지식 Lv.1 (필요 포인트 5)】

【적 탐지 Lv.1 (필요 포인트 10)】

【간파 Lv.2 (필요 포인트 10)】

【불 마법 Lv.1 (필요 포인트 10)】

【시공 마법 Lv.2 (필요 포인트 10)】

종족에 20포인트를 썼으니 도합 130포인트.

게임의 스탠더드한 캐릭터 메이킹을 참고로 해서, 얼핏 치트 같은 이상한 것들은 전혀 찍지 않았다.

견실한 선택이지만 아마도 이것이 정답.

추가 스킬의 지뢰 수준을 보면 모험할 수는 없었다.

자신의 목숨이 걸려 있으니까.

하루카나 토모야도 견실하게 캐릭터 메이킹을 해주면 좋겠는데…….

하루카는 아마도 괜찮을 거라 생각하지만 토모야가 말이지…….
자기 취향대로 질러버릴 것 같아서 좀 무섭다.

◇　　　◇　　　◇

"자자, 다들 끝났을까~~? 슬슬 전이할게~. 전이 시점에서 사용하지 않은 포인트는 내가 적당히 분배해버릴 테니까 주의 바람!"

아니, 적당히냐! 어설프게 남겼다가 이상한 추가 스킬이라도 붙어버리면 큰일이잖아!

보통은 안 남길 거라고는 생각하지만.

"아, 그리고 가까이 있는 영혼은 저쪽에서 가까이 전이되니까 친한 사람들끼리는 붙어 있는 편이 나을지도? 알 수 있다면 말이지만!"

아니아니아니! 마지막에 그러기냐!!

도깨비불 상태니까 알 수 있을 리가 없잖아!

——그렇게 생각했지만, 어라? 어쩐지 도깨비불 두 개가 다가와서 내게 붙었다.

어쩐지 그리운 느낌.

어? 하루카랑 토모야인가?

어라? 몰랐던 건 나뿐이야?

혹시 나는 스스로 생각하는 것 이상으로 정이 없었나?

하지만 그런 내 동요 따윈 아무 상관도 없이, 소년은 싱긋 웃으며 손을 흔들었다.

"그럼 다들, 다음에는 좋은 인생을!"

그 말이 들린 순간, 시야는 빛으로 뒤덮였다.

제1화 찾아왔습니다, 이세계!

시야가 다시 돌아왔을 때, 나는 초원에 서 있었다.

시선을 내리자 살짝 가늘어진 내 손이 보였다.

옆을 보니 나와 마찬가지로 자신의 몸을 확인하는 미형의 엘프가 하나.

금발에 긴 머리카락.

미녀 일보직전, 틀림없이 미소녀인 그 생김새에 어쩐지 친근함을 느꼈다.

"저기, 당신은, 당신은, 하루카 씨?"

"그러는 너는 나오야?"

"Yes. 그렇습니다."

되묻는 말에 고개를 끄덕이는 나.

다시 보니 확실히 다른 용모이지만 어쩐지 모르게 하루카의 분위기가 남아 있었다.

키는…… 조금 작아졌나?

하루카는 160 후반으로 비교적 키가 크고 비율도 좋았는데, 지금 눈앞에 있는 엘프는 그보다 조금 작고 비율도 안타깝──다시, 늘씬해졌다.

"──뭐야?"

그런 내 시선을 느꼈는지 눈을 가늘게 뜨며 이쪽을 바라보는 하루카.

목소리가 조금 낮다고.

"아니아니, 미인이 되어버려서, 와아! 역시 엘프구나!"

나는 황급히 고개를 내젓고 이야기를 피했다.

원래 하루카는 예쁜 얼굴이었으니 그렇게 위화감은 없지만, 뭐라고 할까 인간의 범주를 넘어섰다.

아, 이미 인간이 아니라 엘프구나.

"흥. 나오도 엘프로 했잖아. ──내가 생각했던 그대로네."

그런 소리를 하며 살짝 시선을 피하는 하루카.

뺨이 살짝 붉어졌으니 부끄러워하는 걸지도 모른다.

응, 보통 소꿉친구한테 『미인』 같은 소리는 안 하니까.

"이것 참, 사이가 좋다는 건 알겠지만 나도 좀 신경 써줘!"

뒤에서 그런 목소리가 들려 황급히 돌아보니 그곳에 있던 것은──수인?

머리 위에는 개 같은 귀, 엉덩이에는 탐스러운 꼬리.

얼굴은…… 아, 이건 바로 알겠네. 토모야구나.

조금 눈매가 날카로워진 정도이지 얼굴 조형은 거의 변하지 않았으니까.

"오, 토모야인가. 그건 뭐야? 개야?"

"늑대거든! 수인 애호가로서는 역시나 수인을 선택해야지!"

그러면서 가슴을 펴고 기쁜 듯 귀와 꼬리를 움직이는 토모야.

아아, 이 자식, 그런 녀석이었지.

"개인적으로는 남자 수인 같은 건 대체 누가 덕을 보겠냐 싶지만, 그런 쪽으로는 어때?"

"음. 나도 그 말에는 격렬히 동의해. 하지만! 혹시 수인이 다른 종족과 결혼할 수 없다면 어쩌지? 포기하나? 아니!! 동물 귀 아내를 손에 넣을 기회를 놓치다니, 나로서는 그럴 수 없어!!!"

굉장히 힘을 실어 단언하는 토모야. 의외로 신중하게 종족을 선택한 모양이다.

그 방향성은 좀 어떨까 싶지만.

아니, 뭐, 그 마음은 살짝 이해가 가지만!

『동물 귀 아내』, 살짝 마음이 끌렸다.

"흐—응, 토모야도 같이 왔구나."

토모야의 몸을 빤히 쳐다보며 하루카가 흠흠, 고개를 끄덕였다.

"뭐, 뭐야. 난 방해되나?"

"그런 소리는 안 했잖아. ──방패는 필요하니까."

"잠깐, 지금 방패라고 그랬어? 방패라니!"

"오호호호, 설마~~. 믿고 있어, 육탄전 담당!"

툭하니 하루카가 중얼거린 말에 토모야가 눈을 부라리며 항의했지만, 하루카는 가볍~~게 미소로 흘려 넘겼다.

조금 수상쩍은 발언이 들린 것도 같지만, 틀림없이 기분을 가볍게 하려는 농담이겠지, 응.

"그건 그렇고, 역시 소꿉친구네. 그런 상태에서도 서로를 알 수 있었으니까."

"응. 어쩐지 친구일 것 같다는 분위기가 느껴졌으니까 말이야!"

"그, 그러네. 역시 함께 보낸 시간이 길었던 덕분이겠지!!"

당연하다는 듯 함께 고개를 끄덕이는 두 사람에게, 나는 황급히 맞장구쳤다.

말 못 해!

나한테 붙을 때까지 전혀 몰랐다고는!

"응? 응, 그러네. 주위에는…… 같은 반으로 보이는 사람도 없으니까, 무사히 함께 있게 되었다는 사실을 기뻐하자."

내 태도에 하루카는 살짝 의문을 느낀 모양이지만, 신경 쓰지 않기로 했는지 주위를 둘러보고 그렇게 말했다.

나도 하루카를 따라서 주위를 둘러봤지만 역시 아는 사람은커녕 인기척조차 없었다.

스킬【매의 눈】덕분인지 이전보다도 먼 곳까지 볼 수 있지만, 시야에 들어오는 것은 초원과 숲 정도.

그리고 들새 정도인가.

"그건 그렇고, 터무니없는 일이 벌어졌네. 이건 불행인가? 행운인가?"

"불행 중 다행, 이라고 생각하자. 사고를 당했다는 사실에는 변함이 없으니까, 네거티브하게 생각해봐야 별 수 없어."

"나로서는 조금 행운이었을지도! 동물 귀 아내의 가능성이 생겼으니까!"

한숨을 쉬며 말하는 내게, 쓴웃음 지으며 어깨를 으쓱이는 하루카.

근본적으로 낙천적인 토모야는 웃고 있지만, 부모님을 생각하면 좀 그러네.

이 세계에 오지 않았어도 죽었다는 사실에 변함은 없으니까, 하루카가 말했듯이 『불행 중 다행』이라 생각할 수밖에 없을 테지만.

"토모야의 망상은 제쳐놓고, 우선은 행동 방침을 확인할게. 이게 일치하지 않으면 같이 행동할 수 없으니까."

"어, 응, 그렇겠지?"

무조건 소꿉친구끼리 함께 행동할 생각이었는데, 하루카는 의외로 현실주의적이었나 보다.

리얼하게 목숨이 걸려 있으니까.

"그럼……『목숨은 소중히』. 자, 복창!"

그러고는 손가락으로 척, 우리를 가리키는 하루카.

""어?""

이건 방침을 조정하는 게 아니었나?

고개를 갸웃거리며 당황한 우리를 제쳐놓고, 재차 반복했다.

"목숨은 소중히!"

""모, 목숨은 소중히?""

"영웅 따윈 목표가 아니다!"

""영웅 따윈 목표가 아니다.""

"견실함이야말로 가장 지름길!"

""견실함이야말로 가장 지름길!""

"하루카 님의 말은 절대적!"

"하루카──아니, 잠깐만!"

"칫."

하마터면 이상한 소리까지 복창할 뻔했다.

그보다도 지금 혀를 찼지, 하루카?

토모야는 토모야대로 단단히 입을 다물었고.

"뭐, 그런 느낌의 방침으로 가자. 반대는, 없겠지?"

내 항의는 시원하게 흘려버렸나.

뭐, 항상 이런 느낌이었으니까 평상시 그대로라고 한다면 또 그렇겠지만.

"나는 딱히 상관없어. 조만간 동물 귀 아내도 찾아내서 조용히 살 수 있다면 더 이상 할 말은 없어!"

"나도 그래. 그보다도 너희랑 떨어지겠다고는 생각할 수 없으니까."

아무것도 모르는 이세계에서 혼자라니, 너무도 불안하다.

그런 우리의 태도에 하루카는 만족스럽게 고개를 끄덕이고, 팔짱을 끼며 가슴을 폈다.

"흠흠. 그렇다면 됐어! 그럼 서로의 상태를 확인하자. 이곳에서 살아가려면 협력해서 안전을 확보해야만 하니까."

"그러네. 으—음,『스테이터스』라고 하면 되나?"

오! 표시되었다. 이런 부분은 클리셰 그대로인가.

이름: 나오후미

종족: 엘프 (17세)

상태: 건강

스킬:

【도움말】　　　　【창술 재능】　　　　【마법 소질, 시공 속성】

【창술 Lv.2】   【회피 Lv.1】   【완강 Lv.2】
【매의 눈 Lv.1】 【조용한 걸음 Lv.1】【적 탐지 Lv.1】
【간파 Lv.2】   【함정 지식 Lv.1】 【시공 마법 Lv.2】
【불 마법 Lv.1】

이름이 카타카나*로 되어 있네. 한자라면 尙史인데.

수치로 표시되는 능력치는 없나.

"HP나 MP, STR나 DEX 같은 건 없구나. 그리고 레벨도."

"그러네. 상태랑 스킬이 표시되는 것만으로도 충분하다고 생각하지만."

두 사람도 확인했는지 허공을 바라보며 음음, 고개를 끄덕였다.

지금의 '상태'는 '건강'인가.

혹시 여기에 '독 상태'라든지 '저주'라든지, 그런 것들이 제대로 표시된다면 무척 편리할지도 모르겠다.

조기에 치료할 수 있을 테니까.

참고로 하루카는 그다지 게임을 하지 않지만, 나랑 토모야와 사이가 좋다보니 가끔씩 어울린 적도 있어서 어느 정도의 지식은 있었다. 그래서 이 표시에도 위화감은 없는 듯했다.

"중요한 건 스킬이네. 우선은【도움말】. 이건 가지고 있겠지."

"당연하지."

하루카도 역시나 찍었나.

---

* 일본어에서 주로 외래어를 표현하거나 강조할 때에 사용하는 글자.

만약에 5포인트를 쓴다든지 그랬다면 오히려 안 찍었을지도 모르지만, 20포인트라니 『중요합니다』라고 말하는 거나 다름없잖아, 역시. 높은 만큼 고민했지만.

"어? 너희는 그런 걸 찍었어? 없어도 캐릭터 메이킹 정도는 할 수 있잖아?"

──예?

""설마 안 찍었냐!""

우리 두 사람이 따지고 들자 몹시 당황한 토모야.

위험해, 위험하다고. 섣부른 짓을 했다가는 상당히 위태로워!

"토모야! 네 스킬, 전부 말해!"

"어, 응, 알았어⋯⋯."

험악한 하루카의 태도에 압도당하며 황급히 자신의 스킬을 언급하는 토모야.

【검술 재능】	【검술 Lv.3】	【차지 Lv.1】
【포효 Lv.1】	【회피 Lv.2】	【완강 Lv.4】
【준족 Lv.2】	【감정 Lv.2】	【대장장이 Lv.1】

⋯⋯좋아! 지뢰 스킬은 없어!

나와 하루카는 얼굴을 마주보고 안도의 한숨을 흘렸다.

"이것 참~~, 사실은 경험치 증가 같은 것도 찍고 싶었는데, '내

가 생각하는 멋진 수인'을 만들었더니 포인트가 부족해서 말이야.
할 수 없이 포기했어.”

"아니, 안 찍은 게 정답이니까!"

"그래! 네 이상한 집착이 웬일로 도움이 됐어!"

위험해! 죽지는 않겠지만 엄청 고생할 뻔했다고!

"어, 그래? 하지만 그런 쪽이 나중에 큰 차이가 나지 않나? 딱
히 경쟁하는 건 아니지만.”

"그거 함정이니까! 엄청나게 함정이니까!"

추가 스킬의 지뢰 정도를 둘이서 번갈아가며 설명하자, 들을
때마다 토모야의 안색이 점점 나빠지고……

"JIN JJA RO?!"

절규했다.

어느 뭉크처럼.

"어? 뭐야? 스킬 선택을 실수했다가는 거의 인생 끝이잖아!!"

"그래. 비열한 생각으로【스킬 강탈】같은 걸 찍은 녀석은 이미
죽지 않았을까?”

"그러네. 그것만큼은 즉사의 위험이 있지. 이 세계 사람의 스킬
구성이나 평균 레벨은 알 수 없지만, 혹시 나를 상대로 썼다면 그
순간에 즉사했으니까.”

게다가 스킬은 반환되니까 손해 볼 것 없이 내 수명만 늘어나
는 결과로.

모든 스킬을 조건 없이 강탈한다는 부분에서, 어떤 의미로 악
의를 느꼈다.

아니, 뭐, 남이 고생해서 얻었을 스킬을 빼앗으려는 쪽이 잘못이겠지만, 맛있어 보이는 미끼를 걸어놓은 부분이 말이지…….

"무셔! 완전 무셔! 역시 사신!"

얼굴이 뭉크인 그대로, 토모야가 절규했다.

응, 그 마음은 알겠어. 나도【도움말】을 찍고 처음 봤을 때, 마음속으로 절규했으니까.

"하지만 그 사람(?), 꽤 친절했다고 생각하는데?【도움말】의 조언은 적절하게 편리했고, 선택 전에도 『치트는 없다』라고 강조해 줬잖아. 그런 상태에서 치트 같이 보이는 스킬을 선택했으니까, 어떤 의미로는 자업자득이잖아?"

"아니, 그럴지도 모르겠지만 말이지. 경험치 증가 같은 건 완전히 괴롭히는 거나 마찬가지잖아? 장점이 전무하다고."

아, 그건 확실히 그러네.

다른 스킬은 일단 장점도 있지만, 그것만큼은 단점밖에 없었던 것 같은데…… 왜지?

예를 들면 스킬의 조합으로 효과를 발휘한다든지?

게임에서도 가끔씩 나오는, 단독으로는 거의 무의미하지만 어떤 스킬과 병용하면 엄청나게 편리해진다든지 그러는 타입.

"으─음, 그건 모르겠지만 확실히 『노력은 너를 배신하지 않는다』라고 그랬으니까, 편하게 굴려고 하는 게 마음에 안 든다든지? 게다가 노력하면 어떻게든 할 수 있는 만큼 그래도 좀 낫잖아? 다른 건 노력으로는 해결이 안 되니까."

그러고 보니 사신답지 않은 소리를 했구나.

편하게 굴려고 하면 남들 몇 배의 노력을 부여한다든지, 뭐라고 할까…… 신에 걸맞게 엄격하네.

스킬도 대부분 회수하지 않을 테고.

"게다가 대신에 원래 있던 스킬은 정상적……이라고 할까, 편리한 것들뿐이었네. 【완강】은 필수라는 느낌이었지만."

"그러네. SF 따위에서도 내성이 없는 질병으로 전멸하는 내용은 자주 나오니까."

"어? 【완강】이 그렇게나 중요했나?"

아, 토모야는 도움말이 없었구나.

그래도 확실하게 찍은 만큼 정말로 운이 좋네, 토모야.

【도움말】 없이도 지뢰는 제대로 피했으니까.

"설명에 『미지의 질병이 있을지도』라고 적혀 있었어. 나도 그걸 보고 찍었거든."

"언젠가 내성을 얻을 수 있을지도 모르지만, 질병에 걸리지 않아서 나쁠 건 없으니까."

실업보험 같은 건 없을 테니까, 라며 중얼거리는 하루카.

그렇겠지. 국민건강보험도 없다면 생명보험 같은 것도, 아마도 없다.

일정 기간 일하지 못한다면 죽을 가능성이 높다. 우리에게 의지할 수 있는 보호자 같은 건 존재하지 않으니까.

"그랬나! 다행이네~, 찍어둬서."

토모야는 그리 말하고는 안도의 한숨을 흘렸다.

【완강】이라는 글자에서 질병은 떠올리지 못했을 테지만, 레벨

4라면 대부분의 질병은 괜찮을 테니까.

"자, 다음은 내 스킬이네. 이런 느낌인데——."

【도움말】	【활 재능】	【연금술 소질】
【마법 소질, 빛 속성】	【마법 소질, 바람 속성】	【마법 소질, 물 속성】
【마력 강화】	【이세계 상식】	【궁술 Lv.2】
【완강 Lv.2】	【투척 Lv.1】	【간파 Lv.2】
【해체 Lv.1】	【빛 마법 Lv.3】	【바람 마법 Lv.1】
【물 마법 Lv.1】	【고속 영창 Lv.1】	【연금술 Lv.1】
【재봉 Lv.1】	【조리 Lv.1】	

"——어라? 어쩐지 내 스킬이랑 비교하면 많지 않나?"

"그러, 게. 나랑 비교해도 많은데…… 하루카, 넌 포인트가 얼마였어?"

토모야가 그리 말하며 고개를 갸웃거리고 나 역시도 수긍했다.

우리와 비교해서 명백하게 숫자가 많았다.

각 스킬의 필요 포인트는 정확하게 기억나진 않지만, 150포인트 정도로는 아마 부족할 것이다.

"포인트? 200이었는데?"

태연하게 그리 말하는 하루카.

——어? 200?

"허어! 난 120이었는데!"

"나는 150······. 나랑 하루카는 그렇게나 스펙에 차이가 있었나?"

"너는 그래도 나아! 나는 하마터면 두 자릿수였다고!"

확실히 하루카의 성적은 나보다 좋았고 외모도 뛰어났다.

운동 신경도 좋고 커뮤니케이션 능력도······.

하지만 이렇게 수치로 명시되니······ 울적하네.

"아, 아니, 그런 건 그 사신이 제멋대로 가진 편견이야! 너희가 가진 인간으로서의 가치가 나보다 낮다든지, 그런 게 아니라고!"

"인간으로서의 가치······."

"거의 절반······."

어깨를 풀썩 떨어뜨린 우리 모습에 당황했는지 하루카가 위로라는 이름의 추가타를 날렸다.

토모야는 완전히 **생기가 없다**고.

"자자, 신경 쓰지 마! 스킬 레벨 같은 건 지금부터 올릴 수 있으니까! 자, 다음은 나오, 네 차례야!"

역시나 실수했다고 생각했는지 하루카는 당황한 듯 내 등을 퍽퍽 두들겨 재촉했다.

"어, 어어······ 이런 느낌인데."

그런 하루카를 보고 어쩐지 석연치 않다는 기분을 느끼면서도, 나는 스테이터스를 표시했다.

【도움말】　　　【창술 재능】　　　【마법 소질, 시공 속성】

【창술 Lv.2】　　【회피 Lv.1】　　　【완강 Lv.2】
【매의 눈 Lv.1】【조용한 걸음 Lv.1】【적 탐지 Lv.1】
【간파 Lv.2】　　【함정 지식 Lv.1】　【시공 마법 Lv.2】
【불 마법 Lv.1】

『내 스킬 구성, 좀 괜찮은 느낌 아냐?』 그렇게 생각했는데, 하루카 스킬을 봤더니 좀 미묘하네.

하루카가 너무 높은 거라고, 그리 생각하고 싶다.

내가 우리 반 다른 애들과 비교해서 너무 낮다, 그런 건 아니겠지?

토모야보다는 많았지만 【도움말】의 유무를 생각하면 쓸 수 있는 포인트는 거의 같았구나.

"흠. 나오는 중위라는 느낌? 예상대로……인가."

"어, 그래? 생각해서 찍었다고?"

"그야 그렇지. 토모야는 저돌맹진, 나오는 애매하게 될 거라고 생각해서 내가 서포트 계열로 찍었으니까."

오오…… 확실히 빗나가지는 않았지만, 적어도 전위 지향이라든지 만능형이라든지, 그렇게 말해줘.

아무런 생각도 하지 않았던 내가 불평하기도 어렵지만.

"뭐, 적절하게 전위, 중위, 후위로 나뉘었으니까 결과적으로 오케이네. 그럼 빨리 마을로 이동하자."

"──그러고 보니 하루카는 【이세계 상식】이라는 스킬을 찍었구나. 혹시 서두르지 않으면 위험해?"

"여기가 마을 옆이라면 그렇게까지 위험하지 않아."

"……그러니까 옆이 아니라면 위험하다는 건가?"

"물론이지. 하지만 마을 옆이라고 해도 인간 따윈 멧돼지를 상대로도 죽는다고? 스킬을 손에 넣었다고 해도 우선은 안전한 장소에서 검증하지 않고서는 위험하겠지."

"아아, 가끔씩 뉴스에 나왔지. 멧돼지가 출몰해서 큰 부상을 당했다든지, 운 나쁘게 죽었다든지."

"진심으로 날뛰는 고양이를 인간은 상대할 수 없다지? 실제로는 모르겠지만."

확실히 도망치는 고양이를 붙잡는 건 무척 어렵다.

그걸 생각하면 토모야의 말도 전혀 틀린 이야기는 아닌 듯했다.

그보다도 스킬 이전에 우리는 비무장이구나.

복장만큼은 (아마도) 이쪽 세계 느낌의 복장으로 변했지만.

"자자, 말보다 먼저 행동! 나오는 【매의 눈】을 가지고 있잖아? 어디 마을은 안 보여?"

그런 재촉에 다시 주위를 둘러봤지만, 시야에 들어오는 것은 초원과 숲.

마을 같은 것은 없고, 멀리 보이는 것은 산이고…… 오, 저건 혹시 길인가?

"마을은 모르겠지만 저쪽 방향에 길 같은 건 보이네."

"마을은 안 보이나. 하지만 길이 있다면 충분할지도……. 일단 그쪽으로 가자."

"응."

내가 가리킨 방향으로 걷기를 10분 남짓.

보인 것은 폭 3미터 정도의 길.

주위보다 살짝 흙을 높이 돋우고 표면을 다졌을 뿐인 간단한 구조였지만, 확실히 사람의 손길이 들어간 길이었다.

"가도는 분명한 것 같네. 남은 건 어느 쪽으로 가느냐, 인데…… 어느 쪽으로 할래?"

하루카가 좌우를 둘러보고 우리에게 물었지만, 나로서도 알 수 없었다.

"어느 쪽이든 마을 같은 건 안 보이네……. 조금 더 높은 곳에서라면 보일지도 모르겠지만, 이 주위에는 나무도 없으니까……."

다소 기복은 있지만, 지평선까지 길이 이어져 있었다.

그러고 보니 지평선은 멀게 느껴지지만 의외로 가까워서, 지구라면 5킬로미터도 안 되겠구나…….

행성의 크기로 거리가 변하니까 이곳도 같을 거라 단정할 수는 없지만.

"좋아, 나오, 이럴 때야말로 그게 있잖아?"

그런 생각을 하는데, 토모야가 히죽 웃으며 갑자기 그런 소리를 시작했다.

"그거라니 뭐 말이야?"

"이렇게, 내가 손을 깍지 끼고 거기에 네가 다리를 얹고 에잇, 집어던지는 거. 전에는 못했을 테지만 둘 다 이런 몸이라면 할 수 있지 않을까?"

아아, 그거. 만화 같은 데서 그렇게 벽을 넘는다든지 하는구나.

확실히 지금이라면 내 체중은 줄었을 테고 수인인 토모야는 근력이 올라갔겠지.

그렇기는 하지만——.

"……아니아니, 그럴 것 같기는 하지만 그건 잘못하면 변칙적인 저먼 수플렉스가 되지 않을까? 해본 적도 없는데 제대로 정확히 위로 던질 수 있겠어?"

"그러고 보니 그렇지만, 어떻게 잘하면——."

"그만해. 다치면 어쩔 거야."

고개를 갸웃거리며 던지는 몸동작을 확인하기 시작한 토모야의 머리를, 하루카가 퍽 때려서 말렸다.

"일단 토모야의 어깨에 나오가 올라타. 그거로도 몇 킬로미터 앞까지는 보일 테니까."

"찬성. 나는 갑자기 다치고 싶진 않아."

"그런가, 한번 해보고 싶었는데."

토모야는 무언가 불만스러운 눈치였지만 하루카가 째려보자 황급히 미소를 띠며 다리를 내딛고, "좋아, 와라!"라며 손을 들었다.

"웃, 차."

토모야의 손을 발판으로 삼아 어깨로 올라갔다.

토모야의 몸은 생각했던 것 이상으로 탄탄해서 위태롭지 않고, 나도 신체 능력이 향상되었는지 휘청거리지도 않고 위에 설 수 있었다.

"어디——, 뭔가 보이려나……?"

정면은…… 아무것도 없음. 뒤는…… 응? 벽, 인가?

"어때?"

"이쪽으로, 아마도 벽 같은 게 보이는데."

토모야 위에서 내려오며 벽이 보인 쪽을 가리켰다.

"오, 땡큐. 괜찮았어?"

"응, 전혀 문제없어. 어깨를 누가 주물러준 정도? 역시 신체 능력은 상당히 올라간 모양이야."

흙이 살짝 묻은 어깨를 털며 그리 대답하는 토모야.

"토모야도 그런가. 나도 상당히 감각이 달라졌으니까 조사해볼 필요가 있겠어."

"그러네. 마법도 있으니까. 하지만 그건 그렇다 치고, 빨리 마을로 가자. 이야기는 걸어가면서도 할 수 있으니까. 노숙은 싫잖아?"

"응. 먹을 것도 없으니까 무리가 있겠네."

하루카의 말에, 토모야를 선두로 걸어가는 우리.

하루카 왈, 마을 근처의 가도라면 그렇게 위험하지는 않지만 일단 경계를 하고자, 가장 단단한 토모야를 앞에 두고 회복할 수 있을──터인 하루카가 마지막이었다.

"으──음, 나오가 토모야 위에 올라가서 보였다는 건 5킬로미터 이상, 7, 8킬로미터 미만의 거리에 있다는 걸까? 지구였다면."

"그런가? 역시 하루카. 괜히 수재가 아니구나! 나는 그런 거 전혀 몰랐어!"

핫핫핫, 웃으면서 그런 소리를 하는 토모야를 보고 하루카가 한숨을 내쉬었다.

"토모야, 자랑이 아닌 소릴 당당하게 하지 마. 게다가 나도 암산이 가능한 건 아니거든? 단순히 지평선까지 5킬로미터 정도이고, 키가 두 배가 되어도 보이는 거리는 1.5배도 안 된다는 사실을 기억할 뿐이지."

잡학의 범위일지도 모르겠지만 그걸 기억하는 것만으로도 충분히 굉장해.

역시 200포인트의 여자는 다르다. ……비꼬는 게 아니라고?

"뭐, 그렇다면 두 시간만 가면 도착하겠네."

"그러네. ──그런데, 나오랑 토모야는 뭔가 가지고 있어?"

"응? 보시다시피, 몸뚱이 하나인데?"

"그렇지?"

걸어가며 뒤를 돌아보고 팔을 펼치는 나.

조잡……하다고 그러지는 않겠지만, 살짝 두꺼운 천으로 만든, 수제 느낌 넘치는 지극히 평범한 옷을 입었을 뿐이지 변변한 짐 하나 없었다.

"아, 아니면 인벤토리 같은 게 있나?"

토모야는 희희낙락해서 그리 말했지만 하루카는 시원스럽게 고개를 가로저었다.

"아니, 내 '상식' 안에는 없어. 많은 물건이 들어가는, 엄청 고가인 마법 가방이나 주머니는 있는 모양이지만. 그게 아니라 주머니 말이야, 주머니. 달려 있잖아, 옷에."

하루카의 말에 옷을 확인해보니 바지에 주머니가 달려 있었다.

거기에 손을 넣어서 꺼낸 것은 동전 몇 개. 사이즈와 두께는…… 백 엔짜리 정도?

"돈, 이겠지? 하나, 둘…… 열 개야."

"오! 나도 똑같아!"

나와 마찬가지로 손바닥 위에 동전을 펼쳐 보이는 토모야와 그것을 확인하고 고개를 끄덕이는 하루카.

"응, 나도 똑같아. 그게 대은화. 여기 물가로는 대략…… 천 엔 정도일까? 물건에 따라서 다르지만. 여기 단위로는 100레아네."

호호오. 이거 전부하면 만 엔 정도의 가치가 있다는 이야기구나.

"옷도 그렇지만, 이건 그 사신이 준 건가? 역시 사신, 몸뚱이 하나에 만 엔만 들려서 내쫓다니. 추가 스킬도 지독한 게 많았고 말이야."

추가 스킬의 지독함은, 분수에 걸맞지 않은 스킬을 희망한 녀석들이 잘못한 것 같기도 하지만, 함정 같은 것은 심술궂게 느껴졌다.

"그래? 꽤 상냥했다고 생각하는데. 위화감이 없는 옷을 줬고, 돈도 마을에 가서 일상품을 사고 하룻밤 묵는데 필요한 정도는 줬으니까. 그것도 반 아이들 전원이면 32인분이잖아? 토모야였다면 처음 본 상대한테 32만 엔을 주고 옷도 마련해주겠어?"

그런 말을 들으니 굉장히 좋은 사람(?)처럼 느껴졌다.

되살려주기도 했으니까.

"아니, 그렇게 볼 수도 있겠지만 말이지. 신이잖아? 정말로 상냥했다면 지뢰 같은 걸 깔아놓지는 않겠지."

"신한테 기대해서 어쩌려고. 동서고금, 신화의 신은 대부분이

제멋대로잖아. 그리스 신화의 주신도, 인간이라면 지독하게 질 나쁜 성범죄자야."

그건 그러네.

그 신화는 너무 심하다.

어떤 의미로는 제대로 된 신이 더 적다.

그런 부조리함을 생각하면 이 정도 지뢰는 가벼운 농담 같은 것이었다.

농담으로 죽는다면야 말도 안 되겠지만, 상대는 신이니까 말이지…….

"게다가 추가 스킬도 허황된 것만 아니면 편리한 게 있었어."

"그런가? 【도움말】만 그런 게 아니고?"

"그래. 내 【이세계 상식】도 추가 스킬이니까."

"아, 그러고 보니 물어보려고 했는데, 그런 스킬이 있었나? 난 몰랐는데."

일단 처음에 전부 체크는 했다고 생각했는데.

"내가 캐릭터를 만드는 도중에 원했더니 추가됐으니까, 그 때문이 아닐까?"

"그렇구나. 【도움말】을 찍고서, 추가 스킬이 너무 지독한 데 완전히 질려서 안 봤으니까 말이지."

"【이세계 상식】은 아마 무척 중요해. 너희도 무언가 하기 전에는 나한테 물어봐. 쓸데없이 눈에 띄고 싶지는 않잖아?"

그렇지. 하루카가 없다면 돈의 가치조차 몰랐으니까.

특히 상식적인 것들은 다른 사람한테 물어보기도 어렵고.

우리도 가령 일본에서 지나가는 사람한테 동전 액수나 가치에 대해서 질문을 받는다면, 일단은 경찰한테 안내하겠지. 그게 상식인 만큼.

"라저. 바로 하나 물어보겠는데, 마을에는 그냥 들어갈 수 있나?"

"아니. 방벽이 있는 도시의 경우, 세금이 필요해. 마을에 따라 다르지만 시세는 100레아 전후. 그리고 마을에 정착한 사람과 모험가 길드 등록자는 낼 필요 없어."

"오오, 있는 거냐, 모험가 길드!"

토모야가 돌아보며 기쁜 듯 말했다.

"그래, 있어. 클리셰적인 게. 하지만! 이건 주의가 필요한데, 싸움 같은 건 금지되어 있다고! 모험가들이 서로 싸우든 뭐든, 평범하게 체포되어서 감옥행이니까. 오히려 일반인의 싸움보다 엄격하게 잡을 정도야."

모험가들 사이의 분쟁은 개입하지 않는다, 그런 건 없구나.

"뭐, 평범하게 생각하면 무기를 가졌으니까 말이지. 일본에서도 격투기를 하는 사람이면 죄가 무거워진다는 이야기도 들었어."

"그런가―. 그럼 길드 등록으로 시비가 붙는다는 클리셰는 없다는 거구나."

아니, 뭘 살짝 아쉬워하는 거야, 토모야.

"한동안은 눈에 띄지 말고 안정된 생활을 성실히 하는 게 목표, 겠네."

"그래. 아까 복창한 거 잊지 마!"

"라저. 뭐, 나는 조만간 동물 귀 아내를 손에 넣을 거지만!"

"──그래, 응. 열심히 해."
확고한 토모야를 보고 나와 하루카는 쓴웃음 짓는 것이었다.

제2화 도시에 도착했습니다

하루카에게 이세계의 상식에 대해 가볍게 들으며 걷기를 한 시간 남짓.

우리는 도시를 둘러싼 벽의 문 앞에 다다랐다.

높이는 3미터가 채 안 될까? 블록을 쌓아 올리고 회반죽 같은 것으로 틈을 막았다.

문에서 좌우의 벽을 보면 구부러지며 상당한 거리를 이어지는 것이, 나름대로 큰 도시이지 않을까?

문에는 튼튼해 보이는 나무로 만든, 양쪽으로 열리는 문이 있고 지금은 활짝 열려 있었다.

마차가 두 대 정도 교차해서 지나갈 수 있을 정도의 폭이 있지만, 문을 지나가는 사람들은 그렇게 많지는 않아서 기다릴 필요도 없을 듯했다.

그런 문 앞에는 허리춤에 검을 차고 키보다 조금 더 긴 창을 든 병사가 몇 명 서 있었다.

"그럼, 가자. 내가 대응할 테니까 너희는 뒤에 서서 아무 말 하지 마, 상식이 없으니까."

""……라저.""

아니, 뭐, 확실히 【이세계 상식】은 없지만, 그렇게 표현하니 우리더러 비상식적이라고 그러는 것 같잖아?

맡겨두는 편이 나을 거라 생각하니까 끼어들지는 않겠지만.

"안녕하세요~."

서 있는 병사 몇 명 가운데 하루카가 말을 건넨 것은, 우리보다 조금 연상으로 보이는 젊은 남자였다.

명백하게 의도적이었다.

그리고 얼굴에 드리운 완벽한 영업 스마일.

그 멋들어진 미소에 병사의 입가도 느슨해졌다.

몸매는 소극적이 되었지만 미적 수준은 올라갔으니까!

나도 소꿉친구가 아니었다면 그대로 넘어갔을 게 틀림없다.

"어, 안녕. 저기, 너희는…… 모험가, 인가?"

병사는 우리 셋을 둘러보고 무어라 판단하기 어려운 듯 고개를 갸웃거렸다.

"아뇨, 아직 등록하지는 않았지만 그럴 예정이에요."

"그러니? 무기도 없는 모양인데……."

"예, 사실 전에 들른 마을에서 지갑을 잃어버려서……. 어쩔 수 없이 그것들을 팔아서 여비로 삼아 여기로 왔거든요. 이 부근이라면 저희 마법만으로도 위험하지는 않으니까요."

"흠. 엘프가 둘이나 있다면 그렇겠네. 그래서, 세금은 괜찮겠어? 한 사람에 대은화 하나. 규칙상 외상 같은 건 안 되는데……."

납득한 듯 고개를 끄덕이며 걱정스럽게 말하는 병사——하루카를 상대로. 우리는 그다지 시야에 들어오지도 않는 모양이었다.

살짝 울컥했지만, 어떤 의미로는 고마운 일이니까 지금은 참는다.

"예, 그 정도라면 어떻게든."

하루카가 그리 대답하고, 우리는 세 명 몫의 세금을 모아서 건넸다.

병사는 그 동전을 확인하고는 미소와 함께 고개를 끄덕이고 살짝 옆으로 비켜서 길을 터줬다.

"응, 맞네. 마법을 쓸 수 있다면 괜찮을 거라 생각하지만, 조심해. 모험가는 위험한 일도 많으니까."

"감사합니다."

싱긋 웃으며 머리를 숙이는 하루카를 따라 우리도 머리를 숙이고 문을 지나갔다.

"아, 너희들!"

몇 걸음 걸어간 참에 뒤에서 목소리가 들려, 우리의 걸음이 뚝 멈췄다.

하루카가 살짝 굳은 표정을 황급히 미소로 고치고, 돌아봤다.

"저기, 왜 그러세요?"

"숙소는 안 정했지? 이 앞의 광장, 오른편에 있는 '졸음의 곰'이라는 여관을 추천해! 그리고 내 이름은 캐스. 무슨 일 있다면 이야기해, 도와줄게!"

상냥하게 그런 말을 해주는 병사.

아마도 순수한 호의겠지.

조금은…… 아니, 나름대로 하루카의 미모에 흑심은 있을지도 모르겠지만.

무슨 소리를 하든지 시선이 하루카에게 고정되어 있으니.

하지만 솔직히 지금의 내게, 그에 대응할 수 있을 마음의 여유는 존재하지 않았다.

"감사합니다. 검토해볼게요!"

요령 좋게, 그리고 붙임성 있게 대응하는 하루카와 달리 나와 토모야는 표정이 굳어지지 않도록 하는 것이 고작.

두근두근했다.

다시 걷기 시작하고 그대로 말없이 걸음을 옮기는 우리.

문에서 충분히 떨어진 곳에서 서로 얼굴을 마주보고, 셋이서 크게 숨을 내쉬었다.

"하아~~. 나, 아무 말도 안 했지만 긴장했다고."

"그래! 이것 참~~, 하루카가 없었다면 틀림없이 수상쩍게 여겼을 거야!"

문을 지나가는 사람들을 살펴봤는데, 우리 같이 짐도 없이 천으로 된 옷만 입은 사람은 하나도 없었다.

가벼운 무장인 사람도 튼튼해 보이는 가죽옷에 작은 등짐을 졌고, 나이프 정도는 허리춤에 차고 있었다.

그걸 바탕으로 생각해봐도, 맨몸으로 마을 밖에 있다는 사실 자체가 상당히 부자연스러웠다.

"어떻게든 됐네. 그다지 좋은 변명은 아니었지만, 조금 수상쩍게 여기더라도 문제를 일으키지 않고 모험가로서 성실하게 일하면 아마 괜찮겠지."

"그런데, 마을에 못 들어오는 경우도 있어?"

"그야 있지. 보통은 세금만 지불하면 명확한 범죄자이기라도 하지 않은 이상에는 들어올 수 있지만, 오래 심문을 받거나 체류 장소를 알리라고 그러거나, 귀찮은 일이 벌어지기는 해. 제대로 위기를 넘긴 날 칭찬해도 된다고?"

"역시 대단하세요, 하루카 씨!"

"하루카 씨, 멋져요!"

흐흥, 가슴을 펴는 하루카를 향해 우리도 분위기를 타서 칭찬하고, 그 후에 셋이서 얼굴을 마주보며 웃었다.

우선은 안전한 장소에 도착했다는 사실에 살짝 긴장이 풀리고──.

꼬르륵~~~.

"오. 하하하, 배고팠구나."

토모야의 배가 꼬르륵거렸다.

살짝 겸연쩍었는지 쓴웃음 지으며 머리를 긁적였다.

"그러네, 점심때인 모양이니까 마침 잘 됐어. 먹을 걸 사면서 추천받은 여관으로 가보자."

듣고 보니 나도 상당히 공복이라는 사실을 깨달았다.

으──음, 죽기 전에는 아침을 먹고 버스에 타서 점심을 먹은 기억은 없으니까……. 아니, 몸도 다르니까 관계없을지도 모르겠지만.

"점심을 먹는 습관은 있겠지?"

"그건 괜찮아. 다만 일반 서민은 보통 노점 같은 데서 가볍게 해결하는 경우가 많은 모양이지만."

"그래도 하루 두 끼는 아닌 만큼 괜찮겠지. 현대인으로서는, 갑자기 끼니가 줄어드는 건 힘들다고. 자자, 이세계의 식사는 어떠려나~~~."

"……기대하지 않는 편이 낫다고 생각하지만."

기뻐하며 주위를 둘러보는 토모야의 등 뒤에서 하루카가 툭하니 마음에 걸리는 혼잣말을 했다.

"오! 저기 싸네! 빵이랑 스프가 30레아. 저기 가보자!"

하지만 토모야는 그런 하루카의 모습을 알아차리지도 못하고 들떠서는 어느 노점을 가리켰다.

그 가게 앞에는 커다란 냄비에서 스프가 끓고, 옆에는 빵이 쌓여 있었다.

손바닥보다 조금 큰 정도인 그 빵은 살짝 거무스름했다.

저게 판타지에서는 유명한 흑빵이라는 녀석인가?

평범한 호밀이 든 빵은 먹은 적 있지만, 완전한 흑빵은 처음이었다.

조금 재밌을지도 모르겠다.

"뭐, 어쩔 수 없나. 돈도 없으니까 말이지."

하루카는 그다지 내키지 않는 기색으로 떨떠름하게, 우리는 희희낙락해서 돈을 내고 스프와 빵을 받았다.

얼른 먹으려고 하는 우리를 하루카는 손을 들어 말리고, 노점에서 조금 떨어진 곳으로 데려갔다.

"알겠어? 빵은 스프에 적셔 부드럽게 만들어서 먹는다. 빵은 조금 남겨두고, 마지막으로 그릇을 빵으로 닦은 다음에 먹는다. 그릇은 반납. OK?"

"응. 확실히 이 빵, 딱딱해 보이네."

하루카의 설명에 흠흠, 고개를 끄덕이는 우리.

흑빵이라면 딱딱한 빵이라는 소문이 있으니까.

어디어디, 스프에 적셔서…….

"딱딱해! 어? 예상보다 더 딱딱해! 게다가…… 맛없지 않나?"

"어쩐지 시큼하고, 스프도 좀 짤 뿐이지 맛없는, 거지?"

토모야의 말에 다시 스프만 마셔봤지만, 살짝 소금 맛에 들어 있는 것은 부스러기 같은 채소와 고기……일지도 모를 조각.

우리가 눈을 동그랗게 뜨고 불평을 늘어놓는 옆에서, 하루카는 표정 변화 없이 담담하게 음식을 입으로 옮겼다.

"어, 하루카, 맛없지는, 않아?"

혹시 우리 미각이 이상한 건가 싶어서 물어봤지만 하루카는 언짢은 듯 고개를 가로저었다.

"맛있을 리가 없잖아. 알고 있었으니까 각오를 했을 뿐."

그러고 보니 기대하지 않는 편이 낫다고 그랬지.

흑빵은 단골 메뉴니까 조금 동경하던 음식이었는데, 이건 적어도 평범한 일본인의 입에는 안 맞겠는데?

"진짜냐~~. 나, 라이트노벨 읽으면서 좀 더 맛있는 거라고 생각했어…….."

아무래도 토모야도 나랑 마찬가지였는지, 흑빵을 슬픈 듯 바라보고 크게 한숨을 내쉬었다.

"장점도 있다고? 오래 보존할 수 있으니까 보존식으로는 최적……이라고 할까, 다른 선택지가 없어."

"나, 보존식으로는 쌀이 최적이라고 생각해. 오래 보관할 수 있고, 반합이 있으면 모닥불로도 맛있는 밥을 먹을 수 있잖아?"

"그렇다면 쪄서 말린 쌀이 최강 아닌가?"

"아아! 고전 같은 데 나오는 그거!"

"그래그래. 그거라면 그대로도 먹을 수 있고, 물을 붓는 것만으로도 괜찮을 것 같잖아?"

"뭐, 현대에도 열풍건조미로 파니까."

"그게 그건가! 어라, 뜨거운 물을 붓는 것만으로 거의 평범한 밥이랑 다르지 않았다고?"

재해 시의 보존식으로 파는 것을 먹은 적이 있는데, 그냥 맛있게 먹을 수 있었다.

물론 갓 지은 밥이랑은 다르지만 그 맛은 계속 먹어도 전혀 문제없을 정도.

"아무래도 그건 현대 기술로 굉장히 좋아진 거라고는 생각하지만. 다만 안타깝게도 내 '상식' 안에 쌀은 없습니다!"

"그러니까 모험가를 할 거라면 이 빵에 익숙해져야 된다고?"

그렇게 묻자 하루카는 묵직하게 고개를 끄덕였다.

"다른 보존식도 있지만, 맛은 역시나 미묘한 모양이라고?"

"으~~~응, 여유가 생긴다면 뭔가 고안해보고 싶은데."

"그러네. 나도 이 맛은 솔직히 별로니까, 그때는 협력할게……."

그 후, 현실에게 박살난 우리 두 사람도 말이 사라지고, 느릿느릿 식사를 마쳤다.

하루카는 우리에게 텅 빈 그릇을 회수하고는 그대로 겹쳐서 노점 주인한테 건네며 물었다.

"아저씨, 숙소를 찾고 있는데 괜찮은 곳 몰라요? 개인실을 확보할 수 있는 곳이 좋겠는데."

"그럼 예산에 따라 다르겠지만……."

그러더니 우리 차림새를 빤히 바라보는 주인장.

호의적으로 보더라도 우리 복장은 부자로 보이지는 않겠지.

"'졸음의 곰'이라는 곳을 추천받았는데, 거긴요?"

"'졸음의 곰' ……아아, 거긴가. 그러고 보니 여관도 했지. 나쁘지 않다고 생각해. 주인장은 무뚝뚝하지만. 조금 찾기 힘든 골목에 있으니까 이 앞의 광장에 도착하면 오른쪽 대로를 조금 나아가서 길을 물어봐."

주인장이 그릇을 받아들며 길 앞을 가리켰다.

살펴보니 수백 미터 앞에 조금 넓은 장소가 있었다.

"고마워요! 또 올게요!"

하루카는 싱긋 웃으며 주인장에게 손을 흔들고 우리를 재촉하여 걷기 시작했다.

"……또 갈 거야?"

황급히 뒤를 따라가며 묻자 하루카는 쓴웃음 지으며 고개를 가로저었다.

"아마도 안 갈 거야. ……돈이 없어지지 않는 한."

"다행이다~. 빵도 그렇지만 저 스프도…… 어땠어?"

"일본은 인스턴트라도 먹을 수 있으니까 말이지. 뜨거운 물만 부으면 10초 만에 완성되는 콩소메 스프라도 내가 처음부터 만들려고 하면 엄청 힘들 것 같으니까. 나도 소금밖에 없다면 맛있는 스프를 만들 수 있을지 모르겠네."

"그런가? 하루카는 꽤나 요리 잘 하잖아?"

빈번하지는 않았지만, 소꿉친구인 만큼 하루카의 요리를 먹을 기회는 이따금 있었다.

다른 여고생의 요리 실력은 모르지만, 적어도 하루카의 요리는 상당히 맛있었는데.

"고마워. 하지만 그것도 조미료가 갖춰져 있으니까 그랬지. 건어물(乾物)이 얼마나 충실한가, 겠네."

건어물…… 가다랑어포나 다시마, 미역 같은 건가. 말린 표고버섯이나 멸치도 건어물에 속하겠네.

그리 생각하니 육수는 재료가 중요하구나.

내가 요리할 때는 분말 육수를 던져 넣고 그만이었지만, 요리 방송 같은 걸 볼 때는 상당히 대량의 가다랑어포를 넣는다든지 했으니까.

건어물을 그런 수준으로 사용한다면 육수는 상당히 사치품일지도…….

으~음, 이 세계에서 살아갈 자신이 단숨에 사라졌다고?

요리를 잘하는 하루카가 어떻게든 노력해서, 저비용으로 맛있는 요리를 만들어줬으면 좋겠는데.

'졸음의 곰'은 노점 주인장이 이야기했듯이 조금 찾아가기 어려운 장소에 있었다.

몇 번인가 사람들한테 길을 물어서 도착한 곳은, 대로에서 어느 골목으로 들어서고 도시의 중심에서 조금 떨어진 곳.

겉모습은 살짝 낡았지만 꾀죄죄한 인상은 없어서 호감이 갔다.

"자, 들어가자. 이번 교섭도 나한테 맡겨."

하루카의 그 말을 듣고 묵묵히 고개를 끄덕이는 우리.

좀 한심하지만 역시 상식의 유무는 컸다.

하루카가 앞장서서 문을 열며 들어가고 우리가 뒤따랐다.

들어가자마자 시야에 들어온 것은 테이블이 놓여 있는 식당. 당연한 걸지도 모르지만, 호텔 같은 로비가 있지는 않은 모양이었다.

네댓 명은 앉을 수 있을 법한 원형 테이블이 넓은 간격으로 열 개 정도 놓여 있었으니 식당은 그럭저럭 넓었다.

그 방 왼쪽으로 긴 카운터가 있고 그 안에는 상당히 체격이 큰, 살짝 마초 느낌의 수염을 기른 아저씨가 서 있었다.

그 옆에는 계단이 있으니까 아마도 그쪽이 객실이겠지.

"안녕하세요. 묵고 싶은데, 삼인실이 있을까요?"

"한 방이 1박에 500레아다. 아침저녁 식사까지 받으려면 한 사람에 80레아 추가. 물은 뒤뜰 우물을 써. 뜨거운 물이 필요하다면 한 통에 15레아다."

무뚝뚝한 주인장이네.

필요한 것은 확실하게 이야기하지만.

"알겠어요. 그럼 1박, 식사 포함으로."

"740레아다."

"──예, 그럼 이걸로."

하루카는 딱히 신경 쓰는 기색도 없이 고개를 끄덕이더니, 내 주머니에서 멋대로 대은화 하나를 꺼내어 가진 돈과 합쳐서 지불해버렸다.

그러고 보니 도시로 들어오는 세금도 하루카가 지불했구나.

그러니까 하루카가 가진 돈은 현 시점에서 거의 다 떨어졌나. 꽤 힘겹구나.

"객실은 그 계단을 올라가서 가장 안쪽, 오른쪽이다."

그 돈과 맞바꾸어 하루카에게 열쇠를 건네고 나직이 그 말만 하는 주인장.

그건 그렇고 정말로 무뚝뚝하네. 쓸데없는 질문을 받아서 허점이 드러나는 것보다는 낫지만.

"알겠습니다. 애들아, 가자."

"응."

얼른 계단을 올라간 하루카를 따라 우리도 2층으로 올라갔다.

어스름한 복도를 지나서 지정된 방으로 들어가자, 복도와는 대조적으로 실내는 밝았다.

침대는 네 개, 작은 책상과 물건을 보관하는 용도인 것 같은 나무상자, 길과 인접한 쪽으로는 조금 큰 창문이 있었다.

"호오. 꽤 괜찮은 느낌인데? 일본의 변두리 여인숙보다 낫지 않나?"

침대 시트랑 방의 내장을 확인하고 음음, 고개를 끄덕이는 토모야.

그런데, 일본에서 여인숙?

"토모야, 너 그런 곳에서 묵은 적이 있어?"

"응. 몇 번이지만, 여행 갔을 때 말이지. 변변한 창문은 없고, 이불을 깔면 그걸로 꽉 차고……. 그런 점에서 이쪽이 분위기가 낫네. 에어컨은 없지만."

나는 캡슐 호텔에서 묵어본 적도 없다고?

하루카도 조금 놀란 듯 토모야를 쳐다봤다.

"나는 여관이나 호텔에서밖에 묵은 적이 없는데, 어떤 곳이야?"

"응~, 자는 것뿐? 에어컨이랑 텔레비전은 있어도 샤워 시설을 공유한다든지 그래. 그만큼 싸니까 목적에 따라서는 편리해. 여성한테는 별로 추천 못 하겠지만. ……그건 그렇고, 생각보다 훨씬 피곤하다~~."

토모야는 그러면서 침대에 엎어져서 크게 한숨 돌렸다.

꼬리가 살랑살랑 흔들리고…….

"이, 있잖아, 토모야, 꼬리 만져도 돼?"

"어, 남자가 만지는 건 미묘한데……. 뭐, 수인 애호가로서 마음은 알겠으니 상관은 없지만."

"땡큐!"

조금 기분 나쁘다는 표정을 지으면서도 허가를 했기에, 얼른 만져봤다.

오오! 생각한 것 이상으로 폭신폭신하네. 조금 더 털이 뻣뻣하지 않을까 싶었는데.

그대로 슥 쓰다듬어봤다.

"──우효우와아아!!"

그 순간, 토모야가 침대에서 튀어 올랐다.

"뭐, 뭐야! 갑자기 소리 지르지 마, 토모야!"

"아니, 그게, 네가 이상하게 만지니까! 이제 안 돼! 만지지 마!"

"어어~~~!"

아쉬움에 손을 꼼지락거렸지만 토모야는 단호히 거부, 라며 고개를 가로저었다.

"어쩐지 기분 나쁘다고! 뭐라고 할까──등을 쿡쿡 건드리는 것 같이 오싹오싹한 느낌이 싫어."

"──아아, 그건 확실히 싫을지도."

표현이 어려운지 잠시 생각에 잠기고, 토모야가 그런 예를 들었다.

하지만 그렇다면 다른 수인도 쉽게 만지게 해주지는 않을 테니, 앞으로도 동물 귀나 꼬리를 만질 기회는 없나. 모처럼 이세계에 왔는데…… 아쉽다.

살짝 아쉬운 기분에 토모야의 꼬리로 시선을 향하는 나를 보고 하루카가 기가 막힌다는 듯 한숨을 내쉬었다.

"자, 둘 다, 놀지 말고 물건을 사러 가자."

"어─, 오늘은 쉬자. 너희도 피곤하잖아? 특히 정신적으로, 말이야."

그러는 하루카에게 다시 침대에 드러누운 토모야가 항의했지만, 하루카는 한숨을 내쉬며 토모야의 머리를 찰싹 때렸다.

"그 기분은 알겠지만, 그런 여유가 있을 리 없잖아. 토모야, 지금 얼마 가지고 있어?"

"으음…… 하나, 두울…… 970레아?"

"자, 몰수~~."

"아앗!"

주머니에서 꺼낸 동전을 손바닥에 올려놓고 세던 토모야한테서, 재빨리 그것들을 모두 빼앗아버리는 하루카.

그리고 내 쪽으로도 손을 내밀었다.

"자, 나오도 전부 꺼내. 지금은 개인이 돈 관리를 할 여유는 없으니까."

"예."

이 상태인 하루카한테 반항해봐야 좋을 게 없으니, 나도 얼른 주머니에 있는 동전을 전부 하루카에게 건넸다.

뭐, 하루카가 갖고 달아나는 것도 아니고, 제대로 관리하는 게 귀찮은 일도 없겠지.

"다 합쳐서…… 1870레아네. 이걸로 모험가가 될 준비를 갖춰야만 해. 어떻게 생각해?"

"응, 적구나."

상세한 물가는 모르겠지만 적어도 전혀 여유가 없다는 것은 알겠다.

이 여관에서 앞으로 이틀밖에 묵지 못하는 잔돈이니까, 아직 해가 머리 위에 떠 있는 오늘을 느긋하게 보낼 수는 없겠지.

"저기, 먼저 질문인데, 직업은 모험가인 건가? 클리셰이기는 하지만."

"클리셰라는 것보다도, 따지자면 '선택지가 없으니까'이려나."

그러면서 하루카가 설명해준 바에 따르면, 일단 직업으로는 노가다 같은 일용직도 있다고 하지만 이것도 모험가 업무의 범주라서 길드로부터 소개를 받아서 일한다나.

여성이라면 술집 종업원 같은 일도 있겠지만 이쪽은 급료가 상당히 낮다.

운 좋게 거처가 제공되는 직업이 아니고서야 여관비로 아슬아슬, 돈을 벌 생각이라면 몸을 팔 수밖에 없는 상황이라고.

그 밖에 장인은 도제 제도로 소개가 없는 사람은 채용하지 않고, 병사 같은 경우에도 마찬가지인 것은 물론이고 우리는 상식적인 지식의 측면에서 힘들다.

"그러니까 앞뒤 가릴 수 없는 상황이야."

하루카는 어깨를 으쓱이고 한숨을 내쉬었다.

확실히 일본에서도 이력서가 없으면 알바조차 채용되지 않으니까.

그렇게 생각하면 우리라도 등록할 수 있는 모험가 길드가 현실적인 선택지일지도 모른다.

"──다른 질문은? 응, 토모야."

침대에 누운 채로 손을 번쩍 든 토모야를 가리키는 하루카.

"모험가는 딱히 반대하진 않는데, 지금 소지금, 으음…… 일본 엔화라면 2만도 안 되잖아? 무리 아닐까? 세 사람이 입을 옷도 못 살 것 같은데?"

일본이라면 백 엔 숍에서 속옷을 사고 시○무라*에서 옷을 사면 어찌어찌?

이곳에 양산품 같은 건 없을 테고, 옷만 사면 끝나는 것도 아니니까.

"그래, 굉장히 빡빡해. 아무리 그래도 오늘부터 바로 일은 못 하겠지만, 적어도 내일 아침부터 일할 수 있도록 준비하지 않으면 노숙하게 될 거라고?"

"아무리 그래도 그건 싫어! ──말은 그래도, 뭐가 필요한지…….일단 상식이 있는 하루카가 먼저 이야기하고 그걸 검토하자."

토모야가 황급히 일어서서 그리 말하자, 하루카는 잠시 생각한 뒤에 말했다.

"최저한으로 생각하면, 우선은 짐을 넣을 배낭, 물주머니, 채집품을 넣을 천주머니에 고기나 모피를 넣을 가죽주머니겠네. 이것들이 잡화. 그리고 무기랑 방어구인데……."

"살 수 있을까?"

"……힘들지."

하루카에게 시세를 물었더니 잡화만이라면 어떻게든 되겠지만 다른 건 아무것도 못 사는 느낌.

아무리 그래도 그건 안 되니까, 도저히 뺄 수 없는 물주머니만 세 명 몫을 사고 배낭을 공통으로 하나, 다른 주머니도 하나나 둘로 줄였다.

---

* 일본의 저가 의류 체인 브랜드 '시마무라'.

속옷도 하루카의 것만 사고 나머지는 토모야의 무기에 쏟아부어 체제를 갖춘다. 방어구는 물론 나와 하루카의 무기도 보류였다.

"하지만 이렇게까지 줄이더라도 제대로 된 무기는 힘들지도……."

"그건 어쩔 수 없잖아. 기계를 쓸 수 있는 일본에서도 식칼 하나에 수천 엔은 하니까. 토모야, 여차할 때는 곤봉이야."

"응. 처음에는 '노송나무 봉'*을 쓰는 게 모험가답지!"

"아니, 그건 오히려 용사라고!"

"실제로 주위의 시선을 신경 쓰지 않는다면 쇠몽둥이로도 충분하다고 생각하지만. 뭐, 일단 사러 가보자."

참으로 미묘한 모험가 인생 스타트.

억지로 분위기를 끌어올리는 우리를 보고 하루카는 쓴웃음 짓는 것이었다.

처음으로 향한 곳은 잡화점.

말 없는 여관 주인장한테 추천하는 가게를 물었더니, 역시나 무뚝뚝한 태도이지만 시원스럽게 가르쳐주었기에 딱히 헤매지는 않았다.

여기서도 물건 구매 담당은 하루카.

능숙하게 흥정해서 원래 가격보다 몇 할인가 저렴하게 손에 넣었다.

---

* 일본의 유명한 게임 드래곤 퀘스트 시리즈 전통의 기본 무기.

우리는 그 옆에 서 있거나 상품을 살펴보거나. 흥정에는 노터치였다.

"저기, 우리는 도움이 안 되지?"

살 것도 적어서 짐꾼 역할도 되지 않았다.

"……신경 쓰지 마. 헌팅 대책이라고 생각해. 일본에서도 그런 느낌이었잖아. 게다가 미인이 흥정하는 편이 더 깎아줄 것 같잖아?"

"그건, 뭐, 그러네. 하지만 지금 네 외모라면, 여성이 상대일 때는 효과 있지 않을까?"

"교섭 능력은 올라가지 않겠지만, 그렇다면 다음에 한 번 시험해볼까……?"

외모는 괜찮아졌지?

자신의 얼굴인 만큼 확인할 수는 없지만. 거울이 필요해.

"바보 같은 생각할 바에는, 깎아달라고 할 필요가 없을 만큼 버는 걸 생각해. 자, 다음은 무기점으로 가자. 그 다음에는 길드에도 가야 하니까."

그런 대화를 나누는 사이, 돌아온 하루카가 어이없다는 듯 말하고 냉큼 걸어갔다.

우리도 바로 뒤쫓았는데, 몇 분도 안 걸어가서 하루카는 어느 가게로 들어갔다.

간판에 검과 방패가 그려진 걸 보면 무기점이겠지.

그리고 우리를 맞이한 것은 역시나 아저씨.

이쪽을 흘끗 보고 "어서 오세요" 한마디도 없었다.

이 세계에서는 귀여운 여자 접객 같은 게 없는 걸까.

이제까지 상대한 사람, 문지기 말고는 전부 아저씨.

그 문지기도 남자였으니까——어떤 의미로는 현실적이지만.

귀여운 여자애가 병사라든지, 그런 경우는 별로 없겠지.

"일단 천삼백 정도 남았는데, 역시 검은 무리가 있네……."

한쪽 벽에는 검과 창이 걸려 있고 맞은편에는 방패와 메이스 등의 무기가 놓여 있었다.

갑옷은 전시하지 않고 나무판자에 가격 기준을 적어서 게시해두었다.

"으——음, 싼 검이…… 사천 정도부터인가?"

가장 싼 것을 시험 삼아 손에 들어봤는데…… 검 모양의 둔기?

이러면 오히려 쇠몽둥이가 낫지 않나? 휘두르는 궤적을 생각하지 않아도 되고.

다른 싼 물건은…… 창과 완드, 나이프 정도인가.

"하루카, 어떻게 할래? 창이라면 일단 살 수 있어. 아슬아슬하지만."

"으~음, 잘 생각해보면 나이프는 필요하겠네. 사냥감 해체에."

그러고 보니 【해체】 스킬 찍었군요, 하루카 씨.

할 건가요? 해버릴 건가요?

나, 포유류를 처리하는 건 무리 같은데요.

생선은 처리할 수 있으니까——애쓰면 파충류까지……?

"게다가 길드 등록료도 든다고 그러니까."

아. 거기서 또 돈이…….

듣기로는 아무래도 세 사람에 900레아라나…… 아니, 이제는 선택지 없잖아? 노송나무 봉 일직선이지?

"하루카, 나오! 좋은 게 있어!"

나와 하루카가 무기를 바라보며 고민하는 참에, 어쩐지 즐거워 보이는 토모야가 다가와서 손에 든 것을 우리에게 건넸다.

그건…… 목검? 튼튼해 보이는 나무를 평범하게 검 모양으로 다듬고 손잡이 부분에 생색 정도의 미끄럼 방지용 천이 감겨 있었다.

교토 선물 가게에 진열된 목도보다는 살짝 실전 지향.

하지만 목제. 쓸 수 있을까?

"가격은…… 150? 그거라면 아슬아슬하게 나이프도 살 수 있어. 좋아, 그걸로 해. 토모야. 우리 마법도 있으니까 문제없어. 분명히."

아직 마법을 사용한 적이 없으니 그것은 희망적인 관측.

하지만 없는 걸 바랄 수도 없는 노릇이다.

우리는 그 두 가지만 구입하고 총총히 무기점을 뒤로했다.

주인장의 시선이 『쳇, 고작 그거냐』로 보인 건 틀림없이 내 피해망상.

보기에도 초심자 이전의 모험가한테 기대하지도 않았을 터.

"자, 지금부터 모험가 길드로 갈 건데, 그 전에 등록명을 정해 두자. 내 이름 하루카는 이상하기는 해도 어찌어찌 괜찮을 거라 생각해. 나오후미는 아무리 봐도 일본인이니까 피하자. 그리고 등록에 성씨는 필요 없으니까."

이것도 이세계 상식을 바탕으로 한 조언인 듯했다.

우리는 딱히 유명해지고 싶은 게 아니었다. 눈에 띌 필요는 없었다.

"뭐, 트러블 요소는 적은 게 낫겠지. 나는 나오면 될까?"

"응, 그거면 괜찮다고 생각해. 우리한테도 익숙한 호칭이고. 토모야는?"

"나는 토야가 어떨까? 너희가 잘못 불러도 잘못 들은 걸로 넘어갈 수 있는 범위잖아? 나도 비슷한 이름인 게 더 반응하기 쉽고."

"그러네. 그럼 지금부터는 각자 지금의 이름으로 부르기로 하자."

"라저. 뭐, 나오후미는 전부터 나오라고 불렀으니까 다른 건 나뿐이지만."

응, 조금 덜렁대는 토모야, 아니, 토야가 호칭을 신경 쓸 필요가 없다는 것은 안심이네.

굳이 지적하지는 않겠지만.

모험가 길드는 우리가 들어온 문과 다른 방향의 문 근처에 있었다.

태양을 기준으로 보면——하루카 왈, 이 세계에서도 태양은 하나이고 동쪽에서 떠서 서쪽으로 진다——우리가 들어온 것이 동쪽, 여기 문이 남쪽에 해당한다.

길드 건물 자체는 별반 특징이 없는, 지극히 평범한 건물로 크기는 묵고 있는 여관의 두 배 정도. 정면에 걸려 있는 간판에는 다른 가게 같은 일러스트가 아니라 글자가 적혀 있었다.

헤매는 기색도 없이 하루카가 앞장섰기에 순순히 따라갔는데, 듣자 하니 잡화점에서 제대로 장소를 확인했다나.

역시 의지가 되는구나.

"상식의 힘이구나"라고 했더니 "그 이전의 문제야"라며 혼이 나고 말았다.

응, 하루카에게 조금 지나치게 의지하는구나, 우리는.

그런 생각에 옆을 보니 토야도 이쪽을 보고 있었다.

그리고 둘이서 시선을 마주하고, 함께 고개를 끄덕였다.

"좋아, 이번에는 우리한테 맡겨줘! 하루카."

"그래! 이 정도라면 우리도 할 수 있어. 여자라고 얕보일지도 모르니까 말이야!"

"잠깐, 잠깐!"

그대로 우리는 앞으로 불쑥 나서려고 했지만, 하루카가 손을 잡아당겨 멈춰 세웠다.

"괜찮으니까! 교섭 일은 한동안 내가 할 테니까! 너희는 그 밖의 것으로 열심히 해주면 되니까, 알겠지?"

그러면서 하루카가 가리킨 것은 토야가 등에 멘 주머니.

……그것은 다시 말해 육체노동 전문, 이라는 이야기로군요, 하루카 씨.

"게다가 너희가 뒤에 서 있는 것만으로도 충분히 의미가 있으니까. 나는 아무리 봐도 약하고 아름다운 엘프잖아? 아마도…… 아직 내 얼굴 못 봤지만."

"아, 그러네. 간단히 채어 가 버릴 것 같은 느낌이네——외모만큼은."

"미형 엘프이고 가냘파 보이네——실체는 제쳐놓고."

"……뭐야?"

살짝 불만스럽게 하루카가 우리를 노려봤지만, 우리는 둘이 나란히 어깨를 으쓱이고 웃었다.

"아니, 하루카가 약하다든지 그런 게 아니잖아. 일본에 있을 때도 그랬지만 거기에 스킬까지 손에 넣었고."

"남자답다고 생각하지는 않지만, 가냘프다는 거랑은 좀 다르지 않아?"

이 녀석, 호신술이 어쩌고 그러면서 합기도를 배웠으니까.

기도 세서 원래 있던 세계에서는 헌팅당하는 후배를 구해냈다는 일화도 몇 번인가 들었다.

"큭, 부정할 수 없어! ……아니아니, 그게 아니라 문제는 외모니까? 보디가드, 잘 부탁해."

"라~저. 도움이 된다면 열심히 하고말고. 서 있는 것뿐이지만."

그렇게 되어서 결국 하루카가 선두에 서서 길드로 들어갔는데, 그 안의 모습은 나를 살짝 맥 빠지게 만드는 것이었다.

들어가자마자 나오는 것이 커다란 홀. 그곳에서 삼분의 이 정도의 면적을 카운터 등 사무 작업을 하는 장소가 차지하여 얼핏 보면 시청 같은 모습.

남은 공간에 테이블이 놓여 있어서 식당 같은 형태이고, 그곳에서는 모험가로 보이는 풍채의 사람들이 평범하게 식사나 술을 즐기며 담소 중이었다.

예상과는 달리 정신없이 취한 모험가는 없고 전혀 어수선한 분위기가 아니었다.

나중에 하루카한테 물어봤더니, 바보 같은 짓을 하면 모험가 랭크를 용서 없이 떨어뜨리고 너무 심각하면 제명한 뒤에 블랙리스트에 넣어버리기에, 직원의 눈이 많은 길드 안에서 트러블을 일으킬 법한 녀석은 거의 없다나.

예를 들자면 상사 앞에서 과음하고 바보짓을 하는 그런 건가?

뭐, 실컷 마시려면 길드 같은 곳보다는 평범한 술집으로 가겠지.

"안녕하세요. 신규 등록을 하고 싶은데, 괜찮을까요?"

하루가가 향한 곳은 카운터 중 하나.

미인이라고 할 정도는 아니지만 생글생글 호감이 가는 느낌의 누님이 담당하는 장소였다.

"예, 물론이죠. 뒤에 있는 두 사람도? 세 사람에 900레아 필요한데, 괜찮을까요?"

"예, 여기."

하루카가 대은화를 아홉 개 꺼내자 그것과 맞바꾸어 종이 세 장을 건네받았다.

"거기에 기입해서 제출해주세요. 설명은 필요한가요?"

"아뇨, 괜찮아요."

펜은 하나뿐이었기에 하루카가 작성하는 것을 기다렸다가 나도 기입했다.

그래봐야 적는 것은 이름과 종족, 자기 PR뿐.

하루카가 『약간의 마법과 활』이라고 적었기에 나도 그에 따라

『약간의 마법과 창』이라고만 적었다. 토야는『검술』로 한 모양이 었다.

으─음, 일본어를 적듯이 다른 문자를 적을 수 있는 건 신기한 감각이네.

역시 신의 힘.

대화는 몰라도 문자를 쓸 수 있는 사람은 소수파라던데, 평범 하게 쓸 수 있도록 해준 것은 사신이 말했듯이 확실히 큰 서비스 일지도 모르겠다.

"예, 확인했어요. 잠깐 기다려주세요…… 그런데 여러분은 건 강한가요?"

앞쪽으로 카드 세 장을 꺼내서 작업을 진행하며 묻는 누님.

갑작스러운 영문을 알 수 없는 질문에 우리는 고개를 갸웃거 렸다.

"예? 예, 딱히 문제는 없다고 생각하는데, 왜 그러세요?"

"아뇨, 어쩐지 오늘은 이상하게도 여러분 또래의 사람들이 갑 자기 사망하는 사건이 여러 건 벌어져서…… 이 길드에서도 두 사람이 사망하는 바람에 소동이 좀 있었어요."

우리 또래에 돌연사.

어쩐지 짚이는 게…….

"허, 허어─, 무섭네요. 원인은 알고 계신가요?"

살짝 시선을 이리저리 헤매며 묻는 하루카.

미묘하게 포커페이스에 실패했지만, 누님은 눈앞에 집중한 탓 인지 딱히 신경 쓰는 기색도 없이 대답했다.

"그게 전혀요. 어느샌가 테이블에 엎어져서 사망한 게 한 건, 길드에 들어와서 주위를 둘러보는가 싶더니 쓰러진 게 한 건. 양쪽 모두 외상이 없어서 독극물, 혹은 역병이 아니냐며 소동이 벌어졌는데 이렇다 할 흔적도 없었거든요."

한숨을 내쉬며 완성된 카드를 건네는 누님.

현금카드 정도 두께의 금속판에 우리의 이름이 새겨져 있었다.

그밖에는 약간의 장식과 '라판 모험가 길드 발행'이라는 글자가 적혀 있을 뿐, 보기에는 지극히 평범한 느낌의 금속판이었다.

서식을 보아하니 라판이라는 건 이 도시의 이름인가?

"예, 이걸로 등록은 끝났어요. 어쩐지 거리에서도 비슷한 사건이 벌어진 모양이니까, 조심하셔야 된다고요?"

"감사합니다. 하지만 뭘 조심하면 좋을까요?"

"그건 확실히…… 뭐, 건강에?"

"그러네요, 감사합니다."

살짝 고개를 갸웃거리며 그런 말을 하는 누님을 보고 하루카도 쓴웃음 지으며 인사를 하고, 문득 떠올랐다는 듯 덧붙였다.

"아, 그렇지. 여기서도 약초 채집은 받아주시나요?"

"예, 물론이죠. 여기서는 남쪽과 동쪽의 숲이 채집 장소예요. 조금 멀지만, 초심자는 동쪽 숲을 추천해요. 몬스터가 적으니까—— 엘프가 두 분이나 있다면 걱정 없을지도 모르겠지만요."

누님이 동쪽 숲이라고 하며 가리킨 곳은, 우리가 들어온 문이 있는 방향.

확실히 숲은 있었지만, 상당히 멀었지?

"아뇨, 조언 감사해요. 처음에는 신중하게 할 생각이니까 그런 정보는 정말 도움이 돼요."

"그러세요? 그렇다면 잘됐네요. 열심히 해주세요."

"예."

""감사합니다.""

싱긋 미소 지으며 그리 말해주는 누님에게 나와 토야도 머리를 숙여 인사를 하고, 우리는 길드를 뒤로했다.

그러고 보니 딱히 미형은 아니라고 해도, 생각해보면 이 세계에 와서 처음으로 대화한 여성이었다.

——아니, 이세계라고 미소녀, 미녀를 빈번하게 만날 수 있을 리가 없지만.

하렘 계열 라이트노벨이 아니니까.

"자, 여관으로 돌아가면서 길드에 대해 가볍게 설명할게. 그래 봐야 너희가 생각하는 것과 그렇게 차이는 없으니까, 간단히 말이야."

길드에서 조금 떨어진 길가에서 걸음을 멈춘 하루카는 조금 전에 건네받은 카드를 꺼내서 우리에게 보여줬다.

"이건 길드 카드. 무슨 합금인 모양이라 튼튼하지만 특별한 기능은 전혀 없어. 그냥 신분증명서야. 자기 이름과 발행한 지역의 길드명이 적혀 있어.

지금은 뒤쪽에 아무것도 안 적혀 있지만, 길드에서 의뢰를 받고 신뢰도가 올라가면 스탬프…… 각인? 을 넣어주고, 그 숫자가 많을수록 우대를 받거나 받을 수 있는 의뢰가 늘어나거나 해."

흠. 겉모습 그대로인가. 뒤쪽의 용도는 말하기 전까지 몰랐지만.

"다른 사람은 쓸 수 없다든지, 스테이터스를 알 수 있다든지. 그런 하이테크 기능은 없어?"

"없어. 그런 걸 3000엔 정도의 카드에 넣을 수 있을 리가 없잖아. 누구라도 등록할 수 있으니까."

토야의 질문을 하루카는 시원스럽게 부정했다.

라이트노벨 같은 데서 나오는 단골 기능은 없나.

뭐, 그런 기능은 실현할 수 있다고 해도 비용이 들 것 같네.

"각인의 숫자는 최대 열 개이고 그 숫자가 랭크야. 그러니까 우리는 랭크 0. 말단이라는 거지.

각인은 지울 수 없으니까, 문제를 일으키면 페널티가 붙고 랭크가 떨어져. 또 올릴 수는 있지만, 페널티로 붙은 각인은 계속 남으니까 같은 랭크라도 신용은 떨어져."

"전과가 생기는 거구나. 지울 수 없는 전과라니 무서운데. 주의해야겠어."

어떤 의미로는 잘 궁리되어 있었다.

소개장이 필요 없는 만큼, 등록은 가능하더라도 트러블 메이커는 배제되는 건가.

"뭐, 어지간한 일이 아니고서야 사전에 몇 번인가 주의를 준다고 하니까 랭크가 떨어질 일은 좀처럼 없다고 그러지만. 그리고…… 뭐 질문 있어?"

비교적 평범한 모험가라는 느낌이네?

게임적인 편리한 요소가 적지만.

"약초에 대해서 물었는데, 그건? 클리셰인 약초 채집 의뢰인가?"

"그래. 약초는 그냥 캐오면 대부분의 마을에서 매입해줘. 그건 모험가가 아니라도 OK. 다만 마을 옆에서 손쉽게 채집할 수 있는 건 없어. 그런 물건에 돈을 지불할 사람은 없잖아?"

음, 당연하네. 그야말로 어린애라도 할 수 있을 정도의 일이라면, 얻을 수 있는 돈도 어린애 용돈 정도밖에 안 되겠지.

"평균적으로는 어때? 계속 생활할 수 있을까?"

"그러네…… 토야의【감정】과 나오의【매의 눈】에 기대할게. 그리고 팔 수 있는 사냥감을 잡을 수 있다면 내【해체】로 조금씩은 돈을 모을 수 있을 거야."

잠시 고민하고 그리 말하는 하루카.

말투를 미루어보면 상당히 노력하지 않고서는 생활, 힘겨울 것 같구나.

누구라도 할 수 있는 일로 얻을 수 있는 수입이 적은 것은 이 세계도 마찬가지겠지.

나머지는 얼마만큼의 시간을 일하느냐에 따라 다르겠지.

적어도 하루카가 옷을 사는 데에 주저하지 않을 정도로는 벌고 싶다.

우리도 단벌 신사는 싫으니까.

"그래도 조금씩인가……. 육체노동 쪽도 길드에서 파견된다고 그러는데, 그쪽은 어때?"

"토야는 벌 수 있을지도 모르지만, 나랑 나오한테는 안 맞아. 체력 승부니까."

그런 일도 있구나.

아무리 생각해도 엘프한테 맞는 일은 아니다.

"우리끼리 약초 채집, 토야는 그쪽으로 돌리는 방법도 있겠지만, 싫잖아? 게다가 레벨을 생각해도 같이 있는 편이 나을 테고."

"그러고 보니 사신이 『레벨이 올라간다』 같은 소리를 했지……. 그건 스킬만의 이야기인가?"

스테이터스로 볼 수 있는 데이터에는 일부 스킬에 레벨이 기재되어 있고, 이른바 캐릭터 레벨이라는 것은 없었다.

"으~음, 이 세계의 상식으로는 애당초 스킬 자체가 인지되지 않는걸. 확인할 방법이 없으니까."

그러니까 우리가 스킬을 취득할 수 있고 스테이터스를 확인할 수 있는 건 사신 덕분이라는 이야기인가.

어라라? 어쩐지 사신이 사신님으로 레벨 업 될 것 같은데요?

"다만 단련하거나 몬스터를 쓰러뜨리거나, 그러면 강해진다는 공통 인식은 있어."

응, 그건 당연하지.

원래 있던 세계에서도 평범하게 강해질 수 있었다.

상승 곡선이 '우리가 생각하는 것보다도 급격한가'인데, 그건 검증하는 수밖에 없나.

"그러고 보니 아까 누님도 몬스터라고 그랬는데, 이 세계의 몬스터는 어떤 느낌이야?"

"우선 몬스터라고 불리는 건, 체내에 마석을 가진 생물이야. 기본적으로 본능만으로 살아가며 지능은 없으니까 구제를 권장. 쓰러뜨리면 포상금을 받을 수 있는 경우도 있지만, 토벌했다는 증거를 가져올 필요가 있음.

그리고 쓰러뜨려도 사라진다든지 그러지는 않으니까, 마석이나 소재를 얻기 위해서는 해체해야만 돼."

"윽. 나, 그로테스크 내성은 없는데."

"나도……."

"나도 생선 정도밖에 처리해본 적 없어. 하지만 할 수밖에 없잖아? 한동안은 내가 할 테니까, 둘 다 빨리 익숙해지도록 해!"

역시 그렇구나.

소꿉친구라서 성장한 환경이 거의 같으니까 사냥 경험이 있습니다, 사냥감 해체가 특기입니다, 그런 소리를 하면 오히려 놀랄걸.

【해체】를 가진 것이 하루카뿐이라고는 해도, 여자애한테만 맡겨두다니 아무리 그로테스크한 게 싫어도 남자로서 안 되겠지…….

"예……."

"노력하겠습니다……."

흠, 숨을 내쉬며 가슴을 펴는 하루카를 보고 우리 남자들은 씁쓸히 고개를 끄덕일 수밖에 없었다.

모험가 길드에서 여관으로 돌아온 우리는 각자의 침대에서 한숨 돌렸다.

내일부터 할 일에 대해서 우선은 목표를 세울 수 있었다.

낙관할 수 있는 상황은 아니지만 매일 성실하게 일할 수 있다면 노숙하지 않고도 어떻게든 먹고살 수 있다는 사실을 안 것만으로도 1보 전진이었다.

물론 병에 걸려서 일을 못 할 가능성도 있으니까, 조금씩이라도 벌이를 늘릴 필요는 있겠지만.

"그건 그렇고, 하루카는 우리랑 같은 방이라도 괜찮아?"

"어, 뭐야? 토야, 날 덮칠 생각이야?"

문득 떠올랐는지 그리 말한 토야를 향해, 하루카는 『믿기지 않아!』라는 표정을 띠었다. 하지만 뭐, 느긋한 표정을 보니 농담이구나.

당연히 토야도 그건 알고 있으니 쓴웃음 지으며 대답했다.

"아냐. 소꿉친구라도 조금은 배려해야 되잖아?"

"뭐, 그건 어쩔 수 없잖아. 돈이 없으니까. 서로 참고 배려하자……. 아~~, 하지만……."

하루카는 어깨를 으쓱이며 그리 말했지만, 잠시 머뭇거리고는 우리에게서 시선을 피했다.

"응? 뭔데? 하고 싶은 말이 있다면 확실하게 말하면 되잖아?"

안 그래도 이세계에 와서 스트레스를 받은 상태였다.

괜히 불만이 쌓여서 폭발하는 것보다도, 조금 말하기 어려운 일이라도 의견을 조율해두는 편이 훗날을 위해서는 낫겠지.

"그게—…… 자가발전은 가능한 한 조심해야 한다?"

"자가, 발전……? 멍청이! 너!"

상상 이상으로 말하기 어려운 일이었어!

"아니, 하지만, 너희도, 그게, 쌓이, 잖아? 참다가 폭발하는 것도 곤란하니까…… 말해준다면 잠시 외출할 테니까…….”

하루카는 시선을 피한 채로 살짝 뺨을 물들이며 그런 소리를 했지만, 그렇게 이해를 표하는 게 오히려 괴로워!

아무리 소꿉친구라도, 한 발 뺄 테니까 좀 자리를 피해달라고 할 수 있을 리가 없다.

나랑 토야는 떨떠름하게 시선을 마주하고 어흠, 헛기침을 했다.

"그런 부분은, 그게, 어떻게 알아차리더라도, 못 알아차린 척해주면 좋으, 려나?”

남자도 무척 섬세합니다.

"그, 그래! 응, 자연스럽게, 자연스럽게 할게!”

하루카는 조금 당황한 듯 그리 말했지만, 아니, 아마도 무리겠지. 하루카니까.

"그래도, 하나만! 그런 가게에는 가면 안 되니까! 병, 엄청 위험해!”

"……그래, 성병은 위험하지. 과거의 역사에서도 많은 이야기가 있었고.”

매독이라든지, 말이다.

'대항해시대!'라면서 서양인이 전 세계로 열심히 퍼뜨리고 일본으로도 가져다준 그 병.

같은 병은 없을지도 모르지만, 무언가 성병의 위험성은 생각해 둬야겠지.

【완강】이 있어도 감염되지 않으리라는 보장은 없으니까.

"특히 토야! 귀여운 동물 귀 누님 같은 게 있어도 안 되니까!"

"안 간다고! 나는 귀여운 아내를 원해! 하반신 직결이 아니야!!"

"그래? 그렇다면 상관없지만. ──아아, 참고로 수인한테 발정기는 없으니까 안심해도 돼."

"어, 응, 라저……."

무척 솔직한 이야기에 조금 머쓱하다는 듯 토야가 고개를 끄덕였다.

음, 이성 사이에 그런 이야기는 역시 거북하다.

이야기를 바꾸자.

"그보다도 아까 길드에서 들은 이야기, 어떻게 생각해?"

돌아오는 길에는 남들의 귀가 있으니 화제로 꺼내지는 않았지만, 상당히 신경이 쓰이는 이야기였다.

화제 전환은 조금 억지스러웠지만 다들 그 이상 계속할 생각은 없었는지, 곧바로 이야기에 어울렸다.

"사람이 죽은 사건 말이지? 으──음, 독극물 혼입 사건? 아니, 흔적이 없다고 그랬나. 이세계인 만큼 마법이라든지?"

머리를 짜내어, 진지한 표정으로 엉뚱한 소리를 하는 토야.

너, 처음에 우리가 한 설명, 제대로 들었어?

"아니, 그냥 생각해봐도 우리 반 아이들이겠지. 【스킬 강탈】을 써서 수명이 끝났다, 그런 게 아닐까?"

"──아아, 그러고 보니 그런 지뢰 스킬이 있었구나……. 안 찍어서 다행이야~. 내가 혹시 200포인트를 가졌다면 아마도 찍었겠지."

토야가 짝, 손뼉을 치며 그런 얼빠진 소리를 했다.

역시 제대로 기억하지 않았구나.

무척 중요한 이야기라고? 그 위험한 스킬 설명을 직접 보지는 않아서 그런가?

"길드 누님의 이야기로는, 현재 알 수 있는 건 네댓 명은 죽었다는 느낌인가?"

"그러네, 명확하게 말하지는 않았지만……. 있지, 얼마나 많은 사람이 찍었을 거라고 생각해?"

【스킬 강탈】은 경험치 증가 계열과 쌍벽을 이루는 치트 스킬이니까.

필요 포인트가 80이고 우리 초기치가 120, 150, 200.

혹시 초기 포인트 기준이 운동 능력이나 공부 성적이었다면, 내가 말하는 것도 뭣하지만 우리는 평균보다 위였다.

그것을 고려해도 아마 전원이 최저라도 80포인트 정도는 가지고 있지 않았을까.

그러니까 찍으려고 하면 모두 찍을 수 있었다.

"그러네, 잘못하면 절반 정도는 찍지 않았을까? 척 보면 치트 같으니까 남자들은 좋아할 것 같은데?"

흠. 토야의 예상은 절반인가.

하지만 나는 조금 더 적다고 생각한다.

"【스킬 복사】라는 것도 있었잖아? 포인트에 좀 여유가 있다면 그쪽을 찍지 않을까? 눈에 띄고 싶지는 않다든지 다른 사람한테 폐를 끼치고 싶지 않다든지, 그런 녀석은."

"그러네, 그밖에도 경험치 배수 증가, 【매료】, 【영웅/히로인의 자질】같이 필요 포인트가 많고 이름만큼은 좋아 보이는 게 있었으니까 의외로 적을지도……."

그리고 얼마나 생각이 깊은 녀석들이 있었나, 겠네.

사신의 발언으로 사분의 일 정도는 '학급 전원 이세계 전이'를 떠올렸다는 사실은 알고 있다.

그러니까 그런 계열의 라이트노벨을 읽고 스킬 강탈이나 경험치 배수 증가에서 치트 운운도 동시에 생각했을 테지.

사신의 말이나 【도움말】스킬, 그 밖의 필요 포인트 등에서 수상쩍다고 생각할 수 있었느냐…….

또 하나, 그런 지식이 없는 사람이 어떻게 캐릭터 메이킹을 했을지도 알 수가 없네.

'모르겠으니까 순순히 【도움말】을 찍었다', 그렇게 단정할 수는 없으니까.

"얼핏 보면 단기적으로는【스킬 강탈】이 유리, 장기적으로 생각하면 경험치 배수 증가 계열이 유리한가? 실제로는 죄다 지뢰지만. 다른 추가 스킬도 스킬 강탈처럼 즉사하지는 않더라도 위험하지?"

"【영웅/히로인의 자질】은 실질적으로 그저 트러블 메이커겠지. 타개할 능력이 없다면 그저 운이 나쁜 것뿐, 이라는."

"으~응, 【매료】는 우리한테도 통하나? 귀찮을 것 같은데."

지뢰 스킬 가운데는 가진 사람 본인만이 아니라 주위에까지 영향을 주는 스킬도 몇 가지 있었다.

솔직히 말해서 가까이하고 싶지 않다.

그리고 그건 하루카도 마찬가지인 듯했다.

"박정한 걸지도 모르겠지만,【매료】나【영웅/히로인의 자질】소유주만이 아니라 반 아이들과는 가능한 한 엮이지 않도록 하자. 아무리 생각해도 트러블에 말려드는 미래밖에 예상이 안 돼."

"괜찮겠어? 하루카의 친구가 있을지도 모르는데."

"유키랑 나츠키는 걱정이지만…… 일단은 합류하지 못했고, 나와 소꿉친구의 안전이 우선이야. 게다가 내 친구들 중에【매료】를 찍을 아이는 없다……. 그렇게 생각하고 싶어. 이거, 여성향 게임 같은 소리를 한 아이가 희망했을 테지, 틀림없이."

하루카는 어이없다는 듯 한숨을 내쉬고 어깨를 으쓱였다.

유키와 나츠키 두 사람은 하루카와 우리에게 공통되는 친구라서 걱정이 되기는 하지만, 안타깝게도 현재 상황에서 찾아낼 정도의 여유는 없었다. 지금은 어떻게든 살아남기를 기도할 수밖에 없겠지.

"남자도 찍었을 것 같은데. 하렘 같은 소릴 하면서.【매료】설명을 들으면 얀데레, 스토커 양산으로밖에 여겨지지 않지만."

나도 조금은 인기가 있었으면 좋겠다는 바람은 있지만, 그 설명문을 보면 공짜라도【매료】는 필요 없다.

"치안이 좋은 일본에서도 위험한데 이세계에서 스토커라니 너무 무서워. 납치감금 같은 일도 흔할 것 같으니까."

"발각당한다면 범죄지만 신원이 수상쩍은 우리라면 사라져도 발각되기는 힘들겠지."

들키지 않으면 범죄가 아니라는 건가.

고발할 사람이 없다면 조사하지도 않을 테니까.

"게임이라면 지뢰 직업이나 스킬도 나름대로 재밌을 테지만, 현실이 되면……."

"어떤 의미로 반 아이들은 문자 그대로 지뢰야. 스킬 구성을 알 수 없으니까 지뢰가 있는지도 알 수 없고, 잘못하면 폭발에 말려들 테니까."

"토야, 꽤 괜찮은 설명인데? 뒤숭숭하지만."

"하지만 동의하잖아?【영웅의 자질】같은 건 그야말로 '접근하지 마! 위험!!'이니까."

"아무리 같은 세계에서 왔다고 해도, 그냥 같은 반 아이를 위해서 목숨을 걸 수는 없지. 부디 먼 곳에서 행복하기를 바랄 따름이야."

혹독한 표현이지만 동감이었다. 토야와 함께, 깊이 고개를 끄덕였다.

우리는 사심 없이 사람을 도울 수 있을 만큼 성자는 아니니까.

"실제로 하루카는 얼마나 살아남을 거라 생각해?"

"글쎄…… 한 달 뒤에 절반 정도? 전이 장소에 따라서는 좀 더 적을지도. 모두 이 도시 근처로 왔다고 단정할 수도 없으니까. 아까부터 언급되는 스킬 말고도 지뢰 스킬, 지뢰 종족도 있으니까, 그런 쪽을 안이하게 선택한 사람은……."

으──음. 같은 반이니까 그럭저럭 친한 사람도 있는데, 상당한 숫자가 죽을지도 모르는구나.

그다지 실감이 들지는 않지만.

눈앞에서 죽는다면 역시나 동요할지도 모르지만…….

"뭐, 【도움말】을 찍은 주의 깊은 사람이랑 치트 같은 건 생각하지 않은 성실한 사람은 살아남을 테니까, 조만간 교류할 기회도 있겠지."

"굳이 찾아서 보호하지는 않는다는 건가."

"우리도 보호가 어쩌고, 그런 거만한 소리를 할 수 있는 입장은 아니잖아?"

그렇다.

오히려 우리가 도움을 받고 싶을 정도로 여유가 없었다.

변변한 무기가 목검 같은 거…… 아니, 오히려 곤봉이라는 표현이 가까운 물건뿐이라고?

여관 역시도 개인실 하나 못 잡고 있는데.

속마음을 아는 소꿉친구니까 마음을 놓고 느긋이 있을 수 있지만, 같이 있던 것이 다른 반 아이였다면 더더욱 마음의 여유가 없었겠지.

"그리고…… 그러네, 노예 같은 건 있어?"

"그런 쪽은 미묘하네. 이 나라에서는, 기본적으로는 금지되어 있는 모양이지만."

"기본적으로는……?"

어쩐지 마음에 걸리는 표현인데.

얼굴을 찌푸린 나를 보고 하루카는 팔랑팔랑 손을 내저어 부정했다.

"아아, 노예사냥 같은 건 없다고? 사람을 잡으면 그냥 범죄. **발각당한다면** 말이야. 다만 그런 범죄자 말고도 실질적으로 비슷한 상황은 있을지도."

『노예』라는 한마디로 말하지만, 지구의 역사에서조차 다양한 형태가 있었다.

실제로는 그냥 고용인과 똑같거나, 반대로 사람 취급도 못 받거나.

"뭐, 일본도 100년만 거슬러 올라가면 소작농 같은 게 있었고, 농촌에서 뚜쟁이한테 팔리는 사람도 있었다고 하니까."

슬프지만 빈곤의 시대에는 입을 줄인다든지 하는 이유로 그런 일이 있었던 것은 역사적 사실이다.

"그게— 아니, 그런가. 세계 대전 이전의 서양 식민지는 실제로 노예 같은 취급이었으니까."

"모조리 뭉뚱그려서 절대로 안 된다고 하려면, 최저한의 사회 보장과 빈곤 대책이 만들어진 다음부터겠지."

물론 사람을 잡아서 노예로 삼는 것은 절대로 용서받을 수 없는 일이라고 생각하지만, 사회 보장 같은 의미로 노예 제도가 존재했던 역사도 분명히 존재한다.

아사하느냐, 범죄자가 되느냐, 노예가 되느냐.

사회 보장 제도가 없다는 것은 그런 것이다.

"그런가. 우리가 그렇게 될 가능성은?"

"빚을 지거나 범죄에 관여되지만 않는다면 괜찮아."

"그럼 안심이네! 우리는 품행방정하니까!"

"속지만 않으면 말이지. 너희는 상식이 없으니까 한동안은 충분히 조심할 것. 범죄인지 아닌지 모르잖아? 특히 토야!"

"어—? 나, 신중한데?"

불만스러운 모양이지만, 토야, 네가 할 말이냐.

유감스럽다는 표정 그 자체가 이미 신용할 수 없다.

원래 살짝 폭주하는 기질이 있는 데다가, 이쪽 세계에 와서 조금 들뜬 기색이었다.

거리를 돌아다니는 동안에 두 번 정도 스쳐 지나간 수인, 토야의 시선이 거기에 못 박히는 것을 나는 놓치지 않았다. 한쪽은 남자였는데도.

"너, 『동물 귀가~』라면서 폭주할 것 같은데."

"윽. 부정할 수 없네……."

역시 하루카도 같은 의견이었나 보다.

그리고 토야 본인도 그 점에 대해 자각은 있었던 모양이고…….

"보고, 연락, 상담! 보, 연, 상, 절대로 잊지 말 것! 적어도 무조건, 무조건 상담만큼은 해야 한다?"

진지한 표정으로 그리 강조하는 하루카를 향해 우리도 순순히 고개를 끄덕이는 것이었다.

"자, 슬슬 저녁을 먹으러 갈까."

여관으로 돌아와서 얼마 후. 아래층에서 떠들썩한 소리가 들리기 시작했을 무렵에 하루카가 그렇게 제안해서, 나와 토야는 얼굴을 마주 보고 함께 떨떠름한 표정을 지었다.

본래라면 즐거운 일 상위에 랭크되는, 여행지(?)에서의 식사.

식당이 열려 있는 시간이라면 언제든지 먹으러 와도 된다고는 그랬지만…….

"으아~, 또 그 흑빵인가?"

그렇다, 우리의 걱정거리는 그것이었다.

무척 배가 고파서 다소 맛이 없는 정도라면 참을 수 있을 것 같지만, 그건 말이지…….

"두 끼에 80레아니까 가능성은 있어."

"진짜냐~. 호불호는 별로 없는 편이지만, 나도 그 빵은 좀 힘드네."

"뭐, 운이 좋다면 하얀 빵, 아니면 매시 포테이토 같은 게 나올지도."

"포테이토 같은 것?"

"감자 같은 것도 주식으로 먹을 수 있으니까. 그렇게 맛있지는 않을 거라 생각하지만."

"크게 맛있지 않더라도 먹기 편하다면 그걸로 충분해. 신맛 나는 빵은 좀 힘들어…….''

"저기, 하루카, 식사, 만들 수 없을까?"

원래 있던 세계와 상황은 다르겠지만 나름대로 요리를 잘하는 하루카라면, 맛없지 않은 식사를 만들어줄지도 모른다.

그런 희망을 가지고 제안해봤지만 하루카는 쓴웃음 지으며 고개를 가로저었다.

"그러려면 우선은 부엌이 있는 방을 빌릴 수 있을 정도로 벌어야지."

"……그러네. 여관살이로는 무리겠네."

하루카는【조리】라는 스킬을 가지고 있지만, 이 세계의 스킬은 아무것도 없는 곳에서 갑자기 요리가 튀어 나오는 신기한 기술이 결코 아니었다.

"어떤 의미로는 일을 할 모티베이션이 올라가는구나!"

"모티베이션이라고 해도 어쩐지 미묘하지만."

맛있는 것을 먹고 싶다는 생각보다도 맛없는 것을 먹기 싫다는 마음이 더 크니까.

하지만 그래도 일을 하려면 식사가 필요.

가라앉은 분위기 그대로 1층 식당으로 내려오니, 카운터 옆을 지나갈 때에 예의 말 없는 주인장이 불러 세웠다.

"가져가. 추가 요리, 술은 별도 요금이다."

귀여운 여자 종업원은커녕 직원조차 없는 이 식당에서는 기본적으로 셀프서비스인 듯했다.

카운터 위, 각자의 앞에 놓여 있는 것은 큰 접시 하나에 스프, 거기에 음료 한 잔.

스프는 담갈색의 투명한 것에 채소가 몇 종류 떠 있고, 메인인 큰 접시에는 손바닥 사이즈에 1센티미터가 넘는 두께의 고기가 둘, 뚝뚝 떨어지는 육즙과 함께 떡하니 놓여 있었다.

그리고 그 옆에 잎채소를 깔고 소복하게 담은 매시 포테이토 같은 것.

"오오! 흑빵이 아냐!"

분위기 업!

이게 맛있는지 아닌지는 별도로 하고, 흑빵이 아닌 주식의 모습을 보고 나와 토야의 얼굴에 생기가 돌아왔다.

"흑빵이 좋은가? 그럼──."

"아뇨아뇨아뇨! 이쪽이 좋아요. 오히려 이쪽이 더 좋아!"

흑빵으로 바꾸면 큰일이기에 나와 토야는 요리를 손에 들고 총총히 비어 있는 테이블로 이동, 자리에 앉았다.

"그건 그렇고, 이건…… 맛있을 것 같은데?"

겉모습만이라면 스테이크 전문점의 요리에도 뒤지지 않았다.

문제는 무슨 고기인지 알 수가 없다는 건데…….

"맛있어! 엄청 맛있어!!"

"앗! 벌써 먹고 있잖아!"

내가 눈으로 요리를 음미하는 동안, 토야는 이미 고기를 뜯고 있었다.

"아니, 너도 먹어! 엄청 맛있어! 그보다도, 이런 맛있는 고기, 처음 먹어!"

고기에 포크를 박고 베어 물며 흥분한 듯 말하는 토야.

솔직히 예의 바른 행동은 아니지만, 여기 있는 식기는 포크 하나라서 그건 어쩔 수 없었다.

나와 하루카는 가볍게 얼굴을 마주 보고 마찬가지로 포크를 써서 고기를 물어뜯었다.

그 순간, 육즙이 넘쳤다.

슥 잘린다고 할 정도로 부드럽지는 않지만, 씹어 먹는데 힘들 정도로 질기지도 않았다.

와규 같은 농후한 지방과 감칠맛은 아니지만, 살코기 로스 스테이크 같은 맛.

설령 아침식사가 아무리 조잡해도 80레아로 이 맛이라면 엄청나게 싸다.

혹시 우리 집 근처에 있었다면 일주일에 한 번, 아니 두세 번은 다닐 수준.

"흐—응, 이거 무슨 고기일까. 고기 자체도 나쁘지 않지만, 밑준비를 제대로 했는지 엄청 부드러워."

입에 쑤셔 넣듯이 먹는 토야와 달리 하루카는 냉정하게 제대로 맛을 봤다.

그것을 보고는 나도 조금 마음을 가라앉히고 먹는 페이스를 늦췄다.

"그러네. 간은 소금이랑 허브 종류인가? 후추는 안 썼어. 하지만 그런데도 무척 맛있어."

이어서 매시 포테이토 같은 것을 떠서 입에 넣었다.

음…… 담백한 맛. 살짝 촉촉하고 깔끔했다.

예를 들자면, 살짝 물기 있는 호박같이?

감자 같은 특유의 맛은 별로 느껴지지 않았다.

하지만 떫은맛이나 특이한 느낌도 없어서 먹기 편하고, 살짝 맛이 진한 고기와 잘 맞았다.

스프도 콩소메 정도의 완성도는 아니지만, 낮에 먹은, 스프 같은 무언가인 묽은 소금물과 비교하면 하늘과 땅 차이로 충분히 맛있었다.

맛있지만——으~음…… 조금 배가 차서 냉정해지고 보니 그렇지도 않나?

잘 생각해보면 매시 포테이토는 평범한 빵 이하, 스프도 분말 콩소메 스프가 더 맛다.

고기 자체는 나쁘지 않지만 간이 심플해서, 소스의 맛이라는 점에서 패밀리 레스토랑에 손을 들어주게 된다.

전언 철회.

기대치가 최저까지 떨어졌기에 맛있게 느꼈지만, 이런 맛이라면 가성비가 좋지 않고서야 일주일에 한 번씩 다니지는 않겠네.

볼륨만큼은 차고 넘치지만.

"하지만, 아마도 이 세계에서 여기는 정답이겠지. 낮에 노점 아저씨, 맛없는 걸 억지로 팔아서 솔직히 용서할 수 없었는데, 다른 여관을 소개해주지 않았던 것만큼은 굿 잡이야."

처음으로 소개해준 것은 문지기였지만.

미묘하게 하루카에게 추파를 던지던 것도, 이 식사로 용서해버릴지도 모르겠다.

우리가 평범하게 먹을 수 있는 수준이니까!

"그건 그렇고 그 식사 덕분에 이게 맛있다는 걸 더욱 실감할 수 있네."

"그건 좋은 일인가? 그보다도, 일반적인 식사의 맛은 어떤 느낌이야?"

"【이세계 상식】으로 각각의 맛을 알 수는 없지만, '흑빵은 일반적', '간은 소금이 기본' 같은 지식을 미루어보면 그 노점의 맛이 일반적일지도…….

"으윽. 나, 이제 고기를 주식으로 할까. 수인이니까 괜찮지 않을까?"

토야가 얼굴을 찌푸리며 그런 소리를 했다.

그보다도 이런 수준의 고기에 『이렇게나 맛있는 고기, 처음 먹어』 같은 소리를 하는 것은 수인이 된 영향일까, 아니면 낮에 먹은 게 너무도 맛이 없었던 반동일까.

그건 그렇고, 육식 동물이 고기만으로 건강한 건 초식 동물의 내장도 포함해서 먹기 때문이 아니었던가? 조리된 고기랑은 또 다르겠지.

"생고기를 먹고 피를 마신다면 괜찮을지도? 해볼래?"

"그래, 모유는 헤모글로빈을 포함하지 않은 혈액이라고 하잖아. 피를 마시면 영양가 측면으로는 괜찮지 않을까? 우유만으로 사는 민족이 어쩌고, 그런 이야길 어디서 들은 것 같은데."

"아니, 그건 아무래도…….

생고기와 피라는 말에 토야가 멍한 표정으로 고개를 내저었다.

나도 레어로 구운 고기 정도면 모를까, 극한 상태라도 되지 않는다면 피는 마시기 싫다.

애당초 기생충 같은 걸 생각하면 제대로 익히지 않고 먹는 것 자체가 위험하겠네.

물론 날달걀이나 회 등은 절대로 안 되겠지.

"그래그래, 마실 거라고 하면, 이건 뭐 같아?"

이야기를 돌리려고 했는지, 토야가 가리킨 것은 식사와 함께 나온 음료.

나무 컵에 담겨 있는 건, 갈색 액체?

냄새를 맡아보니 조금 시큼한 듯한 향기가.

"이건 에일이네."

"호오, 이게 그 유명한."

판타지의 기본이었다.

토야라면 기꺼이 마실 것 같았는데, 흑빵의 사례가 있어서 신중해졌는지 그대로 입에 대지는 않고 코를 대어 냄새를 확인했다.

"술, 인 거지?"

"일단은 그렇지만, 아마도 맥주보다 도수는 낮을걸? 컵 한 잔 정도라면 취하지 않을 테지만…… 너희 혹시 술에 극도로 약하다든지 그렇지는 않지?"

"그건…… 어떨까. 몸이 바뀌었잖아?"

"그러고 보니 그러네. 체질도 바뀌었을까."

미성년이었으니 명절에나 살짝 마신 정도지만, 적어도 그때 취하고 그러지는 않았다.

문제는 이 몸이 어떠냐는 건데…….

"뭐, 주의해서 마셔보자."

"라저."

그런 대화를 나누고, 나와 하루카는 컵을 손에 들고서 얼굴을 마주 보고는 시선을 그대로 토야에게 향했다.

토야는 그런 우리의 모습을 알아차리지 못하고 쭈뼛쭈뼛 컵에 입을 댔다.

그리고 굉장히 미묘한 표정을 지었다.

"······음, 뭐라고 할까. 엄청 질이 나쁜 맥주풍 음료 같네······. 아! 너네는 안 마셨잖아!"

"그렇구나, 못 마실 건 아니네."

"땡큐, 토야."

토야의 기미에 감사하며 나도 마셔봤다.

······으~음, 이건 술이라는 느낌은 아니네.

따듯하면서 조금 산미가 있고, 맛있지는 않다. 이럴 바에는 물이 낫다.

그건 하루카도 같은 감상이었는지 얼굴을 찡그리고 있었다.

"······여기에 돈을 낼 거라면 우물물이 낫겠어."

"물은 안전하게 마실 수 있나?"

"우물물이라면 괜찮을 거야. 우리도 이쪽 세계의 몸이 되었고 전원【완강】을 가졌으니까."

"그러고 보니 그렇구나."

정말로, 찍기를 잘했다.

물도 안심하고 못 마신다니, 예전에는 일본인이었던 사람으로서는 너무도 지내기 버겁다.

"나, 물 받아올게."

"아, 우리 것도 부탁해."

다행히도 물에 추가 요금을 받지는 않았다.

일본만큼 간편하지는 않을지도 모르지만, 안전한 물을 비교적 간단히 손에 넣을 수 있는 지역인 걸까.

"그건 그렇고, 에일이 이렇게까지 맛이 없다니. 정말로 흑빵도 그렇고, 판타지의 꿈을 박살 내주는구나."

이래서야 연회 같은 건 오히려 벌칙 게임이겠지.

"아니, 잠깐. 판타지라면 포도주도──."

"그쪽도 딱히 기대는 안 되는데? 원래 있던 세계의 포도주가 더 맛있을걸? 애당초 와인, 좋아해?"

우리 희망을 하루카가 단칼에 잘라버렸다.

확실히 비싼 레드 와인을 마셔도 그다지 맛있다고 생각하진 않았지만.

그리고 그건 토야도 마찬가지였는지 그대로 말문이 막혔다.

"──아니, 그냥 떫을 뿐이었는데."

"그렇다면 억지로 술을 마실 필요 없어. 애당초 취해서 인사불성이 되어도 안전한 세계라고 생각해?"

"그 말씀이 옳습니다."

만취하여 길바닥에서 자도 큰 위험이 없는 일본과는 다른 것이었다.

"적어도 이 세계에 익숙해지고 안전이 확보될 때까지, 술은 금지. 알겠어?"

""예.""

그렇게 되었다.

제3화 처음 하는 일

다음 날 아침, 우리는 일출과 함께 일어나서 아침을 먹고 있었다.

시계가 없으니 정확한 시간은 알 수 없지만, 아마도 원래 세계라면 아직 자고 있을 시간대겠지.

그렇다고는 해도 어젯밤에는 일찍 자서 그만큼 빨리 깼을 뿐이었다.

어제는 이 세계에 온 첫날이라 지치기도 했고, 다소 밤눈이 밝아졌다고는 하지만 불빛도 없이 밤에 뭘 할 수도 없었기에 식사를 마친 뒤에는 얼른 잠자리에 들었다.

불빛을 밝힐 양초는 당연하다는 듯 유료. 지금의 우리에게는 사치품이었다.

"마법을 써볼까"라는 이야기도 나왔지만, "갑자기 실내에서 시험하는 건 위험해"라는 의견도 있었기에 실제로 사용하지는 않았다.

참고로 나는 일찍 일어났다고 생각했는데, 내가 깼을 때에 하루카는 이미 얼굴을 씻고 채비를 모두 갖춘 뒤였다.

반대로 토야는 내가 우물에서 돌아온 뒤에도 푹 잠들어 있었다.

곧바로 귀를 느릿느릿 만져서 깨워줬지만.

어떤 의미로는 부수입이었다.

토야의 귀라지만 감촉은 나쁘지 않았다. 응.

아침에도 안정적으로 무뚝뚝한 주인장이 아침 식사로 낸 것은 스프와 함께 삶은 고기랑, 일본에서도 팔 법한 호밀이 많이 든 흰 빵이었다.

많이 부풀지는 않고 살짝 딱딱한 빵이었지만 갓 구워내어 충분히 맛있었다.

조금 딱딱한 것뿐이라면 스프에 적셔 먹으면 되니까 이상한 산미가 없는 것만으로도 무척 고마웠다.

토야도 "이런 빵이라면 이 세계에서도 살 수 있어……"라고 중얼거렸으니, 그 빵의 맛에는 어지간히도 기겁했던 거겠지.

겸사겸사 말하자면, 이 빵은 추가 요금 없이 얼마든지 더 먹을 수 있었다.

무척 묵직한 빵이라서 나는 한두 개만 먹으면 충분했지만.

토야도 서너 개밖에 안 먹었으니까 아마 그도 마찬가지겠지.

"아, 얘들아. 사정에 따라서 오늘 점심은 못 먹을 수도 있어. 돈 없으니까."

전언 철회.

나와 토야는 얼굴을 마주 보고, 묵묵히 빵을 먹는 하루카를 본받아서 추가로 빵을 배 속에 채워 넣는 것이었다.

자, 만족스러운 아침 식사……였는지는 제쳐놓고, 어쨌든 배불리 먹은 우리는 이 도시로 왔을 때에 들어온 동문으로 왔다.

이른 아침이기도 해서 사람은 그리 많지 않았다. 어제 병사──이름은 이미 잊어버렸지만, 그 녀석도 없는 모양이었다.

도시에서 나갈 때에는 딱히 체크하지 않는지, 멍하니 서 있는 병사 옆을 지나서 동쪽으로 뻗은 가도를 나아갔다.

조금 걸어가다가 남쪽을 바라보니 시야의 끝에 숲이 보였다.

아마도 저게 어제 길드 누님이 말했던 남쪽 숲이겠지.

몇 시간은 걸어갈 필요가 있을 것 같은 동쪽 숲과 비교하면 거리상으로는 가까워 보였다.

"나오, 오늘 가는 건 동쪽 숲이니까 말이지?"

"응, 알아. 안전이 최우선이니까."

내 시야가 향한 방향을 봤는지 하루카가 그리 말하며 주의를 줬는데 물론 나도 알고 있었다. 토야가 가진 곤봉 하나로 위험해 보이는 숲을 돌파하려고 들 만큼 무모하지는 않다.

"동쪽 숲은 이대로 가도를 나아가면 되는 건가?"

"응. 도보로 두 시간 정도로 조금 멀지만, 가도랑 붙어 있으니까 비교적 안전한가 봐."

우리가 어제 걸은 시간이 한 시간 정도니까, 이 세계에 떨어진 장소에서 한 시간 정도 더 동쪽으로 간 곳이구나.

그때 시야 끝에 보인 숲이 거기겠지.

비교적 안전하다는 동쪽으로 우리를 떨어뜨린 건 사신의 온정일까?

"왕복 네 시간+채집 시간…… 거의 하루 종일 일하네. 얼마나 벌 수 있어?"

"순조롭게 되면 오후에는 돌아올 수 있겠지만…… 평범한 사람, 이른바 평민의 하루 급여+위험수당 정도네. 잘 찾는다든지 위험한 장소로 간다든지 하면 더 벌 수 있겠지만, 평범한 약초 채집으로 편하게 돈을 벌지는 못해."

"뭐, 그렇겠지. 그럴 수 있다면 다들 모험가가 될 테니까."

"그런 거야. 당연하지만 편한 일은 좀처럼 없다는 이야기지."

어깨를 으쓱이며 쓴웃음 짓는 하루카.

어떤 의미로 누구라도 채집할 수 있는 물건인 이상, 매입 가격도 그런 가격이 되는 것은 당연하겠지.

너무 저렴하면 아무도 채집하러 안 갈 테고, 비싸면 채집하는 사람이 늘어나서 가격이 내려간다.

필연적으로 평범한 사람의 시급+기술 비용 정도로 안정되는 것은 이세계에서도 다르지 않나보다.

그것이 경제 원리라는 녀석이었다.

"원래 있던 세계에서도 자격이나 기능이 없다면 그런 법이었으니까, 그런 부분은 세계가 달라도 마찬가지라는 거네."

"다행히도 우리는 그 기능을 받았으니까, 열심히 노력해서 단련하면 나중에는 편하게 벌 수 있을 거야."

"응, 찬성. 그렇게 사치를 부릴 생각은 없지만, 맛있는 밥을 매일 먹을 수 있는 정도는 되고 싶어!"

"그러네. 적어도 지금 숙소를 유지할 수 있을 정도로는. ……그 노점 식사는 피하고 싶어."

"격렬하게 동의. 흑빵은 먹지 않아도 되는 생활을 보내고 싶네. 그리고 뜨거운 물을 쓰는 걸 주저하지 않을 정도로는."

어제는 절약을 위해서 뜨거운 물을 쓰지 않고 우물물로 몸을 씻었을 뿐이니까.

지금 날씨라면 힘들지는 않지만 추운 계절에는 적어도 뜨거운 물이 있었으면 좋겠다.

목욕이나 샤워 같은 사치스러운 소리는 안 할 테니까.

……아니, 역시 장기적으로는 있었으면 좋겠는데. 일본인인걸. 집을 살 수 있을 정도로 벌지 않고서는 무리겠지만.

"그런데, 이대로 숲으로 가는 거야?"

"아니…… 그러네, 도시 문도 안 보이니까 슬슬 괜찮을지도. 이 부근에서 자기 능력에 대해 조금 확인하자."

하루카는 뒤를 한 번 돌아보고 확인하더니 가도에서 떨어져 초원 쪽으로 이동했다.

"오! 마법을 보여주는 거구나! 나도 찍고 싶었는데, 사실은. 포인트가 부족해서 포기했지만……."

"그래? 【대장장이】같은 걸 안 찍었다면 어떻게든 할 수 있지 않았을까? 애당초 게임이라면 모를까, 【대장장이】같은 건 쓰기 힘들잖아?"

재미있을 것 같기는 하지만 대장간이 아니라면 쓸 수 없을 스킬이니까.

현실의 대장장이가 그리 간단하게 대장간을 빌려줄 리도 없고, 게임처럼 공동 작업장 같은 곳이 있을 것 같지도 않다.

대장간을 구입하는 것도 물론 논외겠지.

모험가로 대성해서 돈이 모인 뒤라면 모를까.

"아니아니, 수인이 마법을 익히는 건 꽤 힘든 모양이라고? 시험해봤는데, 마법의 소질을 찍지 않으면 마법 레벨을 올릴 수 없었고, 소질을 찍고 마법을 익히려면 수십 포인트나 필요했으니까. 그리고 【대장장이】 스킬은…… 로망이잖아!!"

"……생사가 걸린 상황에서 로망을 선택할 수 있는 토야를, 나는 존경하면 되는 건가?"

"아니, 그냥 바보잖아!"

토야가 역설하는 주장에 하루카는 조금 곤란하다는 듯 웃었지만, 나는 일언지하에 부정했다.

"조금이라도 생존 확률을 높이는 스킬로 하라고! 로망이 밥 먹여주냐!"

"아니아니, 아무리 그래도 로망은 좀 과하지만, 일단 생각했다고? 너희 둘이랑 파티를 짤 걸 예상하고 무기 소모로 싸우지 못하게 될 가능성을 고려해서, 10포인트라면 써도 될까 했어."

"……그런가? 그렇다면 말이 좀 과했네. 미안해."

일단은 생각했나.

이야기를 들어보니 수인의 경우, 마법 하나를 레벨 1로 만들기 위해서는 최소한 30포인트가 필요했다나. 엘프라면 10포인트로 그쳤다는 걸 생각하면 상당히 컸다.

캐릭터 메이킹 뒤에 남은 10포인트로 토야가 유익할 것 같다며 선택한 스킬이 【대장장이】.

확실히 게임이라면 내구도가 떨어져서 부서지는 경우가 있으니까, 나쁘지 않은 선택인가?

"하지만 현실에서는 무의미하지 않나? 화로도 없으니까 수리 같은 것도 못 하잖아? 고작해야 날을 다시 가는 정도고."

그리 생각했지만 하루카는 단칼에 부정했다.

"그러네. 현재로서는 날을 갈 무기도 없고 숫돌도 없으니까! 앞으로 기대해줘!"

"무기, 곤봉뿐이니까."

"그러네. ──아, 아니다. 목검이야, 목검. 일단은 검 모양이니까."

토야에게는 검이어야만 하나보다. 【검술 재능】이 있으니까.

"뭐, 어쨌든 해체에서 나이프는 활약할 테니까 그걸 가는 건 맡길게."

동물 귀가 살짝 시무룩해진 토야를 역시나 가엽다고 생각했는지 그렇게 말하며 하루카가 달랬다.

그래봐야 그것도 숫돌을 얻은 다음의 일이겠지만.

"자, 그보다도 우선은 신체 능력 확인이네. 자도 스톱워치도 없지만, 스포츠 테스트를 참고해서 몸을 움직여보자."

"그러네. 정확하게 알 수는 없겠지만 어떻게든 파악할 수는 있을 테고."

하루카의 제안대로 우리는 셋이서 단거리 달리기, 수직 점프, 반복 옆 뛰기, 멀리뛰기, 돌 던지기 등을 해봤다.

그 결과, 명백하게 토야의 능력이 높다는 것을 알았지만…….

"어떻게 생각해?"

"어! 이 몸, 최고야! 그야말로 내가 생각한 수인!"

토야는 폴짝폴짝, 기쁜 듯 뛰고 있었다.

가볍게 뛰는 것만으로 내 가슴 높이를 넘어서니, 그런 경쾌한 움직임은 명백하게 일본에서는 무리였던 수준이었다.

그에 뒤처지지만, 나랑 하루카도 허리 정도까지는 뛸 수 있으니까 육체 능력이 원래 있던 세계보다 높은 것은 확실했다.

"우리도 원래의 몸보다 상당히 고성능이야. 체격은 가냘파졌다고 생각하는데."

"그러네. 나도 명백하게 성적이 좋아. 엘프니까 종족 특성이랑도 조금 다르다고는 생각하지만, 스킬도 신체 능력 관련은 안 찍었으니까 그 사신이 능력을 끌어올려 줬다는 건가?"

"아마도 그렇지 않을까? 인간인 상태 그대로였다면 비교하기 쉬웠을 테지만……."

엘프는 비교적 체력이 약하다고 그랬는데, 그래도 원래의 신체보다는 나았다.

굳이 관계가 있을 법한 걸 들자면【완강】인데, '신체가 튼튼해진다'라는 건 체력적인 의미도 포함되는 걸까?

"어쩌면 이 세계 인간의 평균이 원래 있던 세계보다 상당히 높을지도……?"

"뭐, 괜찮지 않나? 허약해지지는 않았으니까!"

"응, 뭐, 그러, 려나. 어쩔 수도 없는 일이니까. 그럼 다음은 마법을 써볼까."

조금 석연찮은 표정이지만 하루카는 기분을 전환하듯 고개를 끄덕이고는 그리 말했다.

"오! 기다렸습니다!"

"아, 토야는 그쪽에서 목검이라도 휘둘러. 봐도 괜찮지만, 충분히 떨어지도록 하고."

"에이——!"

토야는 불만스레 목소리를 높였지만, 정말 위험할 거라고?

"통구이가 되고 싶지는 않잖아? 제어할 수 있을지 알 수 없으니까. 나오, 우리도 충분히 떨어져서 다른 방향을 향해 연습하자."

"그러네. 완전히 미지의 기술이니까 조심해야지. 토야, 어차피 조만간 질릴 정도로 볼 테니까. 참아줘."

"라저—. 나도 죽고 싶지는 않아."

"그럼 나는 저쪽으로 갈게."

그리고는 떨어지는 하루카에게서 등을 돌리고, 나는 내 스테이터스를 다시금 살폈다.

내가 찍은 마법은 【시공 마법】과 【불 마법】.

현재 쓸 수 있는 건 【시공 마법】이 『헤비 웨이트(가중)』와 『라이트 웨이트(경량화)』, 『액셀러레이트 타임(시간 가속)』, 『슬로 타임(시간 지연)』. 【불 마법】이 『이그나이트(착화)』와 『파이어 애로(불화살)』. 총 여섯 종류뿐인가.

이런 쪽으로는 스킬을 찍은 시점에서 스스로 이해할 수 있었으니, 어떤 마법인지 모르는 경우가 없다는 사실이 고마웠다.

마법의 종류는 레벨 당 두 가지? 적은 것 같기도 한데……

어—, 하지만 게임처럼 『파이어 애로』는 MP를 몇 포인트 소비하고 대미지가 몇 포인트인지 정해져 있지도 않을 테고, 응용성은 있나?

일단 시험해볼까.

"우선은 『이그나이트』인가? 실패해도 대미지는 낮을 것 같고……."

손끝에 마력을 모아서…… 처음 하는데도 그런 감각을 알 수 있는 것도 어쩐지 신기하게 느껴지네. 위화감 없이 말을 쓸 수 있는 시점에서 생각해봐야 괜한 짓이겠지만.

"——『이그나이트』."

파직!

그런 소리와 함께, 내 손끝에서 파지직 불꽃같은 것이 튀고, 훅 떠도는 연기. 불꽃은 보이지 않았다.

"마력이 너무 적었나? 조금 더 모아서——『이그나이트』!"

화르륵!!

"우왓차차!! 위험해라—, 앞머리가 사라질 뻔했어……."

이번에는 예상보다 더 큰 불꽃이 한순간 터져서 황급히 머리를 뒤로 젖혔다.

의외로 어려운데. 좀 더 명확하게…… 손끝에서 물을 가늘게 흘리는 느낌으로…….

"『이그나이트』."

화르르르······.

"오오, 괜찮네! 이 정도면 이그나이트라는 이름에 부끄럽지 않은 마법 아닌가?"

이미지로는, 손끝이 양초가 된 느낌인가? 불꽃이 하늘하늘 일렁였다.

"으—음, 기왕이면 좀 더 어레인지해보고 싶은데. 터보 타입 라이터나 가스버너같이 되진 않나?"

낙엽에 불을 붙이기에는 충분할 것 같지만, 숯이나 장작에 불을 붙이기에는 화력이 좀 약한 느낌이었다.

일단 불을 끄고, 이번에는 손끝에서 마력을 분사하는 이미지로······.

"『이그나이트』!"

화아아아아아악!!

"오오! 이거지!"

가스버너처럼 10센티미터 정도의 푸른 불꽃이 손끝에서 분사되었다.

"이러면 숯도······ 주, 중, 중지!"

어쩐지 내 안에서 '무언가'가 점점 줄어드는 느낌이 들어 황급히 불을 껐다.

"위, 위험했네—. 그건 마력이겠지? 그러니까······ 위력에 비례

해서 소비되는 건가. 당연하다면 당연한 거지만."

수치로 파악할 수는 없지만 그렇게 줄어드는 건 좀 위태로웠다.

1분만 쓰면 마력이 전부 사라졌을지도 모른다.

"안 되려나—. 내가 성장하면 쓸 수 있을지도 모르지만, 한동안은 착실하게 작은 불씨부터 불을 피울 수밖에 없나."

당연하지만 이 세계에 착화제 같은 건 없겠지.

그걸 생각하면 마른 낙엽이나 잔가지, 나무껍질 따위는 모아두는 편이 낫겠네. 모닥불이 필요할 때에 마침 있으리라는 법도 없고.

"뭐, 다음이야, 다음. 『파이어 애로』를 써볼까. 목표는 저 부근의 땅바닥이면 될까."

열 걸음 정도 떨어진 위치의 땅바닥에 동그라미를 그리고 원래 위치로 돌아왔다.

이번에는 어떤 느낌일까……. 화살이니까 모아서 단숨에 뿜어내는 느낌으로…….

"——『파이어 애로』!"

손바닥을 전방으로 내밀고 거기서 마력을 날리는 이미지로 영창했다.

펑!

그 순간, 손바닥에서 불꽃 화살이 튀어나와 목표로 한 동그라미 바로 옆에 착탄했다.

"오오! 이번에는 단번에 성공인가! 목표 위치도 거의 맞았으니

까 몇 번만 연습하면 쓸 수 있겠는데…….”

그리고 몇 발, 이번에는 마력에 강약을 조절하며 써봤다.

그 결과, 열 걸음 정도 거리라면 직경 20센티미터 정도의 범위로 모을 수 있게 되고 위력도 다소 변경할 수 있게 되었다.

“후우~. 그리고 시공 마법인데…… 마력이 좀 미묘하네.”

감각으로밖에 알 수 없지만 이제까지 사용한 양과 피로감을 고려하면, 시공 마법을 연습하는 사이에 마력이 부족해질 것 같았다.

지금부터 채집을 하러 갈 참인데 아무리 그래도 다 써버릴 수도 없겠지.

“일단『헤비 웨이트』랑『라이트 웨이트』만 써볼까? 미묘하게 효과가 알아보기 어려운 느낌도 드는데…….”

이름 그대로, 마법을 건 대상의 무게를 바꾸는 마법이었다.

일단 발밑의 돌을 주워서, 마력을 적게 실어『헤비 웨이트』를 걸어봤다.

“……살짝 무거워졌나?”

들고 있는 상태에서 걸었으니까 알 수 있을 정도의 변화.

지속 시간도 그리 길지 않으니 용도가 미묘하겠는데……?

사용한다면 함정 정도일까?

위에서 돌을 떨어뜨리기 직전에『헤비 웨이트』를 걸어두면 효과적, 일지도 모른다.

다음으로『라이트 웨이트』도 써봤지만, 이것도 조금 미묘.

방해되는 바위를 움직일 때에 보조 정도로는 쓸 수 있을지도 모르겠지만, 마력은 상당히 필요할 듯했다.

"⋯⋯일단 여기까지 해둘까."

몸 안쪽으로 천천히 스며드는 피로감을 느끼고 한숨 돌린 그 때——.

"끝났어?"

"우왁! 와, 와 있었구나."

등 뒤에서 들린 목소리에 황급히 돌아보니 어느샌가 하루카가 내 뒤에 서 있었다.

일단【적 탐지】스킬을 가지고 있지만, 의식하지 않아서 그런지 아니면 『적』이 아니기 때문인지 전혀 반응이 없었다.

이번에는 하루카였으니 다행이지만 상대가 적이었다면 위험하겠는데?

응, 마을 밖에 있을 때는 방심하지 않도록 하자.

참고로 마법을 보고 싶다던 토야는 그 뒤에서 열심히 목검을 휘두르고 있었다.

무언가 검무 같은 것도 하는데, 저것도 스킬의 효과일까?

능숙한 움직임은 얼핏 초짜로는 안 보였다.

"어땠어? 공격 마법은 쓸 수 있겠어?"

"그러네, 『이그나이트』는 부싯돌 대신에 쓸 수는 있겠어. 『파이어 애로』는 공격에 충분히 쓸 수 있겠다⋯⋯고 생각해. 움직이는 적에게 맞출 수 있겠느냐는 문제는 있지만. 시공 마법 쪽은 지금으로선, 미묘? 마력에 여유가 있다면 지속 시간을 늘려서 채집한 걸 많이 옮길 수 있을지도 모르지만. 하루카는 어땠어?"

"빛 마법은 꽤 쓸 만해. 치유 같은 것도 있고. 그래도 아직 큰 부상을 치료할 수는 없으니까 그건 조심해. 바람이랑 물은 레벨 1이니까 전투에서는 쓸모가 없을지도. 물을 만들 수 있으니까 생활에는 편리하겠지만."

"그렇다면 공격 수단은?"

"안 돼. 현재로서는 소리를 내서 주의를 끌거나 물을 뿌려서 놀라게 만드는 게 고작이야. 빨리 활을 손에 넣지 않으면 도움이 안 되겠어."

"아니, 치료가 가능한 만큼 충분히 도움이 돼. 게다가 하루카한테는 전투 이전에 신세를 지고 있으니까."

하루카는 곤란하다는 듯 고개를 가로저었지만, 한동안 싸우는 것 정도는 나랑 토야에게 맡겨줬으면 좋겠다.

【이세계 상식】을 가지고 있기도 하지만, 원래 하루카는 우리보다 빠릿빠릿한 면이 있어서 든든했다. ——남자로서는 좀 한심하지만.

그리고 솔직히, 다치는 게 가장 무섭다.

이 세계에서는 움직일 수 없다면 노숙자 직행이다.

치료가 가능한 하루카의 가치는 그것만으로도 충분히 높다.

"그러고 보니 마법은 사용하는 마력량에 따라 위력이 바뀌는 것 같은데, 치료는 그렇지 않아?"

"그건 똑같아. 하지만…… 그러네, 이건 토야한테도 말해둬야지. 토야! 그건 그만하고 이쪽으로 와!"

"오, 마법 테스트는 끝났어? 어땠어?"

하루카의 말에 움직임을 뚝 멈추고 땀을 훔치며 이쪽으로 다가

오는 토야.

아까도 생각했는데, 분위기만이라면 이미 강자 같다고?

원래 있던 세계에서는 검도조차 한 적이 없었을 텐데.

이것이【검술】이랑【검술 재능】덕분이라면, 스킬의 영향이라는 건 상당히 큰 듯했다.

"일단 간단한 공격 마법은 쓸 수 있겠어. 토야는 무척 변한 느낌인데?"

"응. 어쩐지 몸이 멋대로 움직이네. 마음가짐은 몰라도 움직임만이라면 상당히 자신이 붙었어.【검술 재능】이랑【검술】레벨 3은 허투가 아니라는 걸까."

핫핫핫, 토야는 기쁜 듯 웃었다.

레벨 3이 이 세계에서 어느 정도의 위치인지는 모르겠지만 적어도 초심자는 아니겠지.

토야가 부디 벽으로서 열심히 해주기를 바란다.

"나는 현재로서는 치료 전문이네. 그러니 일단은 주의사항을 말할게. 마법의 위력은 마법을 많이 쓰면 올라가지만, 치료의 경우에는 고칠 수 있는 범위는 늘어도 상처의 깊이는 변함이 없으니까 조심해."

"……그러니까?"

토야가 잠시 생각하고는 이해할 수 없었는지 고개를 갸웃거리며 하루카에게 다시 물었다.

"예를 들면, 토야가 온몸을 난도질당하더라도 마력을 잔뜩 사용하면 레벨 1의『라이트 큐어(소 치유)』로 한 번에 치료할 수 있어.

하지만 깊은 자상으로 두꺼운 혈관이 잘렸다면, 마력을 많이 사용해도 『라이트 큐어』로는 고칠 수 없어. 한 단계 위의 『큐어(치유)』를 사용할 필요가 있다는 의미."

"흠…… 살을 주고 뼈를 친다, 그런 전법은 안 된다는 거구나. 큰 대미지를 노리는 것보다도 신중히 작게 깎아내는 전투를 명심하면 된다는 이야기네."

"특히 부위 결손은 조심해야 한다고? 고칠 수 있는 사람이 거의 없으니까 사실상 치료는 무리. 마법을 쓸 수 있는 상황이라면 몸통을 찔리는 것보다도 손가락이 잘리는 게 더 문제니까."

"응. 조심할게."

보통은 치명상이 되는 부상보다도 목숨에 지장이 없는 손가락이 더 중요한가.

반대로 하루카가 치료할 수 없을 상황이라면 찔리는 게 위험하다는 이야기지만…….

여차할 때에 얼마나 냉정하게 생각할 수 있을지는 모르겠지만, 나도 조심해야지.

"하는 김에, 마법에 대한 상식을 조금 해설해둘까."

"어, 이제 와서? 그건 연습 전에 해야 하는 거 아냐?"

평범하게 쓸 수 있게 되었는데?

"물론 먼저 하지 않은 데에는 이유가 있다고? 나중에 설명하겠지만──이 세계, 일반적으로 스킬이나 레벨은 인식되지 않는다는 이야기는 했지?"

아아, 적어도 우리처럼 가볍게 확인할 방법은 없다, 그런 이야기였지.

 ……어라? 나, 『몇 레벨이니까 이 마법을 쓸 수 있다』라고 인식하면서 사용했는데, 이 세계의 사람은 어떻게 하는 거지?

 "응, 나오가 알아차린 것처럼, 이 세계의 사람은『몇 레벨이 되었으니까 이걸 쓸 수 있다』라는 건 몰라."

 그럼 어떻게 하느냐면, 마도서를 손에 넣거나 스승에게 배운다고 한다.

 마도서라고 해도 평범한 마도서에 적혀 있는 건『이 마법은 어떤 효과가 있고 어느 정도의 위력』이라는 내용 정도로, 말하자면 규격서 같은 물건이었다.

 그러니까 '몇 레벨이니까 무슨 마법을 쓸 수 있다'가 아니라 '이런 마법들을 마도서대로 쓸 수 있다면 몇 레벨'이라는 기준밖에 없는 것이었다.

 "으—음, 그러니까 간단하게 말하면, 마법의 레벨은 얼마나 어려운 마법을 쓸 수 있느냐는 것이지, 마법의 종류는 정해져 있지 않다는 이야긴가?"

 "그래. 이걸 처음으로 가르쳐주지 않았던 건, 그러는 편이 더 응용이 되겠다고 생각해서 그랬는데…… 어땠어?"

 "그건……."

 예를 들면 처음에 "『이그나이트』는 양초 정도의 불이 손끝에 켜지는 마법"이라고 들었다면, 그야말로 그대로만 썼을 것 같다.

 고정관념에 얽매이는 것을 피하기 위해서라면 올바른 판단이었을지도?

115

"잘은 모르겠지만, 뭐, 문제없지?"

"뭐, 그러네. 비교해볼 수도 없고."

하루카가 그러면서 쓴웃음 지었다.

이런 건 일종의 교육론일지도 모르겠지만, 같은 조건에서 비교할 수 없는 이상은 어느 쪽이 나은지 판단하기 힘들다.

일단 다양한 타입의『이그나이트』를 쓸 수 있었으니 문제는 없다는 걸로 괜찮겠지.

"그럼, 뭐지? 그 마도서에 없는 마법도 자유롭게 쓸 수 있다는 건가?"

우리 이야기를 듣고 고개를 갸웃거리던 토야가 퍼뜩 깨달은 듯 묻자 하루카는 고개를 끄덕였다.

"마력과 마법 제어력이 허용하는 범위에서라면, 말이지만."

"우와, 진짜냐! 꿈이 더 커지네~~. 아―, 마법을 안 찍었다는 게 살짝 아쉬워졌어."

"말해두겠는데, 그렇게 편리하게 쓸 수 있는 건 아니거든? 우리가 리스트에 있는 마법과 그걸 응용하는 정도의 마법을 쓸 수 있는 건, 아마도 사신의 보정일 거라 생각하니까."

통상적으로 마법을 배우는 경우에는, 사용하고 싶은 마법의 기준(보통은 마도서의 규격대로)을 확실하게 정하고 그와 같은 것이 안정적으로 발동되도록 몇 번이고 연습을 거듭한다.

우리의 경우에는 스킬 레벨만큼 '안정적으로 발동할 수 있게 된 상태'로 전생했기에 아무렇지 않게 쓸 수 있고 그 마법의 응용 범위라면 고생할 것 없이 쓸 수 있지 않나, 그것이 하루카의 고찰이었다.

"그러니까 새로운 마법을 배울 때에는 다른 마법사와 마찬가지로 훈련이 필요하겠지."

시험 삼아 하루카도 가장 특기인 빛 마법으로 그냥 쓸 수 있는 마법 이외의 다른 방법을 상상해서 써봤지만, 전혀 발동하지 않았다나.

마법 레벨이 올라가면 쓸 수 있는 마법이 간단히 늘어나는, 그런 건 너무 낙관적인 생각인 듯했다.

"토야도 앞으로 검술 실력을 높일 생각이라면, 좋은 스승을 찾든지 자기 방식에 따라 필사적으로 단련해야 할지도."

"아니, 이미 검술 스킬이 있으니까 자기 방식과는 다르지 않나? 기초는 있는 상태란 느낌으로…… 그런 쪽으로는, 어때?"

"응, 자연스럽게 몸이 움직이니까. 이게 어떤 유파를 기준으로 한 움직임인지는 모르겠지만…… 어쨌든 스킬이라는 건 쩌네!"

그 자리에서 휙휙휙, 목검을 휘두르는 토야.

일단 나도 【창술 재능】과 【창술 Lv.2】가 있는데…… 저렇게 움직일 수 있나?

영 실감이 안 든다.

"뭐, 우리가 모두 이 정도로 움직일 수 있다면, 동쪽 숲에서는 문제없을 거야. ──시간이 꽤 걸렸으니까, 가볍게 뛰어서 갈까?"

"응, 나는 상관없어. 다행이라고 할까 뭐라고 할까, 복장은 그냥 옷에 무기는 목검이고 짐은 거의 텅 비었으니까!"

"그러네. 가능한 한 많이 채집하지 않으면 여관에서 묵을 수도 없어."

"아무리 그래도 숙박비는 벌 수 있을 거라 생각하지만, 어느 정도 저축하지 않고서는 그날 벌어서 그날 버티는 상황이 되어버릴 테니까. 피로하지 않을 정도로, 가볍게 대화할 수 있는 정도의 속도로 달리자."

"라저. ──가능한 한 빨리 돌아가고 싶으니까."

체감적으로는 한 시간 이상을 여기서 보냈다.

수중의 식량은 없음. 도시로 돌아가야만 점심을 먹을 수 있는 것이다.

그렇다고 어중간하게 마무리하면 여관에서 묵을 수 없고 내일 이후의 식사에도 영향을 미친다.

참으로 의욕이 솟구치는 상황이었다.

셋이서 함께 가벼운 조깅──이라고는 해도, 원래 있던 세계라면 충분히 빠른 속도로 달리며 나아가길 잠시, 길 오른편 전방으로 숲이 보였다.

가도에서 수십 미터 떨어진 곳부터 숲이 시작되고, 여기서는 그 끝을 확인할 수 없었다.

적어도 수 킬로미터에 걸쳐 숲이 펼쳐져 있는 듯했다.

"저게 우리가 가려던 숲인가?"

"그럴 거야."

"꽤 넓은 숲이네. 면적이 얼마나 되지?"

"글쎄, 거기까지는 조사 안 했어. 깊이 들어가지만 않으면 위험한 생물은 나오지 않는다니까 가도 근처에서 채집하자."

"라저."

숲은 가도를 따라서 벌채되었는지 가까이 다가가자 군데군데 오래된 밑동이 있었다.

"이 부근에서 목재를 채집했는지 밑동이 많이 남아 있네."

"으~응, 내 생각이지만 안전을 위한 게 아닐까? 길의 옆쪽까지 숲이 있다면 동물이나 산적 같은 게 몸을 숨기기 좋잖아?"

"아, 그렇구나."

확실히 습격의 위험성을 생각하면 그편이 안전하겠네.

게다가 이 부근에 남아 있는 나무를 보면 살아있는 것은 그다지 두껍지 않은 활엽수니까, 장작이라면 모를까 목재로는 영 쓸모가 없을 듯했다.

"자, 그럼 빨리 채집을 시작하자."

"응⋯⋯ 아니, 난 약초 같은 건 모른다고?"

"아, 나도⋯⋯."

이런. 하루카한테만 맡기지 말고 모험가 길드에서 들어뒀어야 했나.

"그건 괜찮아. 아마도."

"오, 하루카가 약초 강좌라도 해주게?"

"아니. 내 【이세계 상식】으로도 어쩐지 모르게 알 수 있을 뿐이니까. 그보다도 나오, 부근의 풀을 보고『뭔지 알고 싶다』라고 생각해봐."

"응? 어……."

풀 한 줄기를 가리키며 하루카가 꺼낸 말을 의아하게 생각하면서도, 나는 시키는 대로 풀을 봤다.

그러자 그 풀에 겹치듯 '약초'라고 적힌 반투명한 태그 같은 것이 표시되었다.

"어? 이거 뭐야. 이건 기능이 있었나?"

흡사 SF의 AR 표시.

스테이터스가 표시되니까 이런 게 있어도 이상할 건 없지만…….

"뭐가? 나한테는 아무 일도 안 일어나는데?"

내가 약초(?)를 가리키며 그리 말했지만, 토야는 영문을 모르겠다는 듯 내 얼굴과 약초를 교대로 바라봤다.

그 말을 듣고 하루카는 납득한 듯 고개를 끄덕였다.

"역시 그러네. 아까 알아차렸는데, 이건 아마도 도움말 기능이야. 알 수 있는 내용은 【이세계 상식】과 거의 다르지 않은 모양이지만, 반대로 내 경우에는 생각하지 않아도 알 수 있으니까 이런 기능이 있다고는 깨닫지 못했는데."

"거의 잊고 있었는데, 20포인트는 헛된 건 아니었나. 이게 있다면 약초 채집은 순조롭겠네. ……그보다도 나, 너무 멍청한가?"

의지되는 소꿉친구가 있는 덕분에 조금 위기감이 없었던 걸지도 모르겠다.

스킬이 생명줄이니까 좀 더 확실하게 검토해야만 했다.

"어~, 내 【감정】은 도움이 안 되나?"

"그러네……. 토야, 시험 삼아서 이거【감정】해볼래?"

맥 빠진 표정의 토야에게 하루카는 그리 말하더니 부추 같은 약초를 손바닥에 얹어서 내밀었다.

"응? 아, 표시됐어. 약초『하위트』, 상처에 바르는 약의 재료라고."

신기하다는 듯 대답하는 토야를 상대로 하루카는 납득했다는 듯 고개를 끄덕였다.

"과연 그렇구나. 역시【감정】쪽의 정보가 많네. 아마도 '조사하는 것'과 '알고 있는 것'의 차이가 아닐까?【도움말】의 기능은 알고 있는 것의 보조 스킬이라고 생각해."

'알고' 있다면 수없이 자란 풀 가운데서 약초를 구분할 수 있다.

그와 달리『조사할 수 있다』는, 그 풀 하나하나를 도감과 대조하는 듯한 것.

그 증거로 토야의【감정】으로도 수많은 풀 가운데서 하나를 골라내어 감정하면 제대로 약초로 판별이 가능했다.

──안타깝게도 효율적인 약초 채집에는 그다지 도움이 되지 않지만.

"역시 스킬 검토는 중요하네. 아직 잘 모르는 건【적 탐지】와【간파】인가."

【적 탐지】는 중요할 것 같으니까 당장 검토해야겠네.

【간파】쪽은 하루카도 가지고 있을 터.

"저기, 하루카,【간파】는 써봤어?"

"응. 물론. 상대의 강함……이라고 할까, 스테이터스? 를 확인할 수 있는 스킬 같아. 다만 강한 사람한테는 별로 효과가 없나 봐.

초심자로 보이는 모험가가 상대라면 스킬이 보이기도 했지만, 베테랑은 어쩐지 강할 것 같다는 정도밖에 알 수 없었어."

오오, 역시 하루카. 이미 제대로 검토했습니까…….

강한 상대에게 효과가 없다는 건 불편하지만, 그래도 자신보다 격이 높다는 걸 알 수 있는 만큼 편리할지도 모르겠다.

"그리고 몬스터를 상대로 써봐서 어떻게 될지 조사해야겠네."

"그러네. 남은 건【적 탐지】인데. 써볼까……."

어째선지 사용법을 알고 있는 신기한 상태에 위화감을 느끼며, 주위의 기척을 점차 파악했다.

위치를 나타내는 레이더 같은 지도가 표시될지도 모른다고 생각했는데 전혀 그런 일은 없고, 알 수 있는 것은 대략적인 방향과 반응의 강약, 적대적인지 정도.

마법과 달리 무언가를 소비한다는 명확한 느낌은 없지만 세심한 작업을 끝없이 하는 것 같은 정신적 피로를 느꼈기에 계속 사용하기는 어려울 듯했다.

"어때?"

"응…… 뭔가 생체 반응은 느껴지는데 명확한 적의라는 건 안 느껴져."

"아아, 그건 나도 느낄 수 있네."

"그런가──아니, 너,【적 탐지】안 가지고 있잖아!"

"응!"

"어어~~, 그럼 내【적 탐지】, 의미 없어?"

일단은 이거 10포인트 썼거든?

수인의 초감각적인 무언가로 어떻게든 된다면 의미 없잖아!

"그런 쪽으로는 종족 특성이라고 생각할 수밖에 없지 않을까? 하지만 그냥도 이렇게 알 수 있다면 토야도 조만간【적 탐지】스킬, 얻을 수 있을지도. 나는 전혀 모르겠으니까."

"그래그래. 게다가 탐지할 수 있는 사람이 늘어나는 건 나쁜 일이 아니잖아?"

"그야 그렇지만……."

알고는 있지만, 참으로 석연치 않은 이 기분…….

"하지만 적성 반응이 없다는 건 좋은 일이네. 뭐, 점심으로 사냥감을 잡아야 하고 몬스터가 다가올지도 모르니까 적당히 체크는 해둬."

점심은 거르는 게 아니라 현지조달이었나보다.

"점심은 사냥입니까……."

"그래. 주변의 들풀을 먹어도 괜찮지만, 튀기지라도 않고서 먹을 수 있는 건 아니잖아?"

"역시 그러네, 산나물은 대개 아릿한 맛이 있으니까. 게다가 들풀 튀김이라니, 반죽이랑 조미료의 맛, 게다가 약간의 풍미뿐이구나."

산나물이라고는 해도 배를 채울 수 있는 건 의외로 많지 않다.

진귀하니까 고급 여관 같은 데서 나오는 것뿐, 평범한 채소로 슈퍼마켓에서 판다면 아마도 안 산다. 그 정도의 식재료.

"애당초 기름도 밀가루도 없으니까. 있는 건 소금뿐이야. 못 잡으면 점심은 없으니까. 둘 다, 열심히 하도록!"

""알겠습니다!""

밥 없이는 힘들다.

게다가 해체는 하루카에게 맡길 수 있으니까 적어도 죽이는 것 정도는 해야지.

"이봐, 토야, 뭘 노릴래? 그보다도, 네 【적 탐지】 비슷한 걸로 어떤 사냥감인지 알겠어?"

"아니, 큰지 작은지뿐이야. 애당초 어떻게 죽이지? 무기는 내 목검이잖아? 네 『파이어 애로』는 괜찮게 처리할 수 있을지 알 수 없고."

"그러네. 숯이 되어버리면 못 먹으니까."

"그렇지? 그렇다면 새는 어려워. 토끼 같은 작은 동물도 놓칠 것 같아. 그렇다면 멧돼지나 사슴이나, 경우에 따라서는 이쪽으로 공격할 것 같은 녀석이 괜찮지 않나?"

"그런가. 문제는 그런 동물이 이 세계에 있느냐는 건데."

"그러네."

"자자, 둘 다. 사냥감 이야기도 좋지만, 우선은 약초를 모으자. 여기에 오늘 밤의 잠자리가 침대 위일지 땅바닥일지 걸려 있으니까."

나와 토야가 사냥감 이야기를 나누는데, 하루카가 짝짝 손뼉을 치며 땅바닥을 가리켰다.

"일단 종류는 모르겠지만 약초는 그럭저럭 있는 모양이니까 손에 잡히는 대로 채집하자."

"라저. 이거면 헷갈리지 않고 채집할 수 있겠네."

의식해서 땅을 살펴보니 【도움말】 덕분에 어느 게 약초인지 바로 알 수 있었다.

헷갈리지 않는 만큼 상당한 시간 단축이 될 것 같았다.

"저기~, 나는?"

"토야는 종류별로 구분하는 거랑 경계 쪽을 메인으로 하면 될까."

"응? 구분하는 것뿐이라면 【감정】은 필요 없지 않나? 뭔지 몰라도 길드에 가져가면 사줄 거 아냐?"

"그야 그렇지만 구별하기 힘든 게 있을지도 모르잖아? 전부 약초로 쓸 수 있고 겉모습도 비슷하지만 다른 종류라든지. 게다가 효과 같은 것도 파악할 수 있다면 해두는 편이 나을 테고. 여유가 생기면 내 연금술에 쓸 수도 있을 거니까."

아아, 식물은 가끔 그런 경우가 있지.

설명을 들어도 구별이 잘 안 된다든지.

"그렇구나. 라저. 경계는 기본적으로 나한테 맡기고 너희는 열심히 채집해줘!"

토야는 그러면서 귀를 바짝 세우더니 목검을 들고 가슴을 폈다. 하지만——.

"아니, 알기 쉬운 약초는 채집하자고?"

"그래. 감각으로 알 수 있으니까 조금씩은 채집하면서도 경계할 수 있잖아?"

우리가 그리 지적하자 토야는 귀를 축 늘어뜨리며 쪼그려 앉아서 묵묵히 풀을 헤치기 시작하는 것이었다.

◇　　◇　　◇

약초를 채집하기 시작하고 한 시간 정도는 지났을까?

【도움말】의 효과도 있어서 우리는 상당한 양의 약초를 모았다.

게다가 보조 정도로 생각하던 【감정】의 구분 작업이 우리를 구원하기도 했다.

모으는 도중에 토야가 지적했는데, 약초로 요구되는 부분은 반드시 잎만이 아니었던 것이다.

뿌리나 꽃, 씨앗 등 잎 말고 다른 곳에 약효가 포함된 약초도 의외로 많아서, 그런 약초의 잎을 뜯어봐야 그야말로 무의미. 1레아도 되지 않는다.

그래서 이 사실이 발견된 시점에서 채집한 약초 대부분이 쓰레기가 되었다.

꽃이나 씨앗이 붙어 있지 않은 것이 대부분이었고 뿌리의 경우에는 이제 와서 어디에 있는지 알 수가 없으니 파낼 방도가 없었다.

애당초 삽도 안 가지고 있으니까 알아봐야 파내지도 못하지만.

비싸게 팔린다면 나뭇가지를 써서라도 노력했을 수도 있지만, 이런 장소에서 얻을 수 있을 정도의 약초가 그렇게 비쌀 리도 없겠지.

다행인 점은 시작하고 5분 정도 만에 토야가 알아차렸다는 건가.

【도움말】은 그런 쪽으로 대응해주지 않아서, 토야가 알아차리지 못했다면 쓸모도 없는 쓰레기를 의기양양하게 모험가 길드에

제출했을 테지.

처음에 알아차렸다면 더욱 좋았겠지만 【감정】을 찍은 건 토야의 공적이니까 그건 포기했다. 일단 지금부터 감정할 때는 설명을 전부 읽어달라는 주문만큼은 덧붙였지만.

그 이후로는 확실하게 잎이 필요한 약초를 기억하고 그것만 채집하기로 했다.

참고로 하루카의 【이세계 상식】도 그런 부분은 도와주지 않았나 보다.

확실히 나도 삼백초가 약초로 사용된다는 걸 알고는 있어도 어떻게 쓰는지는 모르니까. 이런 부분이 '상식'과 '전문 지식'의 차이인가.

그렇게 묵묵히 계속 풀을 뜯는데, 문득 토야가 고개를 들었다.

"……나오, 뭔가 오지 않아?"

온다고……?

"앗!"

이런, 잊고 있었어!

아무리 메인 경계는 토야에게 맡겼다고는 해도, 나도 참 너무 방심했잖아!

황급히 【적 탐지】를 사용했다.

응, 확실히 무언가 다가온다. 무엇인지는 모르겠지만 적어도 작은 동물은 아니었다.

반응을 보면 적대한다고 표현할 것까지는 아니지만 무해하다는 느낌도 아니었다.

"어떻게 하지? 요격할까?"

"그러네…… 이상한 게 아니라면 우리 점심거리로 삼을까. 하루카, 가도 쪽으로 좀 물러나 줄래?"

"알았어, 조심해."

하루카는 곧바로 약초 채집을 중단하고 우리에게서 떨어져 십여 미터 떨어진 나무 위로 피난했다.

스르륵 올라가는 모습은 그야말로 엘프라는 느낌이지만, 저게 하루카라고 생각하니 어째 영 와 닿지 않네.

원래 운동 신경은 나쁘지 않았지만 나무를 오르는 이미지는 아니었으니까.

"이봐, 나오, 곧 올 거야. 어떻게 하지?"

"그러네…… 나도 나무 위로 피할게. 토야, 힘내!"

"어! 나 혼자서 하는 거야!"

"아니, 그게, 나, 무기가 없잖아? 위태로운 상황이라면 『파이어 애로』로 엄호해줄 테니까. 몬스터도 아닌 것 같으니 어떻게든 되겠지?"

어쩐지 놀라는 토야를 내버려 두고 나도 하루카를 따라서 옆의 나무로 올라갔다.

나무에 올라간 것은 과거에 몇 번 정도밖에 없었지만 자연스럽게 몸이 움직여서 스무드하게 탄탄해 보이는 가지까지 도달. 거기에 서서 아래를 내려다봤다.

기척은 다가오고 있지만 녹음이 짙어서 나무 위에서도 아직 모습은 확인할 수 없었다.

결코 무서워서 도망친 것은 아니다. 무기가 없으니까 어쩔 수 없지, 응.

"······어쩔 수 없나. 좋아! 열심히 할게! 하지만 진짜로 위태로우면 부탁한다고?"

"오케이, 오케이. 다쳐도 하루카가 있으니까 어떻게든 될 거야."

"다치고 싶지는 않은데······."

그러면서 토야도 옆의 수풀로 몸을 숨겼다.

그리고 말없이 대기하기를 잠시, 짐승 길을 더듬듯 모습을 드러낸 것은······ 아마도 멧돼지.

어째서 아마도, 냐고?

그게, 멧돼지라니 동물원 같은 곳에서밖에 본 적 없으니까!

흔한 동물이니까 자세히 관찰하지도 않고 그냥 패스해버리고.

크기는 2미터까지는 안 되나. 50센티미터 정도의 엄니가 입에서부터 살짝 구부러지며 위를 향해 나 있었다.

──응? 멧돼지가 저렇게 엄니가 컸던가?

아, 그러고 보니 【도움말】이 있잖아.

어디어디──'짐승(식용)'.

너, 너무 대충이잖아아아아!!

무심코 소리 지를 뻔했던 나는, 아마도 잘못이 없다.

하지만 먹을 수는 있다니까 점심 식사는 안심일지도.

비확정 명칭 '멧돼지' 쪽은 그런 내 심정과는 관계없이 그저 걸어서 다가오고 있었지만, 토야가 숨은 장소 근처에서 걸음을 멈추고 코를 킁킁 울렸다.

다음 순간, 수풀에서 튀어나온 토야가 머리를 향해 목검을 힘껏 휘둘렀다.

퍽, 울리는 둔탁한 소리.

"칫!"

제대로 맞았다고 생각했는데 토야는 분하다는 듯 혀를 차고 곧바로 뒤로 물러났다.

멧돼지는 가볍게 머리를 흔들더니 불만스레 으르렁거리며 토야를 노려봤다.

아무래도 도망칠 생각은 없는 모양이지만, 마찬가지로 대미지 역시 없는 듯했다.

클린 히트했는데 이건…… 좀 아니지?

"토야! 괜찮겠어?"

"몰라! 일단 해볼게!"

그도 그런가. 첫 전투니까.

엄호……『헤비 웨이트』는 잘못하면 몸통박치기의 대미지가 커지겠구나. 사용할 거라면『슬로 타임』인가?

처음 쓰는 마법이지만 다행히도 마력은 상당히 회복되어 있었다.

게다가 이 마법이라면 혹시 실패해도 그렇게 나쁜 상황이 되지는 않겠지.

"——『슬로 타임』!"

멧돼지를 향해 손을 내밀고 그리 영창하자, 한순간 멧돼지가 희미하게 빛나고 움직임이 아주 살짝 느려진…… 것처럼 느껴졌다.

"토야! 멧돼지의 움직임이 조금 느려졌을, 지도 몰라. 너무 기대하지는 말고 열심히 해!"

"어, 어? 일단 땡큐!"

참으로 미묘한 내 표현에 토야도 미묘한 표정으로 감사 인사를 했다.

아니, 그게 말이지, 돌진하는 도중이라면 모를까 상황을 살피는 단계에서는 알아보기 어렵잖아?

"그럼, 가볼까!『차지』!"

토야가 그리 말한 순간에 그의 모습이 비정상적인 속도로 움직이고, 한순간 뒤에는 멧돼지의 눈에 목검을 찌르는 토야의 모습이 있었다.

피갸아아아아!!!

비통한 울음소리를 내지르고 버둥거리며 쓰러진 멧돼지.

토야는 직전에 목검을 빼고 뒤로 물러났다.

그대로 잠시 멧돼지는 다리를 움직였지만 이내 꿈틀거리게만 되었다.

과연, 두개골이 단단하니까 눈구멍을 통해 뇌를 파괴했나.

이해는 됐지만, 첫 전투에서 그걸 해내다니…… 토야, 무서운 아이!

"해치웠나?"

"아마도?"

나무 위에서 그렇게 물어보니 토야도 자신은 없는지 천천히 멧돼지에게 다가가서 목검으로 찔렀다.

"……괜찮은 것 같네."

다리를 꿈틀꿈틀 경련할 뿐, 멧돼지가 움직이지 않는 것을 확인하고 나는 나무에서 내려왔다.

"첫 승리, 구나."

"응. 뭐라고 할까, 기쁘기는 하지만 조금 미묘한 기분일지도……."

"뭐, 생물을 죽인 적은, 이제까지 없었으니까……."

당연하지만 평범하게 생활하면서 생물을 죽일 기회는 거의 없다.

벌레 같은 걸 제외하면 고작해야 물고기를 처리할 때 정도.

그것마저도 낚시라도 가지 않으면 대부분의 사람은 경험하지 않겠지.

다리의 움직임을 멈춘 멧돼지 앞에서 말이 없어진 우리 둘.

"──자자, 멍하니 있지 말고 피를 빼자."

"아, 하루카."

어느샌가 나무에서 내려와 옆으로 온 하루카가 나이프를 꺼내더니 멧돼지에게 다가갔다.

"이제까지도 직접 한 적이 없을 뿐이지 동물을 죽여서 먹었으니까. 그건 괜찮지만 이건 안 된다, 그런 건 이상하잖아?"

하루카는 그리 말하며 목에 나이프를 찔러 넣고 피를 빼기 시작했다.

무표정하게 피가 흘러나오는 것을 확인하며 복부도 갈라 내장을 꺼냈다.

"사실은 매달아 놓는 편이 더 편하지만…… 너희도 자세히 보라고? 조만간에 할 수 있게 되어야 하니까."

윽, 이걸 하는 건가…….

땅에 고인 대량의 피와, 피로 범벅이 된 참으로 생생한 내장의 냄새에 어쩐지 시큼한 것이 치밀어 올랐다.

토야를 곁눈으로 보니, 이쪽도 얼굴에서 핏기가 가셔 새파랬다.

아마 내 안색도 비슷하겠지.

"아, 실패했다. 구멍을 팔 도구를 안 가져왔어."

파묻지 않으면 야생동물이 접근할 가능성이──그러면서 하루카는 주위를 둘러보고 토야가 든 목검에 시선이 멈췄다.

"! 아, 안 돼! 내 검은!"

그 시선을 알아차렸는지 토야가 당황한 듯 하루카의 시선에서 목검을 감추었지만, 하루카는 어깨를 으쓱이고 고개를 가로저었다.

"그게 금속제 브로드 소드라면 가차 없이 사용했을 테지만, 그건 그냥 막대기나 다름없어."

확실히 브로드 소드라면 거의 둔기나 다름없어서 일본도 같은 무기와는 달리 구멍을 파는 용도로도 썼다고 그러니까 베는 맛이 둔해질 걱정은 없겠지.

목검과 막대기를 동일시하자 토야는 살짝 불만스러운 기색이었지만, 그럼 쓰자고 말해도 곤란하다고 생각했는지 입을 꾹 다물었다.

"그 대신에 둘이서 땅을 파. 방법은 맡길 테니까."

"라저."

도구도 없이 구멍을 파는 것은 힘들 테지만 해체를 하루카에게 맡긴 이상 거절할 수는 없었다.

토야와 둘이서 근처의 나뭇가지나 돌을 이용해서 구멍을 팠다.

숲속이라 결코 땅이 단단하지는 않았지만 그래도 제대로 된 도구가 없는 만큼 상당한 시간이 걸렸다.

"가까운 강이라도 있으면 고기를 식혀두는 편이 나을 텐데, 지금은 물로 씻어내는 정도인가."

우리가 땅을 파는 동안에도 하루카는 재빨리 작업을 진행해서, 모피를 벗기고 그 위에 적당한 크기로 나눈 고기를 늘어놓은 다음 마법으로 만든 물을 이용해서 씻었다.

그리고 우리가 내장을 간신히 파묻었을 무렵에는 가죽 주머니에 수납까지 마친 상태였다.

"저기…… 하루카, 미안. ——아니, 고마워."

"정말로, 덕분에 살았어. 고마워."

그러면서 머리를 숙이는 우리를 보고 하루카는 쓴웃음 지으며 고개를 가로저었다.

"어쩔 수 없잖아. 이 세계에서 살아가기 위해서는 할 수밖에 없고, 너희는 못 하니까……."

말은 그러면서도 안색은 그다지 좋지 않았다.

스킬로서의 【해체】는 가지고 있지만 실제로 하는 건 처음이었으니까 그도 어쩔 수 없는 일이겠지.

하지만 그래도, 죽인 것만으로 동요하던 우리보다도 착실하고 안정적이었다.

"뭐, 가능한 한 빨리 배워. 어차피 이 세계에서 모험가 일을 한다면 싫어도 그런 내성이 붙을 테니까. 이번처럼 깔끔하게 쓰러뜨리는 경우만 있진 않을 테니까."

"그래, 그렇지! 뭐, 그거야. 보기에 따라서는, 곱창이잖아? 간, 염통, 천엽 같은 거라 생각하면 어떻게든 될지도?"

"아니, 뭐, 잘라놓으면 그렇겠지만……. 식자재 전문점 같은 데 가면 돈족이나 코, 귀 같은 것도 냉동해서 파니까……."

보는 방식을 바꾸어 어떻게든 스스로를 납득시키려는 우리.

그렇지만 겉모습은 같다고 해도 역시 『피』가 흐르는 건 상당히 충격적인 광경이었다.

하지만 익숙해져야만 하겠지…….

그저 짐승만이 아니라 몬스터도 있다니까, 피를 보고 동요한다면 모험가로서는 치명적이다.

"말해두겠는데, 내장은 먹으면 안 된다고? 특히 소화 기관. 구우면 괜찮을 거라 생각하지만 위험을 무릅쓸 정도는 아니니까."

"아아, 그러고 보니 일본에서도 간을 먹고 죽은 사람이 있었지. 이 세계에서도 식중독은 무섭구나……."

"소독약 같은 건 없을 테니까. 노로 바이러스 같은 경우에는 알코올로도 안 죽잖아?"

염소 소독이 필요했던가? 하이포염소산…… 이른바 카비ㅇ러* 같은 거였지?

염소계 표백제라도 괜찮나? 블ㅇ치**라든지.

---

* 하이포염소산이 주재료인 일본의 곰팡이제거제 '카비킬러'.
** 이른바 '락스'라고 불리는 염소계 표백제의 한 종류인 '블리치'.

어차피 만드는 방법도 모르지만.

"일단 이 세계에 익숙해질 때까지는 피할 수 있는 위험은 최대한 피하자. 이건 절대적이야."

"이 세계에서는 못 먹는 건가, 내장은?"

"아니. 먹을 수는 있지만, 쉽게 부패하니까 주의가 필요해."

곱창구이, 싫어하지는 않지만 평범한 고기가 있다면 집착할 정도도 아니구나, 응.

기본적으로 내장 관련은 밑 처리에 수고가 든다니까.

처리를 마친 내장을 슈퍼마켓에서 사 오는 것과는 다르다.

"그런데 토야, 아까 멧돼지는 감정했어? 내 도움말로는 '짐승(식용)'이라고 표시됐는데."

"그건 참…… 유익하다면 유익한가? 사냥하기 전에 먹을 수 있는지 알 수 있으니까. 감정 결과는 '터스크 보어'였어. 고기는 식용, 엄니와 모피가 이용 가능하다고 적혀 있었을 거야."

"호오, 엄니도? 어디어디……."

하루카가 해체하고 나눠놓았던 엄니를 주워들어 살펴봤다.

생각했던 것보다도 묵직하고, 두들겨보니 안쪽이 차 있는지 상당히 튼튼하게 느껴지는 소리가 났다.

"이 엄니, 속이 차 있구나."

"속? 보통은 없어?"

의아하다는 듯 고개를 갸웃거리는 하루카를 보고 나는 고개를 끄덕였다.

"응. 아마도 멧돼지 엄니는 텅 비어 있었을 거야. 크기도 아마

137

이게 더 크지?"

"크기는 명백하게 커. 게다가 두껍고. 길이만 따지면 그런 종류의 멧돼지도 있었던 것 같지만."

하루카의 이야기로는, 일본에 사는 멧돼지는 엄니는 그렇게 크지 않지만, 세계에는 엄니가 긴 멧돼지도 있다고.

반대로 너무 길어서 젖혀진 엄니가 자기 머리에 박히는 일도 있다나.

그건 생물로서 좀 어떠려나? 라는 생각도 들었지만, 원래 있던 세계에서조차 그렇다.

이세계의 멧돼지라면 이 정도 차이는 오차의 범위겠지.

오히려 그 덕분에 엄니를 팔 수 있는 거니까 전혀 문제없다.

"자, 슬슬 약초 채집, 재개하자. ——장소는 조금 이동하는 편이 나을까?"

"그러네. 피 냄새에 짐승이 다가와도 곤란하니까 좀 떨어지자."

그 후로 우리는 멧돼지를 잡은 장소에서 숲을 따라 20분 정도 이동, 새로운 채집 장소에서 낮이 될 때까지 작업을 계속한 것이었다.

"슬슬 점심을 먹을까."

무심히 풀을 헤치던 나는 그런 하루카의 말에 고개를 들었다.

하늘을 올려다보니 나무들 사이로 보이는 태양은 중천을 지나고 있었다.

"아자아아아! 드디어 밥이다!"

내 옆에서 작업하던 토야가 크게 소리 지르며 땅바닥에 주저앉았다.

나도 배를 문지르며 크게 숨을 돌렸다.

의식하지 않으려고 했지만 사실 상당히 배가 고팠거든.

열심히 빵을 쑤셔 넣었다고는 하지만 아침식사는 무척 이른 시간이었고.

"그렇게나 배가 고팠어? 그렇다면 말하지 그랬어."

하루카가 조금 어이없다는 듯 말했지만 토야는 앉은 채로 쓴웃음 지었다.

"아니, 하루카가 열심히 일하는데 불만을 털어놓기는 힘들어서. 안 그래도 의지만 하고 있는데."

"딱히 농땡이 치는 것도 아니니까 그렇게 마음 쓸 것 없는데······. 일단 다 같이 장작을 모아서 가도 근처로 이동하자. 그쪽이 안전하니까."

"응."

이 부근으로 장작을 주우러 오는 사람은 거의 없는지 별로 시간을 들이지 않고도 장작은 모았다.

그대로 가도 옆까지 이동, 우리는 모닥불을 준비하고 하루카는 고기의 밑 준비를 시작했다.

"좋아. 그럼 내 『이그나이트』가 불을 뿜는다고!"

나는 장작을 짜 맞추고 『이그나이트』를 발동.

가스버너 같은 불꽃이 화구도 없이 잔가지에 불을 붙이고, 살짝 두꺼운 가지도 금세 타기 시작했다.

"아니, 확실히 문자 그대로 불을 뿜었지만…… 라이터보다는 편리한가?"

토야는 미묘하다는 표정이었는데, 조금 더 높이 평가해줘도 괜찮잖아?

잡화점에서 본 싸구려 불 피우기 도구는 '부싯돌'이었고, 라이터처럼 쓸 수 있다는 마도구는 상당히 고가였다.

부싯돌이라면 소모품이고 풀어헤친 섬유 같은 화구가 필요한 데다가, 상당히 신중하게 하지 않으면 모닥불을 피우는 데에 고생한다고?

그런 과정을 이런 짧은 시간 만에 할 수 있으니까 무척 편리하잖아. ——토야에게 그렇게 역설해봤지만, 토야에게는 "편리하기는 하지만 마법으로서는 수수"해서 미묘하다나.

그야 화려한 공격 마법이 '그야말로 마법'이라는 느낌은 들겠지만, 실제로 생활할 때에는 이런 편리한 마법 쪽이 더 중요한 것 같은데 말이지.

솔직히 이야기해서, 모험가로서 전투를 하는 기간 따윈 인생의 한때에 불과할 테니까.

물론 그 기간을 살아남을 수 있는 마법도 중요할 테지만…….

"자, 준비는 됐어. 모닥불은 오케이? 그럼 각자 굽자."

모닥불에 장작을 던져 넣던 우리에게 하루카가 건넨 것은 꼬치에 꿴 고깃덩어리.

손바닥보다 조금 작고 두께는 3센티미터 정도의 고기가 한 사람당 두 개.

"굽는 정도는 취향대로. 다만 안까지 제대로 익힐 것. 레어는 안 돼. 저쪽의 상식이 통용된다면 75도로 1분 이상이었던가?"

자신의 꼬치를 모닥불 옆에 꽂으며 하루카가 우리에게 주의를 줬다.

"그러면 이쪽 상식은?"

"불에 제대로 익혀서 먹는다. 과학적인 건 없지만 그건 똑같아."

온도계도 없고 이런 모닥불로 조리한 경험도 없으니까 조금 오래 구워야 하나?

그런 생각을 하며, 이따금 뒤집어가며 고기를 굽길 몇 분, 점점 기름이 배어 나오고 치익치익 맛있을 것 같은 소리와 냄새가 났다.

"꽤 맛있겠는데! 나, 이렇게 먹는 건 처음이야!"

토야가 기쁜 듯 고기를 바라보며 말했다.

기다리기가 힘든지 빈번하게 고기를 뒤집고 하루카의 얼굴을 들여다봤다.

"바비큐도 보통은 철판이나 망이니까."

그러고 보니 꼬치구이 바비큐는 먹어본 적 없네.

바비큐의 이미지라면 꼬치겠지만 실제로 할 때는 망에 구우니까…….

그보다도 그렇게 구울 때 채소랑 고기, 둘을 꼬치에 꿰면 아마도 그중 하나는 타겠지?

평범한 고기구이도 숯이 된 양배추라든지 표면이 그을린 설익은 양파 같은 게 있으니까.

"기뻐하는 참에 미안하지만, 맛은 별로 기대하지 말라고? 조미료는 소금뿐이고, 고기 자체는 그냥 돼지고기가 더 맛있을 거니까 말이지?"

살짝 흥분한 우리와 달리 하루카는 차분한 모습으로 구워지는 고기를 바라봤다.

잘 생각해보면 멧돼지를 식용으로 만든 게 돼지잖아? 그러니까 이건 돼지고기 꼬치?

"괜찮아! 캠프에서 먹으면 밍밍한 카레도 맛있게 느껴지니까! ……저기, 슬슬 괜찮을까?"

"어린애도 아니니까 좀 진정해. 표면만 그을려봐야 어쩔 수 없잖아? 안이 설익으면 위험하니까."

그 후로 천천히 기다리기를 다시 몇 분, 하루카의 허가가 나오는 것과 동시에 우리는 고기를 베어 물었다.

"뜨거! 하지만, 맛있어!"

"이건 상상 이상으로……."

베어 물자 넘쳐 나오는 육즙과 기름.

하루카의 말대로 조미료는 심플한 소금뿐이지만, 이건 기름이 맛있는 건가?

식욕을 돋우는 좋은 향기와 감칠맛. 게다가 넘쳐흐르는 기름기로 바삭하게 튀겨지듯 익은 표면의 식감이 어우러져 무어라 형용할 수 없었다.

육질은 조금 질기지만 베어 무는 게 힘들 정도는 아니고 그야말로 고기를 먹고 있다는 실감을 전해주었다.

"좀 더 먹기 힘들 수도 있겠다고 생각했는데, 예상보다 더 맛있네. 좋은 걸 먹고 자라서 그럴까?"

"확실히 도토리를 먹인 고급 돼지고기가 있었잖아? 그걸 생각하면 맛있는 걸 먹고 운동도 하는 멧돼지는, 사실은 고급육?"

"으─음, 그렇게 생각할 수도 있구나. 처리하는 방법만 실패하지 않는다면 맛있는 걸지도……. 이러면 칼집을 내고 소스에 재우면 상당히 맛있는 고기가 되겠어. 간장이나 된장이 없다는 게 아쉽네……."

우적우적 열심히 먹는 토야와 달리 하루카는 조심스럽게 씹으며 그런 비평을 했다.

"동감. 쌀은 참을 수 있겠지만 간장이랑 된장은 중요하네. 평소에 사용하는 조미료 대부분에 그중 하나는 들어가는걸. 사용하지 않는 건 마요네즈랑 케첩 정도?"

나는 냉장고의 내용물을 떠올리며 말했다.

샐러드에 뿌리는 드레싱 같은 것도 간장이 들어가는 게 내 취향이었다.

기름과 식초, 소금에 후추뿐인 것은 재미없어서 그다지 좋아하지 않는다.

"우스터소스도 안 들었어. 나는 별로 안 쓰지만."

"하지만 고기 굽는 소스나 내가 좋아하는 요리에 맛을 낼 때, 간장이랑 된장이 중요하거든. 팔지 않으려나?"

고기 굽는 소스가 있다면 조금 맛이 없는 고기나 채소도 분명히 감내할 수 있다.

　오히려 그것만으로도 밥을 먹을 수 있다.

　"어떨까? 비슷한 게 없다고 단언할 수야 없겠지만 쌀, 보리, 대두가 원료인지는 알 수 없겠지."

　"맛이 비슷하다면 딱히 상관은 없지만…… 하루카는 못 만들어?"

　"만드는 방법은 아는데? 할머니를 도와드린 적 있으니까. 하지만 그때는 건조 누룩곰팡이를 썼으니까 말이지."

　"누룩곰팡이…… 팔 리가 없나."

　일본의 슈퍼마켓에서도 파는 걸 본 적이 없었다.

　하물며 이세계. 찾아낼 수 있을 것 같지 않네.

　"일단 지식뿐이지만 누룩곰팡이의 분리 방법은 아니까, 금전적으로 여유가 생기고 여유로워지면 시험해봐도 되는데. 정말로 만들 수 있을지 모르니까 적어도 몇 년은 뒷일이 되겠지."

　"그런가. 하지만 희망이 있는 만큼 그래도 낫나."

　계속 소금과 허브 종류뿐인 식사는 질리겠지만 그런 쪽으로는 여유가 생긴 다음에 차차 진행할 수밖에 없겠네.

　일단 이 고기는 충분히 맛있으니까 소금과 허브뿐이더라도 크레이지한 솔트스러운 걸 만들 수 있다면 한동안은 참을 수 있을 듯했다.

　"후──, 잘 먹었다! ……그러고 보니 둘 다 엘프인데 고기는 거북하다든지, 그런 건 없어?"

　아직 땅바닥에 박아둔 상태인 하루카의 고깃덩어리 하나로 시선을 향하며 그런 소리를 하는 토야에게 하루카가 싸늘한 시선을 보냈다.

"뭐야? 부족해? 직접 구울 거라면 아직 더 있는데?"

"아니, 단순히 궁금해서 물어본 것뿐이지 그런 건 아닌데…….
하지만, 고기는 받을게."

부정하면서도 하루카가 꺼낸 고기를 받아들고 꼬치에 꿰어 굽
기 시작하는 토야.

꼬치 하나당 1파운드 스테이크 수준의 사이즈는 된다고 생각하
는데…… 수인이라서 그런가?

이전에는 이렇게나 먹진 않았지?

실제로 이쪽으로 오기 전에는 토야와 비슷하게 먹던 나는, 하
나하고 반 정도 먹은 단계에서 상당히 배가 꽉 찼다.

하루카는…… 아아, 처음부터 우리랑 비교해서 조금 작게 잘랐나.

"나는 딱히 기호가 바뀌지는 않은 것 같은데, 실제로는 어떨까?"

"그러네…… 이쪽의 상식으로는 '일본인은 생선을 좋아한다' 같
은 느낌으로 '엘프는 채소를 좋아한다'인가?"

"그런가. 어떤 의미로는 잘 이해했어. 그럼 평소의 식사도 신경
쓸 필요는 없구나."

"그렇지. 자, 토야가 전부 먹으면 오늘은 이만 복귀하자."

"응? 벌써 돌아가게? 아직 해는 저 위에 있는데."

모닥불 준비나 조리에 다소 시간을 빼앗기기는 했지만, 아직
충분히 밝았다.

도시로 돌아가는 데에 한 시간 남짓 걸리는 걸 생각해도 조금
이른 느낌이었다.

"기본적으로 불빛이 없으니까 대부분의 용건은 해가 떠 있는 와중에 마쳐야 해. 물건 구입이라든지 이것저것, 말이야. 처음이니까 여유를 두고 행동하자."

"그도 그런가. 라저."

토야가 고기를 마저 먹는 걸 기다리며 잠시 식후의 휴식.

그런 시간을 거치고 우리는 도시로 귀환했다.

◇　　◇　　◇

해가 떨어지기 조금 전, 도시로 돌아온 우리는 얼른 모험가 길드로 가서 약초 매입을 부탁하는 중이었다.

응대해준 것은 어제와 같은 누님.

우리를 기억하고 있었는지 길드로 들어온 우리를 보고 손짓으로 불러주었다.

시키는 대로 토야가 들고 있던 주머니를 카운터에 내려놓자, 누님은 안을 들여다보고 눈을 동그랗게 떴다.

"어머! 무척 많이 캐왔네요. 체크할 테니까 잠깐만 기다려요."

한 번 뒤뜰로 들어간 누님은 몇 분 정도 지나서 빈 주머니만 들고 돌아왔다.

그 주머니를 하루카에게 돌려주며 싱긋 미소 지었다.

"자, 전부 문제없었어요. 계산은 조금만 기다려주세요. 초심자니까 조금 걱정했는데 말이죠."

"그랬나요?"

"예. 일단 처음 약초 채집 의뢰는 받는 사람한테는 간단하게 설명하는데, 이야기를 안 듣는 사람도 많고 이따금 무의미한 걸 캐오기도 하니까요. 예를 들면 위드베인의 잎뿐이라든지."

"헤, 헤에, 그런가요."

위드베인.

그건 토야의 감정으로 뿌리가 필요하다는 걸 알게 된 약초였다.

【감정】이 없었다면 우리도 그 '이야기를 안 듣는 초심자'가 되었을 테지.

하루카의 시선이 살짝 흔들린 것도 어쩔 수 없겠지.

"뭐, 그것도 공부일까 생각해서 사전에 주의를 주거나 하진 않지만요."

정말 다행이다.

'공부' 덕분에 자칫 잘못했다가 오늘은 노숙할 뻔했다고.

"그런데 여러분은 실수도 없었으니, 역시 엘프네요. ······그러고 보니 위드베인은 안 모으셨던데요?"

"예, 지금은 파낼 도구가 없고 시간도 걸리니까요. 여유가 생기면 차차, 겠네요."

"그런가요. 알고 있을지 모르겠지만, 두꺼운 뿌리──대략 엄지손가락보다 두꺼운 건 비싸게 팔리니까 잘만 하면 꽤 벌 수 있다고요? 뭐, 가느다란 뿌리밖에 안 나온다면 파내는 시간이 필요한 만큼 벌이가 줄어들기도 하지만요."

예, 몰랐습니다.

【감정】이 없었다면 위드베인은 뿌리가 필요하다는 것조차 몰랐

습니다.

"감사합니다. 요즘 계절에 또 뭔가 괜찮은 건 있나요?"

"그러네요…… 요즘 계절이라면 딘들 열매일까요."

누님은 잠깐 생각에 잠기더니 카운터 밑에서 책 한 권을 꺼내어 그 안의 한 페이지를 펼치며 가르쳐줬다.

"이 부근이라면 조금 숲 안쪽으로 들어가야 할 테니까 초심자에게는 추천하기 힘들지만요……. 특히 자신들의 역량을 파악하지 못하는 사람들한테는."

『알고 있겠죠?』라는 느낌으로 미소 짓는 누님을 향해, 우리는 일제히 고개를 끄덕였다.

오늘은 별일 없었지만 그렇다고 내일부터 바로 숲 안쪽으로 들어가려고 할 만큼 우리는 어리석진 않다. 적어도 하루카가 있는 한.
……토야는 좀 위태롭구나.

"딘들은 이 그림에 있다시피 주먹 크기의 붉은 나무열매인데, 그대로 먹어도 좋고 말려도 좋은, 조금 고급 과일이에요."

도감의 삽화는 사과와 토마토의 잡종 같은 과일이었다.

설명 부분에는 높이 5미터 이상으로 성장한 나무 끝에 난다고 적혀 있었다.

다만 '5미터'라는 건 '최소한'이라는 의미일 뿐, 실제로 열매가 나는 딘들 나무는 수십 미터나 된다나.

"다만 여기에도 적혀 있다시피 상당히 높은 나무의 꼭대기 쪽에서 나니까 나무를 오르는 게 특기인 사람이 아니라면 못 따겠죠. 다행히도 여러분 파티는 엘프가 두 분이나 있으니까 올라갈 수 있다면 꽤 괜찮을 거라 생각한다고요? 하나에 100~300레아는 되니까요."

비싸네!

매입 가격이 그러면 판매 가격은 하나에 500레아를 넘을지도 모른다.

작은 사과 정도 크기에 그런 가격인가……. 가격으로는 고가인 망고 같은 이미지네.

여러 개를 수확할 수 있다면 충분히 벌 수 있을 테니 노려보는 것도 괜찮을지도 모르겠다.

"아, 계산이 끝난 모양이네요."

누님의 그 말에 도감을 들여다보던 우리가 고개를 들자, 카운터 안쪽에서 온 사람이 돈이 든 쟁반을 누님에게 건네고 있었다.

"으─음, 전부 합쳐서 8730레아네요. 굉장해요! 약초만으로 이렇게나 버는 사람은 거의 없다고요?"

"그런가요?"

깜짝 놀란 듯 말하는 누님을 보고 하루카는 고개를 갸웃거렸다.

도움말의 보조가 있었다고는 해도, 우리는 딱히 약초 분포에 대한 지식이 없었다.

처음 한 우리가 이 정도면, 익숙한 사람이라면 좀 더 벌 수 있을 것 같은데.

"예. 초심자가 약초 채집에 익숙해질 무렵에는 좀 더 벌이가 좋은 의뢰로 넘어가니까요. 적당한 수입으로 괜찮다면 약초 채집의 프로라도 되어 비교적 안전하게 벌 수 있기는 하겠지만, 모험가인 만큼 일확천금을 꿈꾸는 젊은이가 많으니까요…….”

조금 곤란하다는 듯 누님은 쓴웃음 지었지만 그런 사람이 없는 덕분에 우리도 벌 수 있는 거니까 어떤 의미로는 고마운 일일지도 모르겠다.

“그럼 앞으로도 매입은 괜찮을까요? 오늘은 꽤 캐왔는데.”

“예, 약초는 기본적으로 건조시켜서 사용하니까 무척 오래 보존할 수 있거든요. 게다가 앞서 말했듯이 약초 채집을 메인으로 하는 사람은 없으니까요.”

“알겠어요. 그럼 내일부터도 열심히 할게요. 그리고 터스크 보어를 사냥했는데, 매입이 가능하신가요?”

“예. 엄니와 모피는 이쪽으로, 고기는 직접 푸줏간으로 가져가는 편이 조금 더 비싸게 팔 수 있어요. 귀찮다면 여기서도 매입하기는 하는데.”

“그럼 엄니와 모피만 부탁드려요.”

“알겠습니다. 잠시만 기다려주세요.”

하루카의 재촉에 내가 가지고 있던 모피와 엄니가 든 주머니를 카운터에 내려놓자, 누님은 그것을 가지고 다시 뒤쪽으로 물러나더니 잠시 후에 돈을 가지고 돌아왔다.

“확인했어요. 상한 곳도 없이 꽤 큰 사이즈였으니까, 둘 합쳐서 3500이에요. 괜찮나요?”

“예.”

“알겠어요. 그럼 여기 돈이에요. ──그건 그렇고 굉장하네요. 어떻게 쓰러뜨렸나요?”

하루카에게 돈을 건네며 의아하다는 듯 뒤쪽의 우리를 봤다.

시선을 보아하니 『굉장하다』라는 건 변변한 검조차 없는 우리의 장비를 말하는 거겠지.

뭐, 겉보기에는 모험가의 장비가 아니니까.

전원 천으로 된 옷, 무기는 토야의 목검뿐.

하지만 RPG 게임이라면 처음에는 이런 법인데.

……아니, 평범하게 생각하면 게임 쪽이 이상하다지만.

"그건——."

"내가, 이렇게, 목검으로 멧돼지의 눈을 찔러서, 숨통을 끊어버렸어요!"

토야가 갑자기 끼어들어서 목검을 과시하며 가슴을 폈다.

아니아니, 계속 하루카한테 맡기고 아무 말도 안 하던 녀석이 갑자기 이야길 하니까 누님이 눈을 끔뻑거리잖아.

누님은 확실히 애교가 있는 사람이지만 동물 귀는 없다고?

"그것도 나오가 마법으로 엄호해준 덕분이잖아? ——아, 죄송해요. 이참에 소개해둘게요. 여기 멧돼지 정도로 의기양양한 게 토야, 뒤쪽의 엘프가 나오에요.

기본적으로 토야가 앞에 서고 저랑 나오가 엄호하는 게 저희 스타일이에요. 교섭 같은 건 앞으로도 저, 하루카가 할 것 같긴 하지만 잘 부탁드릴게요."

"나오예요. 잘 부탁드립니다."

"토야야! 잘 부탁해요!"

하루카의 소개에 가능한 우호적인 미소로 머리를 숙인 나와 달리 토야 쪽은 히죽 웃으며 가볍게 손을 들었다.

토야, 그건 캐릭터를 만들려는 거야?

어떤 의미로는 어울리지만 조금 무례하지 않나?

그런 내 생각을 제쳐놓고 누님은 싱긋 웃으며 인사를 했다.

"안녕하세요. 전 디오라예요. 창구 업무가 메인이라서 여러분과는 비교적 자주 만날 거예요. 잘 부탁드려요."

이런 곳에서 창구 업무를 맡은 만큼 토야의 태도 정도로는 미소가 전혀 무너지지 않았지만, 토야, 프렌들리와 무례는 다르니까 말이지? 나중에 제대로 말해두자.

창구 누님의 호감도가 내려간다니, 세상 물정 모르는 우리에게는 생존율에 영향을 미치는 큰 문제였다.

그리고 누님——즉, 디오라 씨에게 추천하는 푸줏간을 물어본 우리는 여관으로 돌아오는 도중에 그곳에 들러서 남아 있던 고기를 모두 팔아버렸다.

모닥불에 구운 고기는 맛있었으니 조금 아쉽기는 했지만, 보존할 방도가 없는 만큼 괜히 남겨놓았다가 식중독에 걸리기라도 하면 아무 의미도 없다.

하루카가 잘 처리하기도 했고 양도 상당했기에, 멧돼지 고기는 그럭저럭 괜찮은 가격에 팔리고 "앞으로도 기회가 있다면 꼭 가져다줘"라는 말까지 듣고 말았다.

그 후에는 그대로 '졸음의 곰'으로 돌아와서, 이번에는 며칠 분의 방을 한꺼번에 확보했다.

적어도 이걸로 며칠은 길거리를 헤맬 가능성이 사라졌다.

그 안도감은 컸기에 우리 셋은 방으로 들어와 침대에 앉아서는 입을 모아 안도의 한숨을 내쉬었다.

정말로 그 사신 씨, 아슬아슬한 자금밖에 안 줬다니까!

"──자."

방으로 들어오고 얼마 후. 하루카가 천천히 돈이 든 주머니를 꺼내더니 그것을 위로 들고 싱긋 웃었다.

"무사히 약 1만 레아, 벌 수 있었습니다! 자, 박수!"

짝짝짝짝!

우리도 그 주머니를 올려다보며 둘이서 성대하게 박수를 쳤다.

"이걸로 우리는 이 세계에서도 살아갈 수 있어!"

"아아! 이건 우리가 번 돈이구나!"

물론 이만큼의 돈으로 계속 거주할 수야 없다.

그럼에도 스스로 벌 수 있다는 사실이 증명되어 무척 안심할 수 있었다.

"아―, 나, 어쩐지 엄청 기뻐. 그보다도, 감동? 사회인이 되어서 첫 월급을 받으면, 이런 느낌이려나?"

만면의 미소로 토야가 기쁨을 표했지만, 아마 나 역시도 같은 표정이겠지.

이쪽으로 온 뒤로 딱딱한 표정이 많았던 하루카도 지금은 미소를 띠며 보수가 든 주머니를 품고 있었다.

"나도 알바 같은 거 한 적 없으니까 잘 모르겠지만, 이렇게까지

성취감을 느끼기는 어렵지 않을까? 이쪽은 목숨이 걸려 있으니까!"

"그러고 보니 나도 이게 첫 급료인가……. 이제까지 번 돈은 부모님 도와드리고 용돈을 받은 것뿐이니까 말이지."

우리가 다니던 고등학교는 기본적으로 알바 금지였으니까, 우리 셋도 일한 경험이 없었다.

그러니까 어떤 의미로 이것이 첫 임금이라고도 할 수 있겠네.

"그건 그렇고, 예상 밖으로 많이 벌었네. 하루에 18만 엔 정도 잖아? 셋이서 하루에 천 레아 있으면 살 수 있으니까, 그렇게 고생하지 않아도 되지 않나? 의외로 이쪽 세계, 편할지도?"

흐뭇한 표정 그대로 토야가 그렇게 말했지만, 그 말을 들은 하루카는 갑자기 매서운 표정을 지었다.

"물러! 토야, 너무 물러! 계획성 없는 그 점이 생사를 가르는 거야!"

"그, 그래?"

하루카가 무척 강하게 부정하자 토야는 쭈뼛대는 표정을 지으며 물었다.

그 말에 크게 고개를 끄덕이고 하루카는 설명했다.

"우선 이 세계에 사회 보장 같은 건 없어! 실업보험도, 장애보험도, 사회보험도, 건강보험도, 생활 보호도 없어! 다쳐서 일하지 못해도 아무도 안 도와주고, 나이를 먹어도 마찬가지. 연금도 없으니까 그때까지 돈을 저축해서 집을 사든지 농지를 사든지, 그런 라이프 플랜을 생각해두지 않으면 후회하게 될 거야!!"

"어, 응……."

하루카의 힘이 들어간 설명에 머뭇머뭇하는 토야.

"아니, 하루카, 말하고 싶은 건 알겠지만, 그건 꿈이라고 할 게 없잖아?"

아무리 그래도 불쌍하다 싶어 나도 거들어봤지만, 하루카가 그런 의견을 단칼에 잘라버렸다.

"꿈? 그건 먹을 수 있어? 나는 싫어, 거리 한구석에서 삐쩍 말라버린 너희가 객사하는 건."

슬쩍 본인을 제외하시네요, 하루카 씨.

아니, 뭐, 하루카라면 어떻게든 될 것 같지만.

여성이 현실적이라더니 정말일지도.

"나도 딱히 꿈을 좇는 건 부정하지 않는다고? 토야가 동물 귀 신부를 얻는 것도, 동물 귀 하렘을 만드는 것도. 하지만 그건 생활을 보장할 수 있게 된 다음에. 순서를 그르치면 안 돼. 알겠어?!"

""예!""

이런 하루카에게는 거슬러선 안 된다.

우리는 시선을 마주하고 둘이서 고개를 끄덕였다.

"좋아! 실제로 일선에서 활약할 수 있는 기간은 그렇게 길지 않아. 삼십 대가 되면 체력은 쇠하고, 사십 대가 되면 더욱 그래. 이상적으로는 앞으로 20년 정도에, 그 후의 40~50년 몫의 생활비랑 의료비를 모으는 거야."

우와―오.

상상 이상으로 꿈이 없다고?

"나랑 나오는 엘프니까 좀 더 일할 수 있을 테지만 그만큼 노후도 기니까, 안전을 생각하면 토야가 빠지기 전에 충분한 수준 이상의 자금을 모으고 싶어. 토야도 아내를 얻는다면 두 배, 하렘이라면 몇 배는 벌어야지!"

"그렇게 이야기하니, 확실히 큰일인데……. 은퇴 뒤에 생활비를 벌 방법, 생각해야 하나? 나, 아내를 얻을 수 있을까? 애당초 노후, 나 혼자서 생활할 수 있나?"

눈을 반짝이며 『동물 귀 아내를 얻을 거야!』라고 이야기하던 토야가 돌변, 죽은 눈빛을 하고 있었다.

이것이 정규직을 가지지 않기에 품는 불안감인가.

'자유'가 있지만 '책임'은 전부 자신이 진다.

아니, 사회 안전 보장이 없으니까 실패하면 행선지는 슬럼이냐, 노예냐, 죽음이냐…….

"저기, 일반적인 모험가는, 그런 부분을 어떻게 해?"

"어? 일반적? 으―음, ……듣고 싶어? 후회할지도 모른다고?"

내가 그리 묻자 하루카는 살짝 시선을 피하며 말을 흐렸다.

"아니, 오히려 그런 식으로 말하는 게 신경 쓰인다고. 말해줘."

"그래? 그럼……. 일반적인 모험가에게 노후는 없습니다!!"

"예?"

무슨 소리야?

평생 현역이다, 그런 거?

"노인이 되기 전에 죽습니다!"

"……진짜로?"

"응. 진짜로."

진짜로 꿈이라고는 없네!!

일단 어느 정도 성공한 모험가라면 저축한 돈으로 유유자적한 노후를 보내거나, 마을에서 집과 농지를 구입해서 농사를 지으며 사는 노후를 보낸다.

재능이 없는 모험가의 경우에는 도태되어 의뢰 도중에 죽든지, 돈이 없어져서 더는 생활을 못 하고 노예나 슬럼가의 빈민으로 전락.

요령이 좋은 모험가는 적당한 시점에서 무언가 정식 직업을 찾아내서 취직, 모험가에서 은퇴.

생활에 곤란하지 않을 정도로 벌 수 있는 일반적인 모험가는 반대로 포기할 때를 파악하지 못하여, 체력이 쇠할 때까지 질질 끌며 계속하다가 결과적으로 몸이 따라가지 못해서 사망.

그런 느낌인 듯했다.

"그러니까 우리의 목표는 어느 정도 이상의 성공. ──뭐, 일반적인 모험가의 벌이로도 좀 전의 토야처럼 느긋하게 굴지만 않는다면 어떻게든 될 거라고 생각하지만."

"아니아니, 하루카처럼 견실한 건 소수파라고."

오히려 대부분의 젊은이는 계획성이 없다.

노후의 자금도 모으며 자신의 수입 범위에서 생활할 수 있다면, 대출이나 카드론 광고가 그렇게나 범람하지는 않는다.

틀림없이 『나는 조만간에 좀 더 벌 수 있다!』 같은 식으로 안이하게 생각하다가 하루카가 말하는 '일반적인 모험가'가 되어버리겠지.

"뭐, 그러니까 지금 현금이 있다고 해서 안이하게 쓰는 건 금지야. 그리고 한동안은 버틸 수 있는 이 기회에 단기적인 목표도 정해두자."

"목표? 아까 그, 노후를 위한 돈을 모으는 게 아니라?"

"장기적으로는 물론 그거야. 중기적이라면 토야는『동물 귀 아내를 얻는다』일까? 하지만 그건 쉽게 계획을 확정할 수는 없잖아. 예를 들면『언젠가 거물이 된다!』같은 장기 목표를 세워도 달성 지점이 애매해서 적당하지 않겠지?"

"아니, 그런 헛소리랑 같이 비교하면 아무리 나라도 불만인데."

유감스럽다는 듯 토야는 입을 삐죽였지만, 며칠 전까지는 확실히 네 쪽이 헛소리였는데 말이지.

그렇지만 지금은 현실성이 있는 만큼, 인생은 알 수 없구나.

"하지만 확실히 노력도 하지 않는 니트가 할 법한 대사네.『지금은 충전 기간이야』라든지."

"그래그래.『너, 아직 배터리를 쓰지도 않았잖아』같이 말이야. 쓰지도 않고 충전하지 마, 라는 거지."

"그리고 '의식이 높은 계열(웃음)'*이라든지, 그럴 것 같네."

"그렇지!『나는 거물이 될 남자야』라느니."

완벽한 편견이었다.

하지만 '의식이 높다고 할 때의『의식』에는 개인차가 있습니다' 라는 말이 틀리지는 않은 것 같다.

"다만 단기 목표가 필요하다는 하루카의 의견에는 찬성이야.

---

* 본인의 실력에 비해서 어려운 말을 쓰거나 잘난 척 행동하는 사람을 비꼬는 일본의 신조어.

『아내를 얻을 수 있도록』이라고 해도 무엇부터 손을 대야 할지 모르겠으니까."

"그래그래. 경과 포인트와 달성이 명확한, 구체적인 목표를 말이야. 그야말로 의식이 높은 계열이라면 '우리의 어젠더를 셰어해서 태스크의 프라이오리티를 정하고 리소스의 어사인을 생각하며 베스트한 스킴으로 커밋'하자."

"풉! 그럴싸하네! 그야말로 '의식이 높은 계열(웃음)'!!"

"오오! 쩔어! 말하려는 건 전혀 머리에 안 들어오지만!"

가볍게 웃으며 말한 하루카의 대사에 나와 토야는 무심코 웃음을 터뜨렸다.

그리고 토야의 말대로 무슨 말을 하려는 건지 전혀 알 수 없었다.

아마도 평범하게 영어로 말하는 것보다도 이해 불가능.

"평범하게 말하면 '앞으로의 방침을 공유해서 할 일의 우선순위를 정하고 우리의 능력으로 가능한 목표를 세우자'라고 할까?"

"응, 그야말로 일본어로 오k라는 느낌이네. ⋯⋯역시 목표라면 어느 정도의 생활 자금을 모으는 건가?"

"그렇게 되겠네. 오늘은 나름대로 벌었지만, 누군가 큰 부상을 당하거나 병에 걸려서 드러누우면 끝이니까."

여관비와 점심값, 뜨거운 물과 약간의 소모품을 생각하면 하루에 필요한 비용은 천 레아 정도.

오늘 벌이라면 18일치.

만에 하나 【완강】의 힘이 미치지 못해서 복통이 나거나 골절을 당했을 경우 등을 생각하면 2, 3개월은 여관에서 묵을 수 있을 정도의 저축은 필요하다.

필요한 돈은 그것만으로도 6만에서 10만 레아.

"그리고 장비랑 잡화네. 무기, 방어구, 각자의 옷이랑 배낭도 필요해."

"그러네. 그렇다면 필요 자금은?"

"무기가 비싸니까. ……50만 레아는 필요하려나?"

"우와……."

"모험가의 현실은 혹독하구나……."

오늘과 같은 벌이로도 한 달 정도는 걸린다.

하지만 이야기는 확실히 타당하고 이치에 맞는다.

"어쩔 수 없네. 일단은 그걸 목표로 노력할까!"

"그래. 나도 무기는 필요하니까."

적어도 그럴싸한 행색을 되지 않고서는 모험가로서 스타트 라인에 섰다는 실감도 없다.

"그리고 한동안은 내가 재정을 맡을 건데, 괜찮을까?"

"응. 조금은 용돈도 있었으면 좋겠지만, 난 상관없어. 그렇지, 나오."

"응. 적어도 여유가 생길 때까지, 나눠봐야 의미도 없겠지. ──때가 되면 스스로 라이프 플랜을 생각해야 할까."

"후훗. 엘프니까 전생과는 상당히 달라질 테지만. 괜찮다면 같이 생각하자."

그러면서 하루카는 웃었다.

◇　　◇　　◇

"그런데 말이지, 우리가 받은 스킬 중에【간파】랑【감정】말인데, 뭔가 이질적이지 않아?"

가볍게 몸을 씻고 식사를 마친 뒤, 잘 때까지 잡담을 나누다가 문득 그게 신경 쓰였다.

"이질적이라니, 뭐가?"

"뭐라고 할까…… 말로 잘 표현은 안 되지만……."

다른 스킬은 수행 등으로 익힌 능력을 수치로 표현하는 거라 이해할 수 있지만, 이 두 가지만은──엄밀하게 따지자면【도움말】도 그렇지만──다른 스킬과 조금 다르게 느껴졌다.

본래 알지 못하는 정보가 AR 표시로 보이는 것이다.

자신의 스테이터스도 AR 표시로 보이지만 이건 캐릭터 메이킹을 한 내용을 파악할 수 있도록 사신이 서비스로 붙여주었다고 생각하면 그래도 이해가 된다.

본래 알고 있는 정보를 표시하는 것뿐이니까.

그와 달리【간파】는 스테이터스를,【감정】은 아이템 데이터를 어딘가에서 끄집어내어 표시한다.

사신이 말했듯이 "레벨이 있는 게임 같은 세계"가 맞는다면 그다지 이상하지 않은 것처럼 느껴지기도 하지만, 이 세계의 상식으로는 스테이터스를 확인할 수 없고 존재 자체가 알려지지도 않았다. 아이템 데이터 또한 마찬가지였다.

그리고 우리한테만 서비스로 붙여준 스킬이라고 생각하기에는, 사신의 "치트 같은 건 없다"라는 말이 걸렸다.

그야말로 이 스킬은 치트, 치사한 게 아닐까.

"으—응, 단순히 생각하면 알려지지 않았을 뿐이지 이 세계는 스킬 방식으로 되어 있고, 【간파】나 【감정】의 스킬도 습득 가능. AR 표시 같은 게 있는 것도 보통, 이라면 어때?"

"흠. 산소를 발견하기 전에도 산소는 있었고, 천동설 때도 지구는 움직였다."

그럼 확인 방법이 발견된다면 능력치나 경험치를 파악할 수 있게 되는 걸까.

"하지만 애당초 【감정】으로 정보를 알 수 있다니 어떻게 된 거지? 아카식 레코드에 해당되는 게 있고 거기서 정보를 끄집어내는 건가?"

"아니아니, 게임 시스템에 의문을 가지지 말라고."

"아니, 게임이 아니니까!"

오버 액션으로 어깨를 으쓱이며 고개를 가로젓는 토야에게 나는 딴죽을 걸었다.

아니, 차라리 게임 시스템 같은 것이라고 인식하는 편이 나을까?

하지만 "게임 같은"이라고 말한 건 일단은 '사신'이니까…….

"어쩌면 외장형 【이세계 상식】 같은 게 아닐까?"

내가 고개를 갸웃거리는 사이, 하루카가 손뼉을 짝 치며 그런 소리를 했다.

"……응? 무슨 뜻이야?"

"그러니까 【감정】을 찍으면 일정한 지식을 얻는다고 간주한다. 그리고 그 범위라면 자유롭게 지식을 끄집어낼 수 있고, 그것을 알기 쉽도록 AR 표시로 띄운다든지."

……저기.

"미안, 모르겠어!"

딱 잘라서 말하는 토야를 보고 하루카는 잠시 생각한 뒤에 입을 열었다.

"그러니까 외부 참조가 아니라…… 실용성 측면에서 말하면 아무리 【감정】을 사용해도 레벨은 올라가지 않고 이제까지 【감정】할 수 없었던 물건이 가능하게 되지도 않아. 【감정】할 수 있는 물건을 늘리려면 평범하게 도감 따위를 읽어서 공부할 수밖에 없지 않느냐는 거지."

"……아아, 과연. 그러니까 감정 레벨은 『영어 검정 2급』 같은 거고, 1급이 되고 싶다면 공부하라는 건가."

"그런 이야기야. 그리고 기억하는 걸 즉각 오류가 없이 끄집어낼 수 있는 부분이 스킬의 능력이 아니냐는 뜻이고."

예를 들자면 단어장을 한 번 기억하면, 영문을 읽을 때에 특정한 단어를 조사해야겠다고 생각만 하면 AR로 해당 항목이 표시되는 능력이란 느낌인가.

어떻게 보면 기억력 증강 계열 스킬 같은 건가?

그것만으로도 상당히 편리하지만 치트 같은 인상은 옅어지네.

"그럼 【간파】는 어떻지?"

이쪽은 약초 종류 따위와 달리 도감으로 공부해서 어떻게 되는 게 아니다.

"응…… 나오는 써봤어?"

"응, 길드에서 조금."

대부분의 사람은 강해 보인다는 것밖에 알 수 없었지만, 일부의 경우에는 스킬도 표시되었다.

【감정】이 아카식 레코드 같은 기술이라면, 이쪽은 어떻게 되는 거지?

"이쪽도 단순한 예상이지만【감정】과 마찬가지로 고찰한다면, 사실은【간파】로 표시되는 정보는 올바르지 않을지도."

"……예?"

그렇다면 뭘 위한 스킬이냐?

"그러니까 다양한 정보를 바탕으로, 예를 들면 '이 사람은 검술을 레벨 2 정도로 쓸 것 같다'라고 판단해서 그걸 표시하는 것뿐이지 않을까?"

"──스스로의 감이나 지식, 경험 등을 문자로 나타낼 뿐?"

"그래. 검을 가지고 있는, 손에 굳은살이 박인, 체중 이동이 숙련된 전사의 기술이라는 식으로, 우리가 경험을 쌓아서 판단할 수 있는 것을 스킬의 능력을 통해 문자로 나타낸다, 든지?"

그러면서 "물론 양쪽 다 단순한 예상에 불과하지만" 하고 하루카는 덧붙였지만, 핵심을 제대로 찌른 게 아닐까.

"으~음. 사신이 게임 같은 세계라고 그런 것치고, 그런 요소는 철저하게 박살나지 않았나?"

"그러네. 능력치도 경험치도 확인할 수 없으니까. 캐릭터 메이킹 말고는 별로 게임 같진 않은데?"

"뭐, 그 캐릭터 메이킹 덕분에 우리가 어떻게든 생활할 수 있게 되었지만."

"오, 그도 그러네. 원래의 몸 그대로였다면 오늘 그 멧돼지한테 죽었을지도 모르니까."

"어떤 의미로는 사신한테 감사해야 할지도?"

하루카의 그 말에 우리는 서로 얼굴을 마주 보고, 서로 무어라 형용할 수 없는 미소를 띠었다.

역시나 지뢰가 있는 만큼, 순순히 감사하기는 힘드네.

제4화 스텝 업?

　그로부터 대략 일주일.

　우리는 견실하게 안전 노선으로 일을 소화하여 무기, 방어구 등의 장비를 갖추었다.

　우선 처음으로 구입한 것은 괭이. ……응, 갑자기 무기가 아닌 것부터 나오네.

　하지만 첫날에 내장을 처리하느라 고생한 걸 교훈으로 삼아 다음 날에는 바로 구입했다.

　농기구인 만큼 적당한 가격이라는 점도 즉각 구입을 결정한 이유 중 하나지만, 또 하나 절실한 이유로 숲속의 화장실 사정이 있었다.

　반나절 정도 숲에 있으면 역시나 싸고 싶어진다.

　조금 그렇기는 하지만 그건 사람으로서 피할 수 없는 생리현상이다.

　그렇다고 싼 것을 그 자리에 방치해서는 안 된다. 사람으로서 이러쿵저러쿵하기 전에, 우리가 밟고 『지지』가 되어버리는 경우를 생각하면 파묻는 건 필수였다.

　다만 큰 쪽으로 사용한 것은 토야의 한 번뿐이지만.

　단점은 토야가 괭이를 지고서 걸어가면 모험을 하러 가는지 밭일을 가는지 미묘한 기분이 든다는 걸까.

　참고로 이와 관련해서 하루카가 가려놓을 천의 구입을 강하게 주장했는데, 그에 대해서는 우리도 두말없이 OK했다.

　반대, 할 수 있을 리가 없잖아?

　의복도 갈아입을 옷이 곤란하지 않을 정도는 구입할 수 있었고, 방어구 대신에 튼튼한 가죽옷 그리고 전위담당인 토야의 몫으로 부분적인 가죽 갑옷도 입수했기에 다치지 않고 버틸 수 있다.

　무기의 경우에는 내 창과 하루카의 활을 구입.

　조금 단련해서 멧돼지를 찔러 죽일 수 있게 되었지만 토야처럼 돌진하는 멧돼지의 눈을 노릴 수준까지는 아니었기에, 현재로서는 철저히 토야의 보조에 집중했다.

　섣불리 몇 번이나 공격하면 모피 매입 가격이 떨어져 버린다.

　하루카의 활은 어떠냐면, "새 꼬치구이를 먹을 수 있게 되었다" 라고 하면 쉽게 알 수 있을까.

　조만간에 냄비라도 사서 전골이라도 먹고 싶은 참이다.

　토야의 검은 가격이 상당해서 아직 보류 중.

　다만 첫날에 목검이 멧돼지의 두개골에 튕겨 나간 결과가 있었기에, 아무래도 목검 대신에 철제 곤봉…… 아니, 솔직히 그냥 쇠몽둥이를 구입했다.

　이건 이것대로 모피를 상하지 않게 쓰러뜨릴 수 있어서 편리했지만, 반면에【검술】레벨이 올라가지 않고【봉술】스킬이 생긴 것은 애교, 이려나.

　취급 자체는 목검과 똑같이 사용하고 있으니, 역시 게임과는 달리 스킬은 좀 더 유연한 거겠지.

또한 매일 단련을 계속하여 마법 실력도 다소 올라갔다.

……올라갔지만 이쪽은 그다지 도움이 되지 않는단 말이지.

『파이어 애로』를 사용하면 모피가 타버리니 긴급할 때 말고는 금지당했으니까.

반대로 하루카 쪽은 대활약이었다.

우선 빛 마법의 『퓨리피케이트(정화)』.

더러움을 씻고 몸을 청결하게 만들어주는 완전 편리한 마법이었다.

욕조가 없는 여관이지만 이것 덕분에 매일매일 살아갈 수 있다.

하루카 님, 고마워!

참고로 이 마법을 쓸 수 있다면 모험가들이 서로 끌어들이려고 할 정도로 대인기인 마법이라나.

모험가는 불결해 보이는 이미지였는데, 사실은 너무 불결하면 냄새로 몬스터 등에게 발견 당하고 만다.

그것을 피하기 위해서 가능한 한 청결을 유지하는데, 그럴 때에 도움이 되는 것이 이 마법이었다.

게다가 하루카는 리스트에 없는 마법도 실현했다.

마법으로서는 비교적 소규모로, 탁구공 사이즈의 얼음을 만들어냈을 뿐인데, 이것 덕분에 사냥한 동물을 냉각 보존할 수 있어서 서둘러 도시로 돌아올 필요가 사라졌다.

나? 아직 새로운 마법을 하나도 못 쓰고 있습니다만, 어쩌랴고요?

 그리고 수수하게 도움이 되는 것이, 하루카의【재봉】스킬이 제대로 빛을 발하고 나와 토야의 의견이 들어간 배낭이었다.
 이건 상당한 수고가 들어간 일품으로, 원래 있던 세계의 군용 배낭을 이미지하여 만들었다.
 베이스는 천이고 군데군데 가죽을 사용하여 보강, 작은 물건을 넣을 수 있는 주머니랑 끈을 묶을 수 있는 부품 등도 달려 있었다.
 또한 전투 시에는 순식간에 벗을 수 있도록 궁리하고 상황에 따라서는 등에 메거나 손에 들고 걸을 수도 있게 되어 있는 상당히 편리한 배낭으로, 이 부근에서는 아직 입수 불가능한 물건이기도 했다.
 처음에는 평범하게 배낭을 살 생각이었지만 보이는 것은 등에 매는 보따리나 손에 드는 주머니, 고작해야 어깨에 거는 가방 정도이고 배낭 같은 물건은 아무리 찾아도 보이지 않았다.
 다행히도 하루카가【재봉】스킬을 가지고 있기도 해서, 그렇다면 우리가 쓰기 편한 물건을 만들면 되겠다며 몇 번의 테스트를 거쳐 완성된 것이 바로 지금 사용하는 배낭이었다.
 하루카가 고생을 하기는 했지만, 덕분에 비교적 염가에 모두가 쓸 배낭을 갖출 수 있었다.
 게다가 이게 있기에 상당히 대량의 짐을 옮길 수 있게 되어, 사냥의 비율을 조금 높이 잡아도 성과물을 남김없이 가지고 복귀할 수 있게 되었다.

다만 체력적인 차이는 어쩔 수 없어서 토야가 옮기는 짐의 양은 내 두 배 이상.

내가 들 수 있는 것은 약간 한심하게도, 하루카보다 조금 많은 정도.

그래서 최근의 내 고민은 자신이 미묘하게 도움이 되지 않는 것 같다는 점이었다.

"나오, 잠깐 좀 어울려줄래?"

"응? 당연히 괜찮은데."

그래서 하루카가 그런 식으로 부탁하면 두말하지 않고 받아들이는 건 당연한 일이었다.

"나오만이야? 난 필요 없어?"

"유키랑 나츠키를 찾아볼까 싶으니까. 안전을 생각하면 토야도 있는 게 낫겠지만, 토야는 얼굴 자체는 그다지 안 변했잖아?"

"으음, 귀는 달렸지만 아는 사람이라면 알아볼 수 있는 범위겠네."

유키와 나츠키 두 사람은, 하루카는 물론이고 우리와도 가장 사이가 좋았던 여자애들.

이제까지도 신경이 쓰이기는 했지만 우리의 숙소조차 간신히 확보한 상황에서 찾을 여유는 없었고, 안타깝게도 이제까지의 행동 범위에서 조우하는 일 또한 없었다.

그러한 현재 상황에서 찾으려면 이제까지 간 적이 없었던 장소를 돌아다니며 필연적으로 많은 사람과 얼굴을 마주하게 된다.

성가신 같은 반 아이들을 피하기 위해서는 조심해야겠지.

그런 우리의 지적에 토야는 의아하다는 듯 살짝 고개를 갸웃거렸다.

"그런 건가? 나는 잘 모르겠는데."

"거울, 없으니까."

나도 내 얼굴은 물에 비추어 봤을 뿐, 어떻게 변화했는지 정확하게는 알지 못했다.

하지만 하루카를 보면, 상당히 친한 상대가 아니라면 스쳐 지나가는 것만으로 알아차리지는 못할 것이다.

"흐—음. 라저. 데이트, 즐기고 와."

"그런 즐거운 일이 아니지만 말이지."

히죽 웃으며 건넨 토야의 말에 하루카와 나는 쓴웃음으로 답하고 여관을 나왔다.

정말로, 모처럼 이세계에 왔으니 마음 편히 데이트를 즐길 수 있는 상황이라면 좋겠지만.

"우선은 후드가 달린 외투라도 사러 갈까. 다른 의미로, 엘프는 눈에 띄니까."

"본 적 없으니까 말이지, 엘프는."

이제까지 수인은 몇 명 스쳐 지나간 적이 있지만, 엘프는 전혀 보이지 않았다.

수인과 비교하면 귀를 숨기기 쉬우니 알아차리지 못했을 뿐인 가능성도 있지만, 숫자가 많지 않은 것은 틀림없겠지.

우리도 이제까지 남들의 시선이 신경 쓰였지만, 안타깝게도 후드 달린 옷을 살 수 있는 금전적인 여유가 없어서 그냥 그대로 지냈다.

게다가 행동 범위가 항상 똑같다 보니 살짝 여유가 생긴 뒤에는 『이제 와서 숨겨봐야』, 라는 부분도 컸다.

다만 이번에는 이제까지와는 다른 구역에서 돌아다녀야 하니, 트러블을 피하기 위해서 외투를 사는 것 정도는 필요경비겠지.

"모처럼 옷을 사는데 패션이라는 느낌이 아니라는 게 아쉽네."

"……그러게."

이제까지도 몇 번인가 신세를 진 헌 옷 가게.

그곳에서 우리가 입을 수 있을 만한 외투를 찾으며 불만을 입에 담는 하루카에게, 나는 동의했다.

——말로는.

솔직히 말하면 한참 동안 옷 고르는 데 따라다니지 않아도 되어서 조금 기쁘다는 건, 하루카에게는 비밀이다.

"이거면 될까? 튼튼해 보이고, 수준도 나쁘지 않아. 멋진 옷이라고 할 수야 없겠지만."

30분 정도로 하루카가 고른 것은 외투 세 벌. 찢어진 곳은 없지만 조금 더러운 느낌이 있었다. 하지만 우리라면 어느 정도는 하루카의 『퓨리피케이트』로 해결이 된다. 헌 옷치고는 괜찮은 편이겠지.

토야 것도 포함시킨 것은 "앞으로 겨울이 되면 어차피 필요해질 테니까"라는 이유라나.

구입한 외투를 옷 위에 걸치고 후드를 푹 뒤집어쓰면, 엘프의 특징적인 귀는 가려지고 얼굴도 별로 안 보였다.

그리고 내가 여봐란듯이 창을 들고 있으니까, 우리랑 엮이려고 드는 건 어지간한 멍청이뿐이겠지.

"처음에는…… 구시가지 주위를 찾아볼까."

우리가 있는 라판을 크게 나눈다면 옛날부터 있는 구시가지, 장인이나 상점이 많은 상업 구역, 주택지가 많은 신시가지, 행정 관련 시설이나 부자들이 많은 행정 구역으로 나뉜다.

그중에서 우리가 계속 머무르는 '졸음의 곰'은 신시가지에 자리 잡고 있지만, 모험가 길드가 있는 부근은 구시가지라 조금 치안이 나쁜 지역에 해당한다.

필연적이라고 해야 할까, 많은 싸구려 여관은 그 부근에 있고 모험가나 질 나쁜 사람도 자주 보였다.

우리야 모험가 길드에는 필요 때문에 출입하고 있지만, 당연히 그런 위험한 지역을 돌아다닐 리가 없다.

그래서 혹시 그곳에 두 사람이 있다면 만나지 못하는 경우도 충분히 고려할 수 있었다.

"그런데 말이지, 디오라 씨한테는 물어봤어?"

"물론이지. 확증은 없지만, 최근에 등록한 동년배 여자 중에 나츠키랑 유키는 없다고 생각해."

그렇다고 해도 두 사람이 같은 이름으로 등록했다고 단정할 수는 없고 용모와 종족이 바뀌었을 수도 있다. 안타깝지만 절대로 없다고 단언할 수는 없다.

"반대로 반 아이 같은 건 있었어."

"역시 있나."

"일단 디오라 씨한테는 입막음을 해뒀지만……."

"입을 다물어줄지는 디오라 씨의 마음에 달렸나."

개인정보 보호 같은 건 기대해봤자 소용없는 세계.

디오라 씨는 정보상이 아니지만, 돈에 따라 정보는 팔 수 있는 것이다.

"뭐, 너무 신경 써봐야 별수 없으니까 지금은 이곳의 탐색을 우선시하자."

"그러네."

구시가지.

그 이름 그대로, 라판이 아직 촌락이라 불리던 무렵부터 사람이 살던 구역.

그런 관계로 넓은 부지를 가진 집도 남아 있지만, 대부분의 장소에는 노후화된 집이 어수선하게 서 있었다.

그런 지역에 있는 싸구려 여관이나 술집 따위를 들여다봤지만 익숙하지 않은 우리가 멋대로 탐문하기는 어려워서, 가능한 것은 그곳에 있는 사람들의 얼굴을 확인하는 정도.

순조롭게 되고 있는지 아닌지, 판단하기도 어려웠다.

그 밖에도 자잘한 골목을 돌아다니며 걸어가는 사람을 확인했지만…… 때마침 걷고 있다든지 그러진 않겠지.

그렇지만 달리 할 수 있는 것도 없으니…….

"저기, 하루카. 이런 식으로 찾을 수 있을 거라 생각해?"

"이 도시에 있다면 가능성은 있다고 생각하는데? 생활을 하려면 돈을 벌어야만 하니까."

"모험가 길드에 등록하지 않았다면 음식점 같은 곳에서 알바인가."

"그래. 신원이 불명이라도 일할 수 있는 곳은 이 부근이잖아? 물론 나쁜 상상을 한다면 이것저것 떠오르기는 하지만……."

표정에 그늘을 드리우고 말을 흐리는 하루카.

범죄자로 체포당했든지, 창부가 되었든지, 최악의 경우에는 이미 죽었든지…… 나쁜 방향으로 생각하면 끝도 없이 떠오르기는 하지만, 지금 그걸 고민해봐야 어쩔 도리도 없었다.

나는 그런 하루카의 기분을 조금이라도 바꾸어주려고, 주위를 둘러보고 말을 건넸다.

"그런데 좀 신경 쓰이는데, 곳곳에 농가 같은 집이 있네, 이 부근에는."

"그건 옛날부터 계속 존재한 농가겠지. 오래된 주민들 다수는 이 부근의 땅을 팔고 신시가지로 옮겼다는 모양이지만, 일부 사람들은 아직 남아 있다고 그러던데?"

작은 집이 늘어선 가운데, 이따금 불현듯이 나타나는 넓은 부지의 집.

주위의 집을 밀어젖히듯 떡하니 넓은 면적을 차지하고 그 안에 주택과 밭, 그리고 정원까지 있기도 해서 무척 눈에 띄었다.

"가정농원이라기에는 넓은 밭인데, 저런 정원까지 있나?"

"도시의 벽이 있으니까 이제 와서는 땅을 낭비하는 격이겠지. 그걸 허용하는 만큼, 이곳의 영주는 너그러운 사람일까?"

"권력이 강하다면 보통은 그대로 매입당할 것 같네."

벽을 만드는 데에 비용이 든다는 것은, 간단히 상상할 수 있다.

현재의 농지가 벽 바깥에 있다는 걸 생각하면 마을에서 도시가 될 때에 억지로 구획 정리를 당할 것 같은데, 하루카가 말했다시피 이곳의 영주는 상당히 주민들을 생각해주는 걸지도 모른다.

"그리고 좀 신기한 게, 정원을 느긋하게 돌아다니는 신기한 생물 말인데……."

"아아, 저거, 말이구나……."

내 의문에 하루카가 무어라 형용할 수 없는 미묘한 표정을 지었다.

그 생물을 뭐라고 표현해야 할까. 전체적으로는 회색이고 파충류 같다.

크기는 소형견 정도. 형태는…… 도마뱀을 둥글둥글하게 살찌우고 짤막하게 만든 것 같은……? 무어라 표현하기 어려웠다.

도마뱀을 고질ㅇ* 형상으로 만들고 꼬리를 짧게 만들었다는 게, 조금은 가까울지도 모르겠다.

일단 이족보행인 걸까.

느릿느릿 정원을 돌아다니고, 양지에서 배를 까뒤집고서 누워 있었다.

그런 생물이 집 하나당 열 마리 이상. 넓은 농가의 정원에는 대부분 살고 있었다.

"저건, 역시 가축인가?"

설마 야생 동물은 아니겠지.

---

* 고질라: 일본의 유명 괴수물인 고지라 시리즈의 주역 괴수.

하늘을 날아올 것 같지는 않고, 하물며 문으로 평범하게 들어올 리도 없다.

【적 탐지】에 반응하지 않는 만큼 위험성은 없을 테지만, 애완동물로 기르기에는 숫자가 많고 이 세계에서 애완동물을 기를 수 있을 만큼 여유가 있는 것은 어지간한 부자 정도였다.

"뭐, 그러네. 응, 가축이야."

어쩐지 애매모호하지만, 역시 가축이었나 보다.

"파충류인가……. 뭐, 먹을 수 없는 건 아닌가. 악어 같은 건 먹는다지?"

"저기, 미안하지만 저것에서 얻는 건 고기가 아니야."

"……예?"

"저것——'자바스'한테서 얻는 건 알이야."

"알! 헤에~~…… 고정관념이라고는 생각하지만, 별로 먹고 싶지는 않네."

어쩐지 미끈거릴 것 같다. 파충류의 알은.

아니, 실제로 본 적은 없지만.

"그런 나오 군에게 안타까운 소식입니다."

"……설마?"

"이미 먹고 있습니다. 나오가, 달걀이라고 생각하는 그거, 사실은 자바스의 알입니다."

"진짜?! 알고 싶지 않았던 정보야! 그건!『이 알, 꽤 맛있어』라고 생각했는데!"

"그렇지? 그러니까 말 안 했어."

하루카는 팔짱을 끼고 음음, 고개를 끄덕이며 그렇게 말했지만……

"그렇다면 잠자코 있지 그랬어."

"아니, 봐버렸으니까. 저거. 그런데 얼버무리는 것도 석연치 않잖아?"

"뭐, 그러네. 괜히."

몰랐을 때에는 맛있다며 먹었으니까 신경 쓰지만 않으면 전혀 문제없다는 걸로……

좋았어. 돌아가면 토야한테도 가르쳐주자.

결코 길동무로 삼겠다든지, 심술이라든지 그런 게 아니라고?

'상식'이니까. 몰라서 토야가 창피를 당해서야 곤란하잖아?

"그건 그렇고, 그 농후한 맛의 알이 설마 파충류의 알이었을 이야."

"의외지. 나도 처음 먹을 때에는 '상식'이 있어도 조금 주저했는데, 금세 신경 쓰지 않게 됐어. 가축으로도 우수한 모양이고."

기본적으로 튼튼한데다가 잡식이라 잔반이나 채소의 못 먹는 부분으로 길러진다.

느긋한 성격이라 구역 다툼도 없고 닭처럼 울지도 않으니 이런 주택지에서도 사육할 수 있다나.

"단점을 들자면 닭처럼 빈번하게 알을 낳지는 않는다는 것과 자기가 알을 품지 않으니까 불리는 데에 수고가 드는 것 정도야."

"아아, 파충류니까. ……응? 그렇다면 내버려 둬도 멋대로 부화하는 거 아냐?"

"잘은 모르겠지만, 본래 서식 지역이라면 그렇지 않을까? 보통은 인공 부화로 불리는 모양인데."

"가축화했다는 건가. 그런데, 고기는?"

"적어도 가게의 요리로 나오는 경우는 없어."

"그런가."

안도해야 할지 어떨지.

이미 알을 먹고 있으니까 설령 나오더라도 새삼스럽다는 생각도 드는데 말이지.

"그건 그렇고, 알을 평범하게 손에 넣을 수 있다면 마요네즈는 만들 수 있나?"

"어라? 나오는 마요네즈를 좋아했던가? 별로 그런 인상은 없는데."

의아하다는 듯 되묻는 하루카에게, 나는 고개를 끄덕이며 이유를 설명했다.

"특별히 좋아하는 건 아니지만, 마요네즈를 뿌리면 조금 맛없는 게 나와도 먹을 수 있을 것 같지 않아?"

틀림없이 많은 사람들이 동의해줄 거라고 생각하는데, 싫어하는 채소가 나오면 마요네즈를 잔뜩 발라서 맛을 느끼지 않고 먹은 어릴 적의 기억, 있지 않을까.

마요네즈가 중요한 게 아니라, 맛없는 것을 덮어서 가려주는 조미료가 필요했다.

"그렇구나. 이해는 할 수 있으니까 만들어봐도 되겠지만……아, 하지만 『디스 인팩트(살균)』를 익힐 때까지는 안 하는 게 나을지도. 날달걀을 사용해야 하니까."

"응? 마요네즈는 식초가 들어가니까 날것이라도 괜찮다고 들은 적이 있는데?"

게다가 쉽게 상하지도 않는다든지. 날달걀을 사용하는데도.

"문제가 되는 게 살모넬라균이라면. 적어도 일반적으로 알은 날것으로 안 먹는 모양이니까 식초로 살균할 수 없는 균이 있다면 위험하잖아?"

"……그것도 그러네. 식초로 죽지 않는 균도 당연히 있겠지?"

알코올 살균도 효과가 없어서 염소를 써야만 하는, 그런 식중독의 원인균도 뉴스에 나왔으니까.

생각해보면 평범하게 먹을 수 있는 식초 정도로 죽는 균이라니, 엄청 약하지 않아?

지구의 달걀과 똑같다고 안이하게 생각하면 위험할지도 모른다. 애당초 조류의 알조차 아니니까.

"확실히 조금 리스크가 높네. 그럼 앞으로의 기대로 남겨둘까."

"응. 할 수 있게 된다면 만들 테니까 그때까지 기다려."

틀림없이 그 무렵에는 우리의 생활도 안정된다. 그렇게 바랄 수밖에 없었다.

하루카와 그런 대화를 나누며 우리는 구시가지를 광범위하게 돌아다녔지만, 안타깝게도 유키와 나츠키를 발견하지는 못했다.

그리고 상업 구역, 신시가지, 행정 구역까지 걸음을 옮겨 해가 지고 어두워질 때까지 돌아다녔지만 그 결과는 좋지 않아서, 결

국 아무런 단서도 발견하지 못하고 터덜터덜 여관으로 돌아오게
된 것이었다.

◇   ◇   ◇

"저기, 얘들아. 슬슬 숲 안쪽으로 들어갈까 생각하는데 어떨까?"

　최근에는 생활이 안정되어 행동의 패턴도 거의 일정해졌다.
　아침에는 일찍 일어나서 일을 나가고, 해가 지는 저녁때까지
매각 등도 마친다.
　그 후로 몇 시간, 저녁을 먹을 때까지는 각자 검이나 마법 단련.
다른 용건이 있다면 이 시간에 한다.
　유키와 나츠키 수색도 이 시간에 몇 번인가 했지만, 결과는 변함
없음. 이미 우리의 판단은, 이 마을에는 없다는 쪽으로 기울었다.
　저녁을 먹은 다음에는 하루카에게 『퓨리피케이트』를 받고 기분
에 따라서는 물로 씻는다.
　취침할 때까지의 시간은, 앞으로의 방침 결정 회의라는 이름의
잡담을 나눈다.
　그런 회의 가운데, 하루카가 꺼낸 것이 조금 전의 말이었다.
　"그러네, 슬슬 괜찮을, 지도 모를……, 지도?"
　대답하는 토야의 말이 조금 자신 없는 것은, 아마도 어제 일이
원인이겠지.
　숲 입구 근처에 나타나는 터스크 보어의 경우에는 별다른 문제

없이 사냥할 수 있게 되었지만, 어제 처음으로 조우한 것이 커다란 곰.

바이프 베어라는 이름인 그 곰은, 일어선 상태에서 3미터 정도나 되어 우리에게는 압도적인 크기였다.

토야가 쇠몽둥이로 과감하게 공격했지만 거의 통하는 기미도 없고, 높이가 높이인 만큼 눈 같은 급소도 노리기 힘들었다.

나도 허둥지둥 창으로 참전, 하루카도 활로 엄호했지만 두꺼운 모피에 막혀서 좀처럼 유효타를 가하지 못했다.

결국 하루카의 화살이 눈에 박힌 것과, 마력 소비량이나 모피 품질도 제쳐놓고 마법을 때려 박는 걸로 어떻게든 쓰러뜨렸지만, 솔직히 이 세계에 와서 처음으로 목숨의 위기를 느낀 일이었다.

더욱 힘겨웠던 것은, 고생해서 대량의 고기를 가지고 돌아왔는데 막상 매입 가격은 터스크 보어보다 저렴했던 일이었다.

바이프 베어의 고기 자체는 희소하지만, 맛은 그렇게 좋지 않다나.

터스크 보어, 맛있으니까 말이지.

모피 쪽은 깨끗하다면 무척 비싸게 팔린다지만 상당히 너덜너덜했기에 값을 후려쳐서, 위험했던 것치고는 전혀 좋은 일이 없었다.

유일하게 위로가 된 것은, 바이프 베어와 만나는 일은 거의 없다는 디오라 씨의 말이었다.

"자주 있는 일이에요"라는 이야기라도 들었다면, 우리는 여러모로 생각을 바꾸었을지도 모른다.

참고로 '자주 있는 일'은 초심자가 바이프 베어와 만나서 전멸당하는 일이라나. ──응, 거의 만나지는 않지만, 일단 만나면 죽는다는 이야기군요?

우리가 무사했던 것도 하루카의 활과 내 마법, 그리고 토야가 전선을 유지한 덕분이니까 초심자가 살해당한다는 것도 이해가 갔다.

모험가로서는 초심자지만 스킬의 레벨로는 초심자가 아니니까 말이지, 우리는.

"딱히 반대하지는 않겠지만, 숲 안쪽이라면 딘들 말이지? 갈 필요는 있나?"

첫날에 디오라 씨에게 들은, 숲 안쪽에서 채집할 수 있다는 과일.

하나에 100~300레아로 사준다는 모양인데, 현재 우리의 벌이는 멧돼지 덕분에 3만~4만 레아로 안정되어 있었다.

그것을 딘들로 벌기 위해서는 하나당 평균 200레아로 쳐도 200개나 따야만 한다.

아무리 배낭이 있다고는 해도 작은 사과 정도의 과일을 200개나 가지고 돌아올 수 있을까?

"그대로 파는 경우에는 지금이랑 거기서 거기인 수입이 될 것 같지만, 제대로 가공할 수 있다면 비싸게 팔 수 있으니까 소득 증대도 꿈이 아니라고?"

딘들 열매를 통째로 말린 과일로 만들면 가격이 두 배 이상으로 뛴다나.

다만 이 사이즈의 과일을 자르지도 않고 썩지 않도록 말리는 것은 무척 어려워서 상당한 노하우가 필요했다.

그래서 고가이지만 하루카 왈 "그건 내 마법으로 어떻게든 될 것 같으니까"라고.

또한 말려서 보존할 수 있게 되면 길드에 맡기지 않고 직접 판매할 수도 있어서 더욱 비싸게 파는 것도 가능하다.

"뭐, 우리가 판다면 채집하러 갈 시간도 없어지니까 진행해야 할지 고민할 필요가 있다고는 생각하지만."

"흐―응. 그보다도 하루카, 또 새로운 마법을 쓸 수 있게 됐냐!"

"새로운 마법이라고 해도, 말리는 것뿐인 마법이라고? 빨래를 말리는 데는 편리하지만."

아아, 최근에 하루카가 방에 빨래를 널지 않는다 싶었더니 그거였나.

틀림없이 우리랑 마찬가지로 『퓨리피케이트』로 때우고 똑같은 옷을 입는 걸까 했는데…….

"아니아니, 간단한 마법이라도 굉장하다고 생각해. 그런데, 나오 씨. 넌 몇 개를 쓸 수 있게 됐지?"

"――제로."

"어? 뭐라고?"

토야가 보란 듯이, 귀에 손을 대고 되물었다.

"없다고! 젠장!!"

역시 소꿉친구.

아픈 곳을 사정없이 후벼 파는구나!

"그래그래, 나오. 네가 엉망인 아이라도 나는 버리지 않으니까 안심해?"

하루카가 자애로운 미소를 띠며 두 팔을 벌렸지만, 요만큼도 안 기쁘다.

──아니, 솔직히 말하면 조금 기쁘지만, 그 이상으로 분했다.

"동정할 거라면 돈을──그게 아니라. 요령을 가르쳐줘."

"요령? 요령, 이라……? 굳이 말하면 실현하고 싶은 것만이 아니라 그 과정도 상상하는 걸까?"

예를 들면 이번에 하루카가 쓸 수 있게 된 『드라이(건조)』마법.

그저 "건조해라"라고 생각해서 마력을 쏟는 것이 아니라 "대상물에 함유된 수분을 어떻게 하고 싶은가"라고 생각해서 사용한다나.

또한 결과는 같더라도 공정에 따라 마력의 소비도 달라서 "물 분자의 움직임이 격렬해져서 발열, 증기가 되어 사라진다"라는 것과 "물을 짜내어 밖으로 빠져나간다" 중에서는, 후자 쪽에서 에너지가 절약된다든지.

전자는 말린 뒤에 열기가 있어서 그 열량만큼의 마력이 소비되잖아, 그것이 하루카의 고찰이었다.

"헤에에에. 고마워, 참고가 되네. 그보다도, 그건 물 마법으로 전자레인지 비슷하게 만든 거 아냐?"

전자레인지는 마이크로파로 물 분자를 움직여서 열이 나게 만든다.

즉, 하루카의 『드라이』가 정말로 물 분자를 움직인다면, 그리고 제대로 제어할 수 있다면, 건조에 앞선 발열 단계에서 멈추어 식품을 데우는 것이 가능할지도 모른다.

"응. 사실은 실험 중. 아직 막 시작했을 뿐이지만."

"잘만 되면 식생활이 또 풍요로워지겠네! 기대할게! 아, 나오 것도 딱히 나쁘진 않다고?"

자금에 여유가 생긴 뒤로 우리의 점심은 여관에서 마련해주고 있었다.

사냥감을 구워 먹는 건 맛있지만 그를 위해 필요한 시간은 결코 우습게 볼 수 없었다.

그래서 가져간 음식으로 때우고 있었는데 당연히 그 무렵에는 차가워지니까, 그럭저럭 먹을 만한 여관 식사도 식어버리면 솔직히 별로 맛이 없다.

내 『이그나이트』로 가볍게 익히기는 했지만, 뭐, 토야가 야유한 것처럼 그다지 좋은 느낌으로 마무리되지는 않았다.

"큭…… 조만간에 편리한 마법을 만들어줄 테니까! 목을 빼고 기다려라!"

"아니, 그건 목을 씻고 아닌가?"

"어? 난 딱히 네 목을 벨 생각은 없는데?"

오히려 홀딱 벗고 기다리라는 느낌이었다. ……아니, 뭔가 또 다른가.

"나오, 편리한 마법도 좋지만, 전투용도, 알겠지?"

어어, 응. 물론 그쪽도 노력 중이라고?

지금은 『파이어 애로』를, 모피를 태우지 않는 정도로 집중시킬 수는 없을지 시행착오를 거듭하고 있는데 이게 좀처럼 잘되지 않았다.

신규 마법이 아니라서 발동이야 되지만 목표로 하는 1, 2센티미터까지는 작아지지 않는 것이었다.

다만 작아도 위력은 줄어들지 않는다는 점에서는 실현이 가능할 것 같으니 코앞까지는 오지 않았을까? 내 낙관적인 예상으로는.

"그래서, 얘들아. 숲 안쪽으로 가는 건 찬성이라고 보면 되지? ——조금씩이라도 스텝 업을 하지 않으면 '일반적인 모험가'로 끝나버릴 테니까."

으음, 마지막에는 죽는 녀석이구나. 그런 건 안 되지.

향상심, 잊어서는 안 된다.

목표는 '성공한 모험가'.

"으—음, 솔직히 말하면 조금 불안감이 있어."

하루카의 말에 고개를 끄덕인 나와 달리 토야는 조금 신음하며 고개를 갸웃거렸다.

"좀처럼 나오지는 않는다고 해도 바이프 베어한테 내 무기, 안 통했잖아? 그러니까 무기를 새로 구할 수 있다면 찬성, 이라고 하면 되겠네."

전혀 효과가 없지는 않았지만, 치명상을 준 것은 내 창과 마법.

현재 토야의 근력으로는 그 곰 수준의 갑주 같은 몸에 타격 무기로 대미지를 주기는 무척 힘든 느낌이었다.

하루카도 그것을 떠올렸는지 잠시 생각하다가 고개를 끄덕였다.

"그려, 네. 확실히 그건 필요할지도. 지금이라면 저축이 조금 줄어도 어떻게든 될 테니까…… 사용하는 건 한손검이면 되겠어?"

"수인인 만큼 양손검을 휘두르는 것도 동경하지만, 전위가 나

혼자뿐이니까. 지금은 한손검과 방패로 견실하게 수비하는 타입이 낫나?"

"우리 스타일이라면 그게 안심이지."

"응, 솔직히 그렇게 해주면 고맙겠어."

방어력에 있어서는, 나와 하루카는 종잇장이다.

엘프라서 육체적으로도 물론이고.

곰한테 맞아도 어떻게든 살 수 있을 것 같은 토야와 달리 나와 하루카는 아마도 꺾인다.

비유가 아니라 신체가 물리적으로.

그런 곰을 상대로 정면에서 맞선 토야의 배짱에는 솔직히 감탄했다.

"뭐, 적재적소, 겠구나. 그래도 괜찮은 녀석으로 부탁한다고? 내 목숨만이 아니라 너희 목숨도 맡고 있으니까!"

그러면서 토야는 싱긋 웃었다.

토야의 검과 방패는 자금이 허락하는 범위에서 상당히 분발했다.

나와 하루카의 벽이 되어주는 것이다.

만에 하나 방어에서 벗어난다면 아마도 나로서는 버틸 수 없을 테니까 여기서 구두쇠처럼 굴 이유는 없겠지.

그 장비의 숙련을 위한 훈련으로 하루를 쓰고, 그 다음 날에 우리는 이제까지 피했던 숲 안쪽으로 발을 내디뎠다.

처음으로 걷는 그곳은 숲 외곽과 비교하면 사람이 별로 들어오지 않는 탓인지, 꽤 걷기 힘들었다.

토야를 선두로 잡초를 짓밟고 나뭇가지를 잘라내어 길을 만들며 딘들 나무를 찾아 숲을 나아갔다.

물론 아무렇게나 걸어가는 게 아니고 대략적인 목적지는 디오라 씨한테 미리 들었다.

정보료로 딘들 열매 세 개를 약속하게 되었지만, 익숙하지 않은 숲속을 찾으러 다닐 것을 생각하면 저렴한 대가였다.

"그건 그렇고, 모처럼 산 검을 이런 용도로 쓰는 건 좀 미묘한 기분이네."

"그건 포기해. 손도끼도 가격이 꽤 되고 짐이기도 하니까. 게다가 그 브로드 소드, 큰 날이 달려 있지는 않으니까 문제없잖아?"

기본적으로 이 세계의 일반적인 검은 베는 것보다 둔기로서의 의미가 강했다.

물론 제대로 날을 세우면 예리해지는 만큼 평범한 쇠몽둥이와는 전혀 다르지만, 휘둘러서 슥삭 자를 수 있는 건 초고급 마검 같은 수준의 물건뿐이었다.

이 세계에서도 단검이나 해체에 사용하는 나이프는 제대로 날이 달려 있지만, 전투 지속 능력이 중요한 모험가에게는 이런 브로드 소드 쪽이 알맞은 것이었다.

적을 벨 때마다 씻고 날을 다시 세우다니, 불가능하니까.

"하루카, 도중에 적은 어떻게 하지? 사냥해서 가져가나?"

"가능한 한 피하자. 멧돼지는 돌아갈 때에 여유가 있다면 사냥하는 느낌으로."

"라저."

스킬에 익숙해진 덕분인지 최근에는 조금, 【적 탐지】로 인식한 대상을 구분할 수 있게 되었다.

집중하면 인식 범위도 그럭저럭 넓어서 멧돼지 정도라면 조우를 피할 수도 있었다.

"다만 대상이 몬스터 같다면 싸워보자. 그것도 목적 중 하나니까."

이번에 하루카가 스텝 업의 목표로 제시한 것.

그것이 몬스터 토벌이었다.

정확하게 말하면 **인간형** 몬스터 토벌.

도적 등등 인간인 적에게 대응하기 위한 첫걸음이었다.

이 지역에는 적지만 장소에 따라서는 상당한 빈도로 도적이 출현한다는 모양이라, 몬스터보다도 인간에게 습격당할 위험성이 높을 정도였다.

"도적인가. 그런 게 있구나, 이 세계."

그러면서 토야가 한숨을 내쉬었지만 실제로는 우리 주변이 평화로웠을 뿐이었다.

"원래 있던 세계에도 있었잖아? 날치기도 일종의 도적이고."

'죽여서라도 빼앗는다'라는 것이 아니었을 뿐이다.

어느 나라에서는 '빨간 신호에도 차를 세우지 마라. 세우면 습격당한다'라는 게 상식이고, 경찰에게 가도 "세운 게 잘못이다" 같은 소리를 듣는다던가.

"뭐, 자력구제가 인정된다는 점은 원래 있던 세계랑 다르지만."

일본이라면 설령 상대가 강도일지라도 죽이면 벌을 받고 만다.

정당방위의 요건은 상당히 엄격한 것이다.

"하지만, 인간형이라…… 할 수 있을까?"

"그러네, 예를 들면 고릴라가 습격한다면 쓰러뜨릴 수 있겠어?"

"고릴라라면 엄청난 완력을 가지고 있지……. 똥을 던져댄다고. 하지만, 뭐, 괜찮을 거야. 곰도 쓰러뜨렸으니까."

똥을 던지는 건 동물원의 고릴라다.

아니, 자연계의 고릴라랑 만난 적은 없지만.

"그렇다면 고블린도 괜찮아. 고블린보다 고릴라 쪽이 인간에 가까우니까."

"네가 그렇게 말한다면 그럴까?"

확실히 그렇게 비유하니까 나도 괜찮을 것 같다는 생각이 드는 게 신기했다.

"애당초 말이지. 인간이라고는 하지만, 도적을 인간의 범주에 넣어도 되나? 짐승 취급으로 충분하지 않나? 조금 인간 같은 울음소리를 낼 뿐이고."

"어어…… 하루카, 무시무시하네."

"응. 난 양아치 같은 건 사회의 해악이라고 생각하니까. 공갈, 절도, 자전거 도둑. '비행(非行)' 같이 어중간하게 말할 게 아니라고!"

"아아, 자전거랑 우산의 경우에는 나도 동감이야! 진짜 죽이고 싶어지지!"

하루카의 말에 토야가 크게 고개를 끄덕였지만, 그에 대해서는 나도 동감이었다.

즉시 불편을 끼치기에, 그 피해 금액 이상으로 원한을 사는 거겠지.

우산이라면 범인 대신에 내가 비를 맞고, 자전거라면 긴 거리를 걷게 되고 버스나 전철을 이용해야만 한다.

나도 우산을 도둑맞아서 비를 맞으며 돌아갈 때, 도중에 강을 보고 『범인이 있다면 이 물살 안에 처넣어줄 텐데!』라고 생각한 적이 있다. 그렇지만——.

"그래그래! 전부 범죄니까 삭 하고 처분해버리면 될 거야!"

——하루카가 분노를 참을 수 없다는 듯 더욱 신랄한 이야기를 꺼냈다.

뭐, 그녀에게는 어쩔 수 없는 부분도 있다.

소꿉친구의 우호적인 시선이 없이 봐도 하루카랑 친구들은 상당히 귀여운 부류에 들어가는 만큼 이래저래 성가신 일에 휘말려든 적도 많은 것이었다.

나와 토야가 함께 있을 때는 문제 없지만, 여자들끼리 놀러 가면 헌팅을 당한 적이 부지기수. 가볍게 경찰이 오는 사태가 된 적도 있었다.

게다가 하루카는 누님기질인 구석이 있어서 후배를 돕기 위해 끼어들 수밖에 없었던 경우도 있다고 들었다.

"특히 강간을 한 놈은 곧바로 거세해버리면 되잖아. 그런 녀석의 유전자는 후세에 남길 가치도 없어!"

안 좋은 기억이 떠올랐는지 얼굴을 찌푸리며 더더욱 끓어오르는 하루카.

확실히 그 정도의 자제심도 없는 인간은 솔직히 해악이라고 생각한다.

하지만 그렇다고 해서 그걸 어린아이한테까지 짊어지게 할 필요는 없다.

의도치 않게 그런 아이를 낳은 피해자도 있으니까.

"——어~, 하루카. 대체로 동의하지만 아이는 유전자를 선택할 수 없잖아?"

내가 진정시키듯 하루카의 어깨에 손을 얹자 그녀도 자신이 조금 냉정을 잃었다는 사실을 자각했는지 조금 겸연쩍은 듯 어흠 헛기침을 하고 시선을 피했다.

"그래, 그러네. 유전자까지는 너무 과한 말이었어. 하지만 피해자 심리와 범죄자의 높은 재범률을 고려하면 물리적인 제재는 필요하다고 생각해. 자신을 습격한 범인이 고작해야 몇 년 만에 나와서 근처에 있을지도 모른다니, 솔직히 엄청 무섭지 않아?"

진정된 뒤에도 역시나 조금 과격했다. ——그 기분은 알겠지만.

("저기, 나오. 하루카, 왜 저래?")

("아아, 토야는 모르나. 이전에 후배 여자애가 피해를 당했거든. 다행히도 직전에 구해냈다지만…… 후배 여자애는…….")

("그러면 확실히 트라우마가 되겠네.")

그때는 한동안 하루카가 찌릿찌릿해서 상당히 큰일이었다.

나는 아무 잘못도 없는데도 엄청 신경을 쓰고 비위를 맞추는 신세가 되었던 걸 기억한다.

"애당초 말이지, 범인의 '갱생할 기회' 같은 소리를 하기 전에, 돌이킬 수 없는 상처를 입은 피해자의 '되돌릴 수 없는 인생'이 중요하잖아?"

뭐, 범죄자의 '갱생할 기회' 때문에 자신의 친구, 가족이 피해를 당하면 틀림없이 『거세해줬으면』이라든지 『계속 교도소에 있었다면』 같은 생각을 하겠지.

'범죄자에게 주어진 기회' 때문에 그녀의 인생은 망가진 것이냐고.

"뭐, 이쪽에는 그런 게 없으니까 확실히 그렇잖아? 패배하면 너희는 살해당하고, 나는 강간당한 뒤에 살해당해. 그걸 항상 머릿속에 넣어둔다면 아마도 괜찮을 거야."

"어―, 응. 그렇게 생각하면 어쩐지 우리를 죽이러 오는 도적 따윈 죽일 수 있을 것 같은 기분이 드네."

"그러네. 어떤 의미로 인륜이나 인권 따윈 강자의 교만이기도 하구나. 극단적인 소리를 한다면."

죽을 것 같은 상황에서 범죄자에게 배려 같은 게 가능할 리가 없다.

하지만 갑자기 그런 상황이 되었을 경우에 결단을 할 수 있을지는 또 다른 문제다.

그걸 생각하면 이번에, 사전에 대화를 나누고 각오를 다진 것은 시간 낭비는 아니었으려나?

뭐, 그런 대화를 나누었는데——.

실제로 다행인지 불행인지 오늘은 목적지에 도착할 때까지 고블린과 만나지는 않았다.

멧돼지 같은 반응은 있었지만, 사전에 알아차렸기에 모두 회피했다.

이곳에 올 때까지 걸린 시간은, 숲으로 들어온 뒤로 한 시간 정도.

대략적인 장소밖에 듣지 않았는데도 헤매지 않고 도착한 것은 딘들 나무가 주위의 나무와 비교해서 상당히 높기 때문이었다.

"하아~~……, 이건……, 듣기는 했지만, 엄청 높네?"

"어느 정도일까? 아파트 같은 것보다 더 높지?"

"50미터 이상인가? 잘은 모르겠지만."

셋이서 올려다본 그 나무는 주위의 나무와 비교해서 두 배는 훨씬 넘게 키가 컸다.

【매의 눈】을 사용해서 꼭대기 부분을 보니 희미한 시야 끝에 붉은 열매를 몇 개나 확인할 수 있으니 이게 딘들 나무가 틀림없겠지.

상당히 두꺼운 줄기는 녹나무 등과 같은 묵직한 이미지로, 삼나무같이 늘씬하게 뻗은 느낌은 아니었다.

그러면서 터무니없는 높이도 겸비한 만큼 존재감이 엄청났다.

이전에 일본 유수의 녹나무 거목을 본 적이 있는데, 높이로도 크기로도 두 배 이상은 되지 않을까?

"엄청나네. 둘 다, 이걸 올라갈 수 있겠어? 나는 무리야. 꼭대기는 전혀 보이지도 않는다고? 스카이 트리* 같이 말이지?"

"아무리 그래도 그렇게까지 높지는 않아. 고작해야 통천각**
정도?"

"······순식간에 맥이 빠져버렸는데?"

스카이 트리는 무사시***라고 그랬으니까 634미터였나? 통천
각 쪽은 잘 모르겠지만 100미터 정도인가? 확실히 비교도 안 되
지만······.

"맥이 빠진다고 그러면 칸사이 사람이 화낼 거라고?"

"아니, 아무리 그래도 통천각으로 스카이 트리에 대항하려고
그러지는 않겠지, 칸사이 사람도."

"통천각도 충분히 높잖아, 직접 올라간다면."

"게다가 프리 클라이밍 같은 거고."

카라비너**** 조차 없다.

나도 엘프가 되지 않았다면 올라가려는 생각은 하지도 않았
겠지.

확실히 높기는 높지만 최근 일주일, 숲속에서 몇 번이나 나무
에 올라간 경험을 바탕으로 말하자면 어떻게든 될 것 같기는 하
다고 여겨지는 게 신기했다.

"하지만 저렇게나 열매가 잔뜩 있는데 따라 오는 사람은 없나?
저거면 나름대로 벌이가 되잖아?"

---

* 일본 도쿄의 전파 송출용 타워. 공식 명칭은 '도쿄 스카이 트리'.

** 일본 오사카의 전망대 타워. 일본어로는 쓰텐카쿠라 부른다.

*** 숫자를 같거나 유사한 발음의 문자로 치환하는 '고로아와세'로 높이를 부르는
    것. 각각 '무=6, 사=3, 시=4'로 변환된다.

**** 암벽등반 등에서 자일을 꿰어 벽에 고정하는 고리.

"딘들 나무 자체는 몇 그루나 있고, 애당초 여기에 올 때까지 걸린 시간은 고려했어?"

"아, 그러네."

숲으로 들어와서 한 시간 남짓. 도시에서 숲까지 이동하는 시간도 생각하면, 여기에서의 활동 시간은 고작해야 두세 시간이겠지.

두 번째 이후로는 잡초를 걷어내는 수고나 길을 확인할 필요는 없어진다고 해도, 그래도 멀다.

그렇다고 야영을 하면서 채집해봐야 운반할 수 있는 양에는 제한이 있다.

"게다가 이 나무에 오를 수 있는 사람은 한정적이야. 토야는 힘들잖아?"

"무리무리. 너무 무서워."

당치도 않다는 듯 절레절레 고개를 가로젓는 토야.

그것도 전제로 있었나.

보수를 생각하면 초심자 레벨이지만 누구라도 받을 수 있는 일이 아니라는 것이 어려운 점이구나.

엘프족은 종족 특성으로 나무 위에서의 균형 감각이 뛰어나다고 하니 비교적 간단하지만, 그 밖의 다른 종족이라면 나무 오르기가 능숙한 사람이 아니고서야 어렵다.

"게다가 저기서 딴 열매를 내리는 것도 힘들잖아?"

하루카는 그러면서 나무 꼭대기를 가리켰다.

어떤 의미로 이 부분이 가장 핵심인 듯했다.

너무 높다 보니 위에서 던지는 것은 불가능.

나뭇가지가 방해되기도 하고, 애당초 아파트 옥상에서 떨어뜨린 사과를 밑에 있는 사람이 100개 이상 확실하게 받아내기는 무리가 있다.

　주머니에 끈을 달아서 내리려고 해도 가지가 있어서 단번에 내릴 수는 없고 몇 번인가 중계할 필요가 있다.

　그렇게 되면 채집에 시간이 걸려서 결과적으로 수익이 줄어든다.

　"그 점에서, 우리에게는 배낭이 있다는 건가."

　배낭의 장점은 양손을 쓸 수 있고 몸에 밀착해서 균형이 쉽게 무너지지 않는다는 거겠지.

　괜히 군대에서 이용되는 게 아니다.

　"그래서, 나는 밑에서 기다리고 있으면 되나?"

　"아니, 아무리 그래도 혼자서는 위험할 테니까 가장 밑의 나뭇가지에라도 올라가 있는 편이 나을지도."

　그러고 보니 우리가 위로 올라가면 토야는 홀로 남는구나.

　멧돼지 정도라면 토야도 혼자서 쓰러뜨릴 수 있게 되었지만, 아무래도 처음 보는 고블린이 나올지도 모르는 장소에서 혼자 있으면 위험할 것 같다.

　"가장 밑의 가지…… 저건가."

　그러면서 토야가 올려다본 나뭇가지는 뿌리에서 5미터 정도──2층짜리 민가의 지붕 정도 높이일까.

　"꽤 높네."

　"그보다도 우리는 어떻게 저기까지 올라가지? 어떻게 해도 손은 안 닿는다고?"

신체 능력이 올라갔다고는 하지만 그렇다고 5미터의 나뭇가지 위로 뛰어오를 수 있을 정도는 아니고, 뿌리 가까운 곳은 비교적 똑바로 뻗어 있고 굴곡도 적어서 매달려 올라가기는 어려웠다.

가장 밑의 나뭇가지까지 도착하면 그곳부터는 나뭇가지가 많아서 올라갈 수 있을 것 같지만, 거기까지 가는 게 난관이었다.

"그건 물론 생각해뒀어. 정보 수집, 당연하잖아?"

나를 올려다보고 고개를 갸웃거리는 하루카.

······죄송합니다. 장소만 듣고 안심했습니다.

"도구, 준비해왔어."

그러더니 하루카가 꺼낸 것은 긴 로프.

──그것뿐?

그거라면 나도 가지고 있는데? 하루카가 시켰으니까.

"그리고, 이걸 던진다!"

아, 로프 끝에 추가 달려 있구나.

하루카가 던진 로프는 목표인 나뭇가지 위를 넘어서 땅으로 떨어졌다.

"로프 양쪽 끝을 잡고 이걸 이렇게, 이렇게 한 다음에 잡아당기면······."

주르륵 당겨진 로프가 단단히 조여지며 나뭇가지 밑쪽에 묶였다.

"그리고 이걸 버팀목으로 삼아서 올라가면 그만이야."

하루카는 말을 꺼내기가 무섭게 나무줄기의 작은 굴곡을 발판으로 로프를 함께 이용하여 위로 올라가 버렸다.

"간단하게 올라가네, 거참. 나오, 할 수 있겠어?"

"음~~, 아마도?"

원래 있던 세계라면 확실하게 무리였지만 지금이라면 어떻게든 갈 수 있을 것 같았다.

"웃차, 핫!"

오, 갈 수 있었다. 단숨에 하루카 옆까지 도달.

이 정도라면 문제없을 것 같네.

"나는 그건 못 따라 하겠어. 뭐, 로프가 있다면 어떻게든 되려나."

토야는 로프를 들고 몇 번 당기더니 꽉 붙잡고 훌쩍, 훌쩍 올라왔다.

이건 그거구나. 로프 현수 등반이라는 녀석.

나무줄기를 발판으로 삼은 우리와 달리 팔의 힘만으로 자신의 체중과 짐을 들어 올리는 거니까, 상당한 근력이었다.

"……으차, 여기서부터는 어떻게 해?"

부드럽게 로프 끝까지 다다른 토야가, 거기서 조금 곤란하다는 듯 우리를 올려다봤다.

가느다란 나뭇가지라면 붙잡고 위로 올라올 수 있겠지만, 지금 우리가 서 있는 나뭇가지는 50센티미터 이상의 두께가 있었다.

그 나뭇가지 아래쪽에 로프가 달려 있으니 위로 이동하기가 어려운 것이었다.

우리는 나무줄기의 굴곡을 이용해서 위로 이동했는데…….

토야가 올라오기 전에 하나 더 위의 나뭇가지에 다시 매달아둘 걸 그랬네.

"어쩔 수 없네. 자, 붙잡아."

"미안해."

토야에게 손을 내밀어, 끌어올렸다.

내 완력은 대단하지 않지만 사람 하나 정도는 지탱할 수 있고, 거기에 수인의 운동 신경이 더해지면 이 정도는 문제없었다.

"괜찮아? 그럼 우리는 위로 갈 건데……."

토야는 여기서 자리를 지키게 되었다.

앞으로 몇 시간을 이 나뭇가지 위에서 기다리는 건 심심하고 힘들겠지만, 위까지 올라가서 수확하고 또 내려오는 우리랑 비교하면 편할 테니까 참아줘.

"아, 하루카. 활을 빌려줄래? 그리고 나오의 창도."

"그건 괜찮지만, 토야, 못 쓰잖아?"

"뭐, 그렇지만 여기서라면 안전하게 쓰러뜨릴 수 있잖아?"

"화살도 저렴하진 않으니까 너무 낭비하지는 않았으면 좋겠는데…… 살짝 당겨봐."

토야가 활을 들고 시위를 당기려 했지만, 어쩐지 볼품없이 제대로 당기지 못했다.

하루카용 활이니까 그렇게 빡빡하지는 않을 텐데……?

"팔의 힘으로 당기는 게 아니라, 이렇게 당겨."

하루카가 시키는 대로 토야가 움직임을 조금씩 수정하자 몇 번정도 만에 모양새가 잡혔다.

제대로 화살을 쏠 수 있는지는 모르겠지만.

"가능한 한 화살을 너무 낭비하지는 마, 알겠지?

"물론 낭비할 생각은 없다고?"

"그리고 심심하다고 해서 무모한 짓은 하면 안 된다?"

"라저, 라저."

토야는 가볍게 대답했지만 미묘하게 신용이 가지 않는데.

하루카도 그건 마찬가지겠지.

곤란하다는 듯 미간을 찌푸렸지만 어쩔 수 없다며 포기했는지 한숨을 내쉬고 나를 바라봤다.

"어째 걱정되지만…… 뭐, 됐어. 나오, 가자."

"응."

"너희도 조심해! 나보다 너희가 더 걱정이라고?"

확실히. 떨어지면 그대로 죽는다.

그런 것치고 공포감은 적지만.

나는 토야를 향해 가볍게 손을 흔들고, 다시 나무를 향해 서서는 나무줄기에 달라붙어 올라가기 시작했다.

다행히도 딘들 나무는 일본에서 자주 볼 수 있는 삼나무나 노송나무와 비교하면 줄기가 구불구불하고 나뭇가지도 많이 나 있었다.

그래서 특별한 도구를 사용하지 않고도 올라갈 수 있었지만, 나와 하루카는 만에 하나의 경우에 대비해서 교대로 로프를 유지하며 올라갔다.

"뭐라고 할까, 신기한 감각이네? 안전한 곳을 알 수 있다고 할까."

"그러네, 그게 엘프라는 종족 아닐까? 자, 슬슬 꼭대기야."

오르기 시작하고 얼마나 시간이 지났을까. 종점이 보였다.

역시나 꼭대기 부근으로 올라오니 바람이 상당히 강했지만, 공포심이라는 것이 거의 느껴지지 않는다는 사실이 어떤 의미로는 신기했다.

버스럭버스럭 바람에 흔들리는 나뭇가지에는 제대로 익은 열매가 몇 개나 달려 있는 것 외에도 아직 녹색이나 노란색 열매도 잔뜩 있었다.

디오라 씨의 말에 따르면 딘들의 제철은 반쯤 지났다고 하는데, 이 나무만으로도 한동안은 채집에 어려움을 겪지는 않을 듯했다.

"그럼 그쪽이랑 이쪽으로 나눠서 따자. 너무 무리하면 안 된다?"

구명줄을 두꺼운 가지에 단단히 다시 묶은 하루카가 손으로 가리키며 꺼낸 말에 고개를 끄덕이고, 나도 가까운 곳부터 수확을 시작했다.

사과를 세로로 조금 뭉개버린 듯한 형태의 그 열매는 상상했던 것보다 더 묵직했다.

껍질은 조금 두껍고 튼튼한 느낌이지만 새콤달콤한 참으로 좋은 향기가 감돌았다.

나는 색깔을 확인하고 제대로 익은 것을 손에 잡히는 대로 배낭에 던져 넣었다.

나무 중간에는 전혀 나지 않는 대신에 이 부근에는 다 딸 수 없을 만큼의 열매가 있어서 거의 이동할 필요도 없었다.

수확에 사용한 것은 15분도 채 안 되려나.

그 정도 시간 만에 내 배낭은 가득 찼다.

한숨 돌리고 하루카 쪽을 보니 그쪽 배낭에는 아직 조금 여유가 있었다.

"하루카, 이쪽은 슬슬 끝인데 도와줄까?"

"그러네, 나도 괜찮으려나. 가득 차면 내려갈 때 위험할 테고."

하루카는 자기 배낭을 보고 가볍게 흔들더니 고개를 끄덕였다.

"그, 그러네?"

이런, 들어가는 만큼 넣어버렸어…….

몇 개 꺼내서 몰래 버릴까?

하지만 그런 짓을 하는 것보다도 하루카가 먼저 나를 돌아봤다.

"……응, 알만하네. 내 쪽으로 좀 옮겨."

가볍게 쓴웃음 지으며 자기 배낭을 가리키는 하루카의 말을 감사히 받들어, 딘들 열매 몇 개를 옮겼다.

그리고 서로의 배낭을 단단히 닫고 균형을 확인했다.

"이 정도라면 괜찮을까? 자, 내려가자. 한동안은 다닐 생각이니까 구명줄은 여기에 묶어놓고 가자."

"하지만 다른 녀석들이 사용하지 않을까? 열매를 따 가면 곤란하잖아?"

솔직히 이 로프가 있다면 상당히 올라오기 편해진다.

아마 엘프가 아니더라도 불가능하진 않겠지.

"응, 그러니까 아래쪽까지 늘어뜨리지는 않고 어느 정도까지는 끌어올려 놓을 생각이야. 그런데도 올라온다면…… 뭐, 상관없지 않나? 억지로 독점해야 할 만큼 수익이 괜찮은 일도 아니고."

"그러고 보니 그러네?"

잘 생각해보면 딘들 채집은 그렇게 수지가 맞는 일도 아니었다.

몬스터가 나올지도 모르니까 완전한 초심자한테는 짐이 좀 버겁고, 반대로 몬스터를 가볍게 쓰러뜨릴 수 있게 될 무렵에는 좀 더 많이 벌 수 있는 방법이 있다.

그래서 우리처럼 초심자에서 한 걸음 내디디려는 모험가가 받아들이는 정도로 경쟁자가 거의 없는 것이었다.

공급이 적다면 가격이 올라가는 법이지만, 그래도 과일은 과일. 필수품이 아닌 만큼 상한이 있다. 그것이 현재의 가격대겠지.

그래도 좋아하는 사람은 무척 좋아하는 과일인지, 시장에 내놓으면 거의 확실하게 팔리고 경우에 따라서는 채집 의뢰가 나오는 경우도 있는 모양이었다.

하지만 보수가 시장 가격에 조금 덧붙인 정도라서, 시장에 팔리는 열매 대부분은 딘들을 좋아하는 모험가가 채산을 도외시하고 채집한 여유분이라나.

"우리도 내년에는 초보를 졸업하고 좀 더 벌 수 있는 일을 한다……면 좋겠는데."

"그 이전에 우선은 살아남아야지?"

"불길한 소리 하지 말고~. 그럼 내려간다?"

하루카한테 한마디하고 먼저 내려가기 시작했다.

내려가는 건 로프를 이용해서 수직강하——같은 느낌.

딘들 나무의 줄기는 수직이란 느낌이 아니니까 특수한 기술이 없는 나라도 가능했다.

스르륵 내려가는데…… 묘한 게 보인다고?

나뭇가지 둘 사이에 펼쳐진, 일종의 그물침대 같은 것.

그 위에 토야가 드러누워 있었다.

"오, 나오. 벌써 끝났어?"

"으응. 꽤 많이 있었으니까. 그보다도, 이거, 뭐야?"

그물에 다리를 올려보니——만듦새가 상당히 튼튼한데?

"시간이 걸릴 것 같아서 휴식 장소를 만들어봤는데, 괜한 짓이었나?"

가지고 있던 로프를 사용해서 열심히 짰나 보다.

역시나 시간이 걸려서 완성된 것은 조금 전.

"그리고 누운 참에 내가 내려왔다는 거구나."

"일단 저런 성과도 있다고?"

그러면서 토야가 가리킨 방향을 보니, 다른 나뭇가지에 죽여서 내장을 빼놓은 멧돼지가 걸려 있었다.

"처리했나."

"응. 이제 멧돼지라면 거의 문제없네."

처음에 우리는 해체를 하루카에게 모두 맡겨놓았지만, 며칠이 지나니 역시나 익숙해져서 지금은 간단한 처리 정도라면 할 수 있게 되었다.

모피를 벗기는 것만큼은 아직 어려워서 혼자서는 작업하지 못하여, 실제로 걸려 있는 멧돼지도 가죽이 붙어 있는 상태였다.

"토야, 꽤 여유가 있었나 보네?"

나보다 잠시 후, 옆에 내려선 하루카도 조금 어이없다는 듯 토야를 바라봤다.

"뭐, 내일 이후로도 계속 올 거니까 딱히 상관은 없다고 생각하지만…… 너무 낭비하진 말라고? 로프도 값싼 물건이 아니니까."

"괜찮아. 자르지 않았으니까 풀면 다시 이용할 수 있어. 그리고 이쪽도 다시 묶어뒀어."

토야가 가리킨 것은 이 나뭇가지로 올라올 때 사용한 로프.

나뭇가지에 묶어두었던 로프는 조금 위쪽, 줄기를 한 바퀴 두르듯 다시 묶어서 나무를 타고 늘어져 있었다.

흠. 이러면 처음에 토야가 했던 것처럼 수직등반을 할 필요가 없겠네.

그렇구나, 멧돼지를 사냥한 뒤에는 이걸로 올라왔나.

"멧돼지도 잡았구나. 화살은 얼마나 썼어?"

"……열세 개. 일단 전부 회수하기는 했어."

토야가 조금 겸연쩍다는 듯 시선을 피했다.

이전에 하루카가 활만으로 터스크 보우를 쓰러뜨렸을 때에 사용한 것이 세 개였다는 사실을 생각하면 조금 많지만…… 초심자라면 괜찮은 편인가?

어, 하지만 내 창도 사용한 흔적이 있네. 아니, 내 창이라도 나무 위에서는 안 닿잖아.

지면으로 내려갔다면 그냥 자기 검으로 싸우면 될 것을.

"뭐, 허용 범위일까. 그대로 재이용할 수 있을 만한 것도 있고."

토야가 사용한 화살을 검사하며 하루카가 너그러이 고개를 끄덕였다.

참고로 재이용하기 편한 화살은 빗나간 화살이었다.

맞지 않으면 쉽게 상하지도 않는다.

당연하다.

물론 파손된 화살도 회수해서 수리한다.

간단한 건 【대장장이】스킬을 가진 토야가, 어려운 건 무기점으로 가져간다.

정확하게 직진으로 날아가는 화살은 비싼 것이었다.

낭비할 수는 없었다.

작은 절약도 쌓이면 큰 액수가 된다.

"다른 건 안 왔어?"

"응. 터스크 보어뿐이었어. 다만 아무래도 떨어진 딘들 열매를 먹으러 온 모양이니까, 이 주변에 몬스터 부류도 모여들 가능성은 있어."

"그런가. 위험을 피하려면 늦기 전에 돌아가야 하는데……."

그러면서 하루카는 턱에 손을 대고 생각에 잠겼다.

이곳에 온 목적 중 하나가, 고블린을 쓰러뜨린 경험을 쌓는 것.

도시 근처로 나온 고블린이라면 토벌 보수도 나올 테지만, 이 부근의 고블린한테 그런 것은 없다.

다시 말해 얻을 수 있는 것은 마석을 매각한 금액뿐이라서 보수를 생각하면 조금 미묘하지만…….

"토야가 이렇게 멧돼지를 사냥했잖아. 오랜만에 저걸 먹고 돌아갈 때까지 조우하지 않으면, 다음 기회로 해도 되지 않을까?"

"응…… 그러네. 내일 이후로도 또 올 거니까 서두를 필요도 없구나."

"오!! 오랜만에 먹을 수 있는 건가! 기대되는데!!"

첫날에 먹은 뒤로는 불을 피우는 시간과 고기의 매각금이 아까워서 점심은 가져온 걸로 해결했다. 그때의 맛을 떠올리자…… 이런, 침이…….

"그럼 나는 고기를 처리할 테니까 너희는 장작을 모아와."

""라저!""

우리의 움직임은 신속했다.

곧바로 숲으로 흩어져서 나뭇가지를 주워 모았다.

이 부근은 숲 외곽 부분 이상으로 사람들이 들어오지 않아서 마른 가지가 부족하진 않았다.

그것을 딘들 나무에서 조금 떨어진 곳에 모으고 재빨리 모닥불을 피웠다.

마법에 상당히 익숙해진 나한테 걸리면 이 정도는 아무것도 아니었다.

어? 당연해? 아니아니, 힘 조절이 꽤 어렵다고?

단순한 『이그나이트』라면 양초 수준이라 잔가지에도 좀처럼 불이 안 붙고, 너무 강하면 완전히 타버린다.

지금은 살짝 두꺼운 나뭇가지에 불이 붙는 수준으로 조정했지만, 앞으로 숯불을 지필 수 있는 마법을 만들 수 있다면 더욱 괜찮지 않을까?

냄비 같은 걸로 조리한다면 불꽃이 드러나도 괜찮지만, 직화로 굽는 경우에는 숯불이 아니고서야 표면만 탈 테니까 시간이 걸리는구나.

현지에서 장작을 모으지 않고 숯을 챙겨 다니면 해결되겠지만,

그렇게 짐이 될 것을 가지고 다닐 수도 없었다.

그러는 사이에 하루카의 밑 처리도 끝나고, 지난번과 마찬가지로 꼬치에 꿴 고기를 각자 두 개씩, 아니 토야한테는 세 개 건넸다.

"오오, 땡큐. 역시 하루카, 잘 아는구나!"

토야는 싱글싱글, 그것을 기쁜 듯 받아들고 모닥불 주위로 꽂았다.

"저기, 하루카. 이건 말하자면 삼겹살이지? 냄비를 마련하면 스페어립도 먹을 수 있을까?"

삼겹살도 맛있지만 스페어립도 좋아한다.

평소에 먹는 돼지고기보다 훨씬 맛있으니, 이 터스크 보어로 스페어립을 만들 수 있다면 먹고 싶다.

"아, 나도! 나도 먹고 싶어, 스페어립!"

"꼬치로 굽기 편한 부위를 골랐으니까. 딱히 냄비가 아니라 망 같은 거라도 상관없는데 역시 문제는 조미료란 말이지."

"……아아, 스페어립이라면 역시 간장 같은 게 필요하겠구나."

내가 멋대로 품은 인상이지만, 스페어립이라면 간장으로 맛을 내어 달콤짭짤해야지.

그밖에 다른 방법이라도 맛있을 거라 생각하지만, 현재 가지고 있는 소금만으로는 아무래도 아깝다.

"그러네, 조금 여유도 생겼으니까 조리 도구를 사도 괜찮을지도. 코펠 같은 거, 팔까?"

코펠이란 아웃도어용 냄비랑 프라이팬을 가리키는 것으로, 휴대하기 편하도록 컴팩트하게 수납할 수 있는 구조다.

그래봐야 나는 써본 적 없지만.

캠핑을 한 적은 있지만 간단하게 차로 갔다.

굳이 비싸고 컴팩트한 것을 사지 않더라도 평범한 도구로 충분했다.

그런 물건은 분명히 등산이 취미인 사람이 사겠지.

"밖에서 묵을 필요가 있는 의뢰를 받을 때에 검토하면 되지 않을까? 아무래도 짐이 될 테니까."

"아이템 박스 같은 게 있다면 좋겠는데."

"그건 나오한테 기대하면 되지 않을까?"

"윽, 정진하겠습니다……."

그래봐야 그런 마법이 있는지도 알 수 없지만.

공간 마법 자체가 희귀해서 어떤 마법이 존재하는지조차 일반적으로는 그리 알려지지 않은 것이었다.

그런 와중에도 알려져 있는 마법으로는 『공간 확장』이 있어서, 이것과 연금술을 조합하면 통상보다 많은 물건이 들어가는 가방이나 상자를 만들 수 있다.

호칭은 양쪽 다 『매직 **백**』이었다.

현재 가장 필요한 것은 이것일 테지만, 매직 백을 손에 넣는 것은 무척 어려웠다.

우선 공간 마법의 사용자가 적은 만큼 무척 희소하여 거의 시장에 나오지 않는다.

가령 나온다고 하더라도 도저히 우리가 손에 넣을 수 있는 가격이 아니다.

결국에는 내 【공간 마법】과 하루카의 【연금술】이 숙달되기를 기다려서 어떻게든 스스로 만들어낼 수 있게 되는 방법밖에 없겠지.

안타깝지만 어느 쪽이든 아직은 실마리조차 얻을 수 없지만.

"그런데 말이지. 고기가 구워질 때까지 시간도 걸릴 테니까, 딘들 먹어보지 않을래?"

"찬성! 나도 따면서 몇 번이나 먹어보고 싶었는데!"

흘끗흘끗 내 배낭으로 시선을 향하는 토야에게, 나는 두말하지 않고 고개를 끄덕였다.

따고 있을 때도 느꼈지만, 지금도 배낭에서는 참으로 달콤하고 좋은 향기가 풍겼다.

이 세계, 저렴하면서 달콤한 음식이 거의 없어서 이쪽으로 온 뒤로는 오랫동안 먹지 못했다.

그도 그런 터라 이 냄새는 어떤 의미로 폭력적이기마저 했다.

"그러네, 나도 계속 신경이 쓰였으니까…… 조금 정도는 괜찮겠지."

그건 하루카도 마찬가지였을 테지.

딱히 반대하지 않고 배낭에서 열매와 나이프를 꺼냈다.

"일단은…… 잘라볼까?"

먹는 방법을 모르니까 일단 둘로 쪼개는 하루카.

단면을 셋이서 들여다봤다.

"이 껍질은…… 아마도 버리는 거겠지?"

주위의 껍질은 오렌지 같은 두께가 있고 먹기에는 딱딱해 보였다.

완전히 빨간색이라서 조금 이상한 껍질이지만 파프리카 같다고 하면 상상이 될까?

안쪽으로는 조금 노란 느낌의 과육이 가득 차 있었다.

어째선지 씨가 없어서 얼핏 보면 껍질 그릇에 젤리를 담아놓은 것처럼 보였다.

"신기한 과일이네. 보통 중심 부분에는 씨가 있잖아?"

"그러네…… 먹기 편할 것 같긴 하지만. 사분의 일씩 먹어보자."

둘로 나눈 열매를 다시 반으로 자르고 그걸 우리에게 건네는 하루카.

건네받은 그것을 얼른 베어 물자 참으로 신선한 단맛과 적절한 산미가 입 안에 퍼졌다.

식감은 딱딱한 복숭아…… 자두에 가까운가?

껍질 벗기기도 무척 쉽고 씨도 없으니 쑥쑥 들어가 버린다.

섬유질이 적어서 무척 식감이 좋은 만큼, 단순한 과일보다도 공을 들인 디저트 같은 인상이 강했다.

"이거, 맛있는데!"

"응. 먹기 편하니까 어째서 인기가 있는지 알 것 같아."

나는 기쁜 듯 말하는 토야와 얼굴을 마주하고, 둘이서 하루카의 손에 남은 나머지 한 조각으로 시선을 향했다.

"뭐야? 먹고 싶어?"

우리처럼 베어 물지 않고 자기 몫은 작게 잘라서 우아하게 먹던 하루카가, 우리의 시선을 깨닫고 물었다.

그리고 당연하다는 듯 고개를 끄덕이는 우리.

"그러네…… 모처럼 먹는 거니까, 먹고 싶은 만큼 먹을까?"

"어? 하지만 하나에 이삼천 엔 정도는 하는데?"

"괜찮아? 비싸게 팔릴 텐데."

세 개만 팔면 하루 여관비 정도는 된다.

판매 가격이 그러니 시장 가격으로는 더욱 비싸다.

가치를 따지자면 원래 있던 세계의 고급 망고 수준?

사과보다도 작다는 걸 생각하면 좀처럼 엄두를 내지 못할 가격이었다.

"뭐, 생산자──는 아니지만, 채집한 사람의 특권으로 이 정도 사치는 괜찮겠지. 절약만 해서는 숨이 막힐 테니까. ……자, 먹어."

얼른 잘라서 건네준 하루카에게 감사인사를 하고, 덥석덥석 먹었다.

응, 맛있다.

단순히 달기만 한 게 아니라서 질리지 않는다.

"하지만 그 대신에 나오, 다시 한번 따 올래? 예상보다 더 맛있으니까 딸 수 있는 만큼 따서 돌아가자."

그러는 하루카의 시선은 텅 빈 토야의 배낭으로 향했다.

당초의 예정으로는 돌아가면서 적당하게 사냥한 동물이나 약초를 넣을 생각이었는데, 저것도 딘들로 가득 채우겠다는 건가.

"……오, 알겠습니다. 다녀올게."

하루카는 조리, 토야는 애당초 올라갈 수 없다면 내가 가는 게 필연이겠네.

뭐, 이미 로프는 설치해뒀다.

몇 번이나 구명줄을 다시 매는 수고도 필요 없고, 가지가 뻗은 모양도 대략 파악했으니까 고기가 구워질 때까지 왕복도 가능하겠지.

나는 들고 있던 딘들을 모두 입에 던져 넣고는 토야의 배낭을 메고 나무에 매달렸다.

딘들 나무에서 내려오니 늑대 한 마리가 밥을 못 먹어 침을 흘리고 있었다.

말할 필요도 없이, 토야였다.

"어서 와! 잘 먹겠습니다!"

내 발이 바닥에 닿는 것과 동시에 이랬다.

"음~~~, 맛있어!"

토야가 고기를 뜯는 것과 동시에 기쁜 듯 눈을 가늘게 뜨고 신음했다.

"정신없네. 나오, 수고했어. 고마워."

"아니, 괜찮아. 그럼 나도 먹어볼까."

배낭을 내려놓고 하루카 옆에 앉아서 건네받은 꼬치구이를 손에 들었다.

보아하니 숯불 위에는 커다란 돌을 놓아두고 그 위에서 빵을 데우는 중이었다.

"잘 먹겠습니다."

얼른 나도 물어뜯자 바삭하는 소리와 함께 고기의 기름이 넘쳐 나왔다.

이전에 먹었을 때도 맛있었지만 이번에는 더 맛있는 것 같은데…… 어렴풋이 과일향이 나네?

"하루카, 여기 딘들 열매를 썼어?"

"아니. 하지만…… 확실히 어렴풋이……. 떨어진 과일을 먹은 걸까?"

천연 고급사료인가!

고급 와규는 고기를 맛있게 만들려고 맥주를 먹인다는 이야기는 들은 적 있는데, 그 이상으로 고급스러운 먹이구나.

돌 위에서 데운 빵을 손에 들고 살짝 찢은 다음 고기를 끼워 그대로 베어 물었다.

바삭한 빵의 표면과 폭신한 안쪽, 그곳에 스며든 진한 풍미의 고기 기름.

일품이었다.

소금으로만 간을 했는데 그래도 맛있었다.

"이 고기, 팔기는 아깝지 않아? 적어도 같은 가격으로 팔면 너무 싸!"

"동감. 하지만 보존할 수는 없으니까."

"그렇겠지……."

일취월장한 하루카라도 현재 가능한 일은 얼음을 만들어서 식히는 것까지.

직접 냉각하는 것은 음료를 차갑게 하는 정도이지 냉동보존 같은 것은 바랄 수 없었다.

애당초 냉동해봐야 냉동고가 없으니까 거의 의미가 없지만.

"그건 나오가 노력할 수밖에 없겠네."

그렇다, 확실히 내 담당 분야였다.

시공 마법으로 만드는 매직 백, 처음으로 만들 수 있는 것은 용량 증가의 단순 기능이지만 숙련되면 중량 경감, 시간의 정체도 추가할 수 있게 된다.

거기까지 가면 대량의 짐은 물론이고 소비 기한이 있는 식량도 저장할 수 있게 되는 것이다.

반대로 말하면, 초보의 매직 백에는 많은 짐을 넣을 수 있더라도 그만큼 가방이 무거워지고 만다는 이야기지만.

"큭! 내년까지는 마스터해서, 이 계절의 멧돼지를 사냥하러 오자고!"

"그래. 그러면 딘들 열매도 모을 수 있고…… 아니, 토야는——."

고기 이야기라면 제일 앞장설 것 같은 토야가 이상하게 조용하다 싶어 시선을 향했더니, 어느샌가 꼬치 세 개는 이미 사라지고 멋대로 꺼낸 고기를 직접 굽기 시작한 상태였다.

"응? 이렇게 맛있는 고기, 먹을 수 있을 만큼 충분히 안 먹으면 손해잖아?"

토야는 나와 하루카의 시선을 깨달았지만, 주눅 들지도 않고 고기를 계속 구웠다.

"잔뜩 먹어두려고? 뭐, 상관없지만."

사냥한 건 토야이고 처음 시작할 때처럼 금전적으로 궁핍하지도 않았다.

하지만 엘프인 우리는 토야처럼 먹지는 못한다고, 아쉽지만.

"토야, 딱히 먹지 말라고는 안 할 테니까 말이라도 좀 해줘. 그대로는 맛없잖아?"

하루카는 조금 어이없다는 태도로, 토야의 고기에 칼집을 내거나 소금을 뿌리거나 했다.

"이러면 조금은 나아질 거라 생각하는데, 너무 두껍게 잘랐으니까 시간은 걸릴 거라고? ……그렇지, 나오, 우리는 스페어립이라도 먹어볼까? 마침 괜찮게 구울 수 있는 돌도 있으니까."

"어어――."

"나도! 나도 먹고 싶어!"

내 대답을 가로막듯 토야가 손을 번쩍 들어 자기주장을 했다.

하루카는 그건 이미 예상했는지 가볍게 어깨를 으쓱이고 고기를 자르더니 밑간을 한 다음 돌 위에서 굽기 시작했다.

"뭐, 솔직히 간이 소금뿐이라면 평범한 삼겹살이 더 맛있을 거라고는 생각하지만~."

그러면서 숯불에 장작을 추가하고 돌 위의 고기를 젓가락으로 뒤집어가며 구웠다.

당연하지만 이 젓가락은 자작이었다.

간단하게 만들 수 있고 다목적으로 쓸 수 있는 젓가락, 위대하구나.

각종 식기류의 역할을 하나로 해내는 거니까.

학습 난이도가 조금 높은 것이 단점이라는 것과 전문 분야에서는 다른 식기류에 미치지 못하는 부분은 있지만.

"슬슬 다 구웠는데…… 어떻게 할까?"

잘 생각해보면 접시는 물론 각자의 젓가락도 없었다.

하루카는 잠시 생각한 뒤, 주변에 있는 커다란 잎을 뜯어 와서 그걸로 스페어립을 감아 내게 건넸다.

"일단 식기 대신에 노점에서 사용하기도 하는 잎이니까, 괜찮아."

주변의 흔한 잎이라고 생각했더니 요령 좋게 고른 모양이었다.

자, 그럼 스페어립은…… 응, 맛있다.

맛있기는 해도 조금 부족하지만.

"역시 소금으로 구우면 뼈를 빼고 꼬치로 굽는 게 맛있네. 담백하다고 할 정도로 기름이 빠진 것도 아니고, 조금 어중간한가?"

"아니, 하지만 이 식감은 괜찮지 않아?"

……토야, 그건 고기가 아니라 뼈니까 말이지?

그게 맛있게 느껴진다면, 그건 틀림없이 수인이기 때문이겠지.

적어도 나는 깨물려고 생각하진 않는다.

"……토야한테는 허벅지 뼈라도 주는 편이 나으려나?"

"개 취급이냐!"

토야가 경악한 표정을 지었지만, 원인을 만든 건 너니까 말이지?

"실제로 뼈는 먹으면 맛있는 건가? 스테레오 타입으로 개가 뼈를 물고 있는 일러스트 같은 건 있는데."

"아니, 뭐냐. 깨무는 느낌이 좋다고? 맛은 어렴풋한 감칠맛? 엄청 맛있지는 않지만 왠지 모르게 깨물고 싶어지는……."

껌 같은 느낌인가? 하지만 그쪽은 제대로 맛이 나는데…….

본능적인 것? 햄스터 같은 경우에는 먹지도 않으면서 딱딱한 걸 깨물기도 하니까.

"음, 잘 모르겠어. 남들 눈에 띄지 않는 범위에서 즐겨줘."

비용이 들지는 않지만, 내가 아는 사람이 커다란 뼈를 깨물면서 거리를 돌아다닌다니 소문이 나면 정말로 곤란하다.

"아니, 평소에는 안 한다고! 뼈 붙은 고기가 있다면 어쩐지 뼈도 깨물고 싶어지는 정도니까!"

소문을 걱정할 필요는 없나 보다.

하지만 그러면서 갈비뼈를 씹어 부수는 건, 내게는 상당한 충격 영상이지만.

장시간 끓인 것도 아니고. 그저 구웠을 뿐인 뼈니까 상당히 딱딱하다고?

인간이나 엘프라면 턱이 부서질 것 같은 정도로.

"뭐, 뼈는 됐어. 그보다도 남은 고기. 이건 육포로 만들 수는 없나?"

"육포인가! 판타지 같아!"

현대를 기준으로 냉장·냉동 보존을 생각했지만, 옛날에는 달랐구나!

원시적(?) 방법이라면 지금도——.

"잘 생각해보면, 어떻게 만들지? 토야, 알아?"

"몰라. ……슬라이스해서 햇볕에 말리나?"

그건 어쩐지 아닌 것 같다.

썩을 것 같고, 잘 말리더라도 멧돼지가 돼지의 일종이라고 생각하면 그대로는 못 먹을 것 같은데?

응, 곤란할 때는 하루카에게 의지하자.

둘이서 시선을 보내자 하루카는 쓴웃음 지으며 말했다.

"이 세계의 수준이라면 우선은 염장. 적당한 허브가 있다면 같이 절여도 괜찮을지도. 소금이 침투하면 씻은 다음에 말린다. 그 정도겠지."

"세균이나 기생충 같은 건 괜찮나?"

"그건 돼지고기 생햄이랑 똑같아. 강한 소금기로 어떻게든 돼."

여유가 있다면 절이는 국물을 궁리하거나 훈제하거나 해서 맛있는 걸 만들 수 있을지도 모르지만, 현재로서는 그저 엄청 짜고 별다른 맛이 없는 육포가 될 확률이 높을 것 같다.

"그걸로 괜찮다면 만들어보긴 하겠는데?"

통상은 가장 시간이 걸릴, 말리는 공정은 딘들 열매를 말리기 위해서 시행착오를 거친 【드라이】의 마법을 쓰면 어떻게든 되니까, 만드는 것 자체는 가능했다.

"그럼 부탁할 수 있을까? 육포라니, 판타지 같아서 살짝 동경했거든."

"동감! 흑빵이라든지, 에일이라든지. 상당히 '실망스러운 판타지'였으니까 말이야!"

"'실망스러운 판타지'라니──육포도 같은 결과가 될 것 같은데."

하루카는 "근처에서 파는 것보다는 나을 거라고 생각하지만" 하는 말을 덧붙이고, 그러면서도 만드는 것 자체는 승낙해주었다.

"그건 그렇고 이 세계, 마법 이외에 판타지 느낌이 별로 없네."

굳이 말하면 스테이터스 확인이나 도움말 기능은 신기하지만.

"충분히 판타지잖아. 거리의 모습도, 생활도. 애당초 우리 종족은 뭐야?"

예, 엘프입니다.

게다가 토야의 머리에는 동물 귀가 붙어 있다.

엄청나게 판타지네요.

다만 거리나 생활의 경우에는 판타지라는 것보다도 발달되지 않아서 불편하다는 인상이 앞섰다. 판타지 세계에 실제로 들어오면 이런 법이겠지만.

"아니, 뭐, 그렇기는 하지만 『이거야!』 싶은 건 보지도 못했으니까……."

"응, 그건 나도 동감이야. 『지구라면 있을 수 없어!』라는 게 없단 말이지."

"나는 마법으로 충분하다고 생각하는데. 예를 들면 어떤 거야?"

"미스릴 같은 신기한 금속이나 어쩐지 엄청 잘 베어지는 검같이?"

간신히 대장장이 축에는 드는 토야가 언급한 것은 그쪽 계통의 물건이었다.

확실히 그런 것들은 물리법칙을 제대로 거스른다.

두꺼운 나무를 검으로 베어내는 묘사 따위가 있는데, 그거, 껴버리니까!

톱으로 나무를 자른다면 알겠지만, 톱날은 날어김이라고 톱니가 좌우로 기울어진 구조로 되어 있다. 그에 따라 톱날보다 넓은 나무를 베어낼 수 있고, 그 틈새를 톱날이 지나갈 수 있는 구조였다.

엄청나게 잘 베이는 검의 경우에는 어떨까?

단면이 마름모꼴인 검의 칼끝, 가령 그곳으로 어떻게든 벨 수 있더라도 그건 앞부분의 폭뿐이다. 당연히 안쪽은 두꺼워서 그대로 빼낼 수가 없다.

벨 수 있으려면 도신이 엄청나게 얇은 판자 같은 검이나 칼날 이외의 부분으로도 벨 수 있는 빔사벨 같은 검, 혹은 물리법칙을 초월해서 도신 부분은 대상을 빠져나갈 수 있는 불가사의한 검이 아니고서는 불가능했다.

——아니, 오히려 판타지니까 그런 검을 보고 싶다는 기분도 있지만.

"나로서는 드래곤이나 던전?"

판타지라면 이 두 가지는 빼놓을 수 없겠지.

토야에게 시선을 향하자 역시나 힘주어 고개를 끄덕였으니, 비교적 일반적인 이미지라고 생각한다.

"나오, 너 말이지……. 만나지 않은 걸 행운이라고 생각해. 혹시 만난다면 살아남지 못한다고?"

참으로 기가 막힌다는 시선으로 바라보며 크게 한숨을 내쉬었다.

뭐 어때, 꿈을 이야기하는 건데.

"드래곤은, 뭐 전설이네. 전설이니까 실제로는 어떨지 모르겠지만, 만난다면 죽을 거라고 여겨져. 그리고 일단 던전은 있어."

"어, 있어? 던전?"

"진짜! 나, 가고 싶어!"

응, 나도 조금 동감.

"어째서 존재하는지, 어떻게 만들어졌는지조차 알 수 없지만. 참고로 스타트 지점이 던전이었다면 그냥 죽었으니까."

그야 그렇겠지.

던전 공략의 초기 장비가 천 옷과 대은화 10개라니, 상당히 빡빡한 초기 위ㅇ드리*가 차라리 더 나을 것 같다.

게다가 게임이라면 어떻게든 되더라도 현실이라면 그냥 죽는다.

"그러니까 토야, 안 된다고 하지는 않겠지만 던전에 가는 건 훨씬 나중이 될 거야. 죽고 싶진 않잖아?"

"그건…… 응. 판단은 맡길게."

방침은 기본적으로 하루카에게 맡기면 문제없다.

이게 최근 일주일 동안 우리가 배운 것이었다.

그 후, 토야의 식사가 끝나기를 기다려서 우리는 그 자리를 벗어나기로 했는데, 결국 그날은 라판으로 돌아올 때까지 고블린은커녕 멧돼지 같은 짐승도 만나지 않았다.

토야는 멧돼지를 한 마리 더 잡아서 육포의 양을 늘리고 싶은 모양이었지만, 남은 고기도 상당한 양이었다.

하루카가 "조리하는 내 수고도 생각해"라고 해서 사냥하러 가는 건 마지못해 포기했다.

애당초 한 마리를 더 잡아버리면 옮길 수 있는 양을 넘어서니까 근본적으로 무리였지만.

그렇게 되어서 돌아가며 채집한 것은, 길가에 자라던 약초와

---

* 위저드리: 캐나다 Sir tech사에서 만든 롤플레잉 게임. 일본RPG에 큰 영향을 미쳤다.

육포에 쓸 수 있을 법한 허브 종류 소량뿐이었다.

◇　　　◇　　　◇

저녁이 되기 전의 이 시간, 모험가 길드는 비교적 한산했다.

가장 혼잡한 것은 일용직 노동자가 오는 새벽 직후와 일몰 직전.

솔직히 말해서 그 시간대는 너저분했다.

기본적으로는 우리와 겹칠 일이 없는 게 다행인가.

이 시간대에 오는 건 우리처럼 마을 밖으로 의뢰를 나갔던 모험가들이지만, 절대적인 숫자는 그리 많지 않았다.

비교적 평화로운 이 주변에서는 모험가로서 할 일도 적어서, 필연적으로 어느 정도 성장한 모험가는 더욱 많이 벌기 위해 다른 마을로 이동하는 것이다.

덕분에 우리가 느긋하게 일을 할 수 있으니, 전이한 장소로는 나쁘지 않았을 테지.

사신 씨, 굿 잡!

"다녀왔어요, 디오라 씨."

"어서 오세요, 하루카 씨. 그리고 나오 씨랑 토야 씨도."

"다녀왔어."

"돌아왔어요."

이 시간대, 디오라 씨는 대개 카운터에 앉아 있었다.

모험가 길드만이 아니라 많은 모험가에게는 휴일이라는 개념

이 거의 없는지, 특별한 이유라도 없으면 매일 출근하는 모양이었다.

그 정도는 노력해서 벌지 않으면 상당히 생활이 어려운 게 현실이었다.

참고로 이건 월급쟁이의 경우이고, 평범한 모험가는 실력이 되면 되는 만큼 휴식이 늘어난다.

의뢰 하나당 수입이 크다는 이유도 있지만, 상당히 힘겨운 일이 많아서 몸을 쉬게 하지 않으면 힘들다는 현실도 있다.

예를 들면 호위 의뢰.

이동 중에는 노숙이고, 밤의 불침번도 필요하다.

선잠을 자기는 해도 며칠이나 계속하면 상당히 소모되는 것은 상상하기 어렵지 않다.

그렇다면 마을에 도착한 뒤에는 적어도 하루, 이틀은 느긋하게 쉬지 않으면 퍼포먼스에 영향이 가는 건 당연하겠지.

금전적으로 힘들다고 쉬지 않으면 실수를 유발하고 경우에 따라서는 죽게 된다.

무리를 할 수 없게 된 중년 이후 모험가의 은퇴 이유——죽는 이유 중 상당수는 이것이라나.

상당히 혹독했다.

"디오라 씨, 고마워요. 여기, 정보료요."

"저희야말로 감사해요. 요즘 계절의 즐거움이니까요~."

디오라 씨는 미소를 띠며 딘들을 받아들더니 코를 대고 숨을 들이마시며 웃음 지었다.

"으~음, 향기가 좋네요. 오늘 저녁식사 뒤의 즐거움이 생겼어요."

그리고 그걸 그대로, 옆에 놓아두었던 주머니 안으로 소중하게 집어넣었다.

"그건 그렇고, 여러분은 숲에서 채집이랑 수렵, 능숙하시네요. 역시 엘프라서 그럴까요? 매직 백이 있다면 좀 더 벌 수 있겠어요."

그녀의 시선은 제대로 빵빵한 우리 배낭으로 향했다.

"이 부근에서는 본 적 없는데, 비싼가요?"

"비싸고 희소해요. 만드는 데에는 연금술사 말고도 시공 마법 사용자가 필요하니까요. 적성이 있는 사람이 거의 없으니까요."

"그렇구나. 그럼 만드는 것도 어렵겠네요."

"아뇨, 시공 마법 사용자가 적을 뿐이지 만드는 건 그렇게 어렵지 않다나 봐요. 연금술 사전에도 만드는 방법이 실려 있으니까요."

어라? 비싸고 희소하다는 건 알고 있었지만 만드는 게 어렵지 않나?

게다가 무언가 신경 쓰이는 단어가…….

"연금술 사전이라는 건 뭔가요?"

"어머? 모르나요? 연금술사라면 누구라도 가지고 있는 모양이에요. 듣자 하니 연금술사 협회에 들어가면 살 수 있다던가……?"

"헤에, 그럼 보통은 손에 넣을 수 없는 물건이네요?"

조금 아쉽다는 듯 하루카가 묻자 디오라 씨는 시원스럽게 고개를 가로저었다.

"아뇨. 전혀요."

"어라?"

"이걸 사는 게 협회의 입회금 같이 취급되는지, 필요가 없어도 사야 하는 거예요. 하지만 이런 책 따위, 연금술사가 아니고서는 필요 없잖아요? 그럼 연금술사가 죽는다든지 그러면?"

"필요가 없어진다?"

"그래요. 평범한 책과 달리 일반인이 읽을 만한 게 아니고, 설령 가족 중에 연금술사가 있더라도 협회에 들어간다면 새로 사게 될 테니까요. 그러니까 고서점 같은 곳에 가면 이따금 싸게 팔아요."

"헤에, 그렇구나. 팔리나요?"

"아이템을 살 때 참고로 조사한다든지 그런 용도가 있으니까 조금은 팔리나 봐요. 여기도 있어요, 일단. 모험가가 상담할 때를 대비해서."

예를 들면 특수한 공격을 하는 몬스터가 나왔을 때에, 그에 대처하는 아이템이 있는지 조사하는 등의 용도로 쓴다나.

"그건 그렇고 올해는 여러분이 있어서 살았어요. 따러 가주는 사람이 없으면 채집 장소의 정보 같은 건 의미 없으니까요."

딘들 열매를 따러 가는 초심자에게 장소의 정보를 팔고 대신에 열매를 받는 것이 디오라 씨의 은밀한 즐거움이라나 뭐라나.

다만 매년 딱 좋게 그런 레벨의 모험가, 그것도 딘들 나무에 올라갈 수 있는 모험가가 있지는 않다보니 가끔씩만 맛볼 수 있는 부수입인 듯했다.

"디오라 씨, 그건 직권남용?"

"어—, 이 정도는 정당한 거래예요. 하루카 씨도 찾아다닐 필요가 없었으니 편했잖아요?"

하루카가 그렇게 지적해도 디오라 씨는 가볍게 웃으며 팔랑팔랑 손을 내저어 부정했다.

뭐, 확실히 나무를 찾아 숲을 돌아다닐 필요는 없었지만.

다른 사람한테서 정보를 모은다고 해도 사례는 필요할 테고.

"직권남용이라면 그런 거예요. 열매에 상한 곳이 있다느니 트집을 잡아서 자기가 싸게 매입한다든지――."

"어?"

그 말을 듣고 팔기 위해서 딘들을 꺼내려던 하루카의 손이 멈췄다.

"앗! 저, 저는 안 한다고요? 정직하다고요? 적정 가격으로 산다고요? 정말이에요!"

실수했다, 그런 표정을 지으며 디오라 씨는 허둥지둥 부정했지만, 솔직히 말해서 수상쩍었다. 오히려 수상하다는 느낌밖에 안 든다.

"정말인가요? 이거, 제대로 사주시는 거죠?"

"물론이에요! 하지만, 으음, 그러네요…… 몇 개는 역시――."

딘들의 표준 매입 가격은 100~300레아.

꺼낸 딘들 대부분은 300레아로 가격이 매겨졌지만 몇 개는 200레아가 될 듯했다.

낮은 가격이 붙은 것은 비율로 따지면 5%까지는 안 되나?

그걸 우리도 확인해보니 살짝 흠이 있는 정도라서 먹는 데는 문제 없을 것 같지만…….

"사실 그 흠이 문제라서……."

조금 말하기 어렵다는 듯 디오라 씨가 가르쳐준 바에 따르면, 제대로 보고 정당한 가격으로 매입하는 건 사실이지만 흠이 있으면 가격이 내려가는 것 또한 사실이라, 그런 열매들을 내부 가격으로 나눠 받는다나.

당장 먹으려면 그것들도 전혀 문제없지만 말릴 경우에는 흠이 있는 부분부터 쉽게 상하는 탓에 그만큼은 저렴해진다고.

"그러니까 결코 트집을 잡아서 가격을 후려치는 건 아니라고요? 다만 그걸 이해해주시는 분만 있는 건 아니라서……."

"아아, 그렇구나."

일종의 진상이구나.

싸게 후려친 (모험가 시점에서는, 말이지만) 딘들을 직원이 자기 몫으로 사들인다는 걸 알면 의심을 사서 성가신 일이 되는 건가.

"……하지만 잘 생각하면 내부 가격이라면 횡령 아닌가?"

"아뇨, 장부에 기재되기 전에 사는 거라서 문제없어요!"

용의주도했다.

──아니아니, 그게 아니다. 그건 일종의 그레이존이잖아.

그런 우리의 시선을 느꼈는지 디오라 씨는 절레절레 고개를 가로저었다.

"아뇨아뇨, 정말로! 아무리 그래도 되파는 건 안 되지만, 자기랑 가족이 소비하는 정도라면 인정된다고요! ──암묵적으로."

직원가 같은 건가?

혹독한 이 세계에도 복리후생 같은 사고방식이 있는지, 아니면 단순히 규칙이 느슨할 뿐인지.

마지막으로 작게 신경 쓰이는 말을 덧붙였으니 후자의 가능성이 높나.

뭐, 절대로 그런 건 안 된다고 융통성 없는 소리를 할 생각도 없지만.

지구에서도 손님에게 받는 팁을 감안해서 급여 체계를 갖춘 나라나 더부살이로 살 곳을 제공하는 대신에 급여가 낮은 경우도 있었으니까.

"뭐, 디오라 씨가 잘린다든지 그런 게 아니라면 상관없지만요……. 기껏 친한 사이가 되었는데 없어진다면 쓸쓸하니까요."

"불길한 소리 하지 마세요~~. 몇 안 되는 부수입이니까요."

디오라 씨는 딘들을 좋아하는 모양이지만, 시장 가격은 평범한 접수 담당의 급료로는 좀처럼 살 수 없을 만큼 비싸다.

적어도 기호품에 가볍게 낼 수 있는 금액은 아득히 뛰어넘기에 시가의 반값 이하로 살 수 있는 길드의 납입품, 혹은 흠이 있는 딘들은 어떤 의미로 포상이겠지.

"이 길드, 여성 직원이 적으니까 경쟁 상대가 적다는 것도 기쁜 일이에요!"

기뻐하는 디오라 씨의 말에 나와 토야는 얼굴을 마주보며 쓴웃음 지었다.

개인적으로는 젊고 미인인 접수 담당, 희망합니다.

디오라 씨는 서른을 앞둔 정도의 귀여운 느낌이지만, 젊다고는──이런, 어쩐지 한기가.

응, 디오라 씨라면 전혀 문제없어요, 예.

"그러니까 전부 팔아준다면 고맙겠는데요……."

하루카가 꺼낸 것은 그녀가 배낭에 담아두었던 딘들 열매.

디오라 씨의 시선은 아직 부풀어 있는 나와 토야의 배낭으로 향했다.

참고로 토야 쪽은 거의 고기밖에 안 들어있으니까 디오라 씨의 시선은 조금 빗나갔다.

내가 나중에 따온 딘들은 나와 하루카의 배낭에 나눠서 가져왔다.

"아뇨, 딱히 심술을 부리려고 파는 숫자를 줄인 게 아니라고요? 조금 생각한 게 있어서…… 디오라 씨, 딘들을 말린 과일로 만드는 방법, 모르세요?"

"어, 설마 직접? 아마도 무리일 거라고 생각하는데…… 만드는 방법은 비전이니까요."

'그런 걸로 낭비할 바에야 제발 팔아줘' 하는 심정이 담긴 시선을 보냈지만, 우리도 할 수 있다면 가공해서 비싸게 팔았으면 좋겠고 보존 기간이 늘어나면 우리 몫으로 확보해두고도 싶다.

"제대로 안 된다면 팔 테니까, 조금이라도 좋으니 아는 건 없나요? 반대로 잘만 되면 나눠줄게요."

"어, 나눠준다고요? 어쩔 수 없네요."

어쩔 수 없다면서 순식간에 표정이 풀어지니, 그 심정은 쉽게 알 수 있었다.

"그래봐야 저도 중요한 부분은 모르지만요. 기본적으로는 깨끗하게 씻고 꼭지를 딴 다음에 말리는 것뿐이라던데요? 그때의 날

씨나 기온, 햇볕을 어떤 식으로 쬐는지가 요령이라고 그러던데, 그 부분은 비밀인가 봐요."

"으~음, 역시 그 정도인가."

"아, 하지만……."

하루카가 조금 아쉽다는 듯 말하자 디오라 씨는 무언가 이야기를 꺼내려다가 입을 다물었다.

"응? 뭔가 마음에 걸리는 게 있다면 가르쳐달라고요?"

"그래요. 작은 힌트라도 있다면."

시행착오를 거치는 방안도 있지만, 그다지 오래 가지 않는 과일을 사용하는 이상 아무리 마법을 사용하더라도 몇 번이나 시험해볼 수는 없다. 약간의 단서라도 없는 것보다는 도움이 된다.

하루카와 내가 재촉하자 디오라 씨는 조금 주저하는 기색으로 입을 열었다.

"한 번 말리는 작업을 본 적이 있는데요. 어쩐지 물을 끓이고 있었던 것 같은데…… 관계가 있는지는 모르겠지만요."

물을 끓이나…… 열매는 삶은 다음에 말리는 건가?

첨가물 같은 걸 녹여서 배어들게 만든다든지?

아니면 무언가 방부제 같은 약초를 달여서 바르나?

현대에도 감귤을 오래 보관하려면 무언가의 즙을 바르는 방법이 있었던 것 같은데.

"──그렇군요. 고마워요, 조금 참고가 됐어요."

"그렇다면 다행이에요. 하지만 아까 이야기, 너무 퍼뜨리진 말아달라고요? 아는 사람은 알지만 꽤 귀찮게 구는 사람도 있으니까……."

"알고 있어요. 접수 일도 큰일이네요, 이상한 사람도 상대해야만 되니까."

"예! 알아주셔——아니, 그, 그렇지 않아요, 예."

힘차게 고개를 끄덕일 뻔했던 디오라 씨는, 황급히 애써 만들어낸 듯한 미소를 띠며 고개를 가로저었다.

술집에서 불평한다면 또 모를까, 아무리 그래도 이 자리에서 동의하는 건 안 되겠지.

근처에 다른 모험가는 물론이고 상사도 있으니까.

"디오라 씨는 항상 정중하게 대응해주니까요, 저희도 도움을 받고 있어요. 그렇지?"

"응. 초심자인 우리가 무사히 돈을 벌 수 있는 것도 그 덕분이네."

디오라 씨를 향한 직원의 시선이 미묘하게 날카로워진 것 같아서 일단은 덕담을.

하루카의 가벼운 입이 원인이니까.

"아뇨아뇨, 천만에요~~. 일이니까요."

……휴우.

조금 부끄러운 듯 손을 내젓는 디오라 씨와 그런 그녀에게서 조금 어이없다는 듯 시선을 돌리는 상사(추정).

시선에서 날카로운 느낌이 사라졌으니 이걸로 혼나지 않고 넘어가려나?

혹시 혼난다면 미안합니다.

일단 하루카가 쓸데없는 소리를 꺼내기 전에 물러나기로 하자.

바쁘지 않은 시간대라고는 해도 업무 중에 너무 잡담을 나누는 것도 안 좋을 테니.

"그럼 슬슬 돌아갈게요. 내일도 잘 부탁드립니다."

"예, 기다릴게요."

디오라 씨에게 인사와 함께 배웅을 받고, 우리는 모험가 길드를 뒤로했다.

제5화 보존식을 만들자

"자, 애들아. 오늘은 자율 연습을 하기 전에 고기랑 딘들을 처리할 거야!"

그러는 하루카 앞에는 딘들이 담긴 배낭, 남은 터스크 보어가 든 가죽주머니, 그리고 오는 도중에 구입한 항아리와 냄비 등의 도구가 놓여 있었다.

"여기, 질문!"

"음, 토야!"

기운차게 손을 든 토야를 하루카가 척 가리켰다.

"내가 할 수 있는 일이 있을까요!"

"괜찮습니다. 누구라도 할 수 있어요. 물론 나오도. 우선은 고기 밑 준비부터 할게."

하루카는 도마를 세 개 늘어놓고 그 위에 적당히 자른 고기를 올렸다.

"우선은 이 고기를 먹기 편한 사이즈——두께 1센티미터 정도로, 손바닥 절반 정도의 사이즈로 자릅니다."

요리 레시피처럼 지시하려던 하루카는 토야에게 흘끗 시선을 향하고 명확하게 다시 지정했다.

응, 초심자를 상대로 애매한 지시는 위험해, 하루카.

요리를 못하는 녀석한테 '조금'이라느니 '적정량'이라느니 해봐야 모르는 거나 마찬가지다.

특히 지금의 토야라면 엄청 두껍게 자른 스테이크를 "먹기 편하다"라고 할 수도 있다.

"뼈는 깨끗이 제거하고. 그리고 지방이 많은 부분은 지방도."

"응? 지방도 버려? 이 고기, 지방이 맛있다고 생각하는데……."

구워서 넘쳐흐르는 기름에서 어렴풋이 딘들의 향기가 나서, 그게 괜찮은 느낌이었다.

솔직히 『그걸 버리다니 당치도 않아!』였다.

"마음은 알겠어. 하지만 말리는 경우에는 그게 산화되어서 좋지 않을 테니까."

그렇구나. 그런 거였나.

잘은 모르겠지만 원래부터 요리가 능숙, 게다가 스킬까지 가진 하루카의 말에 따르도록 하자.

"있잖아, 조금만 시험해보면 안 될까?"

"토야가 책임을 지고 처분해준다면 상관없지만…… 조금만 해야 된다?"

"응. 알다마다."

좋아, 맛있으면 나눠달라고 하자.

맛없다면 토야가 처리하겠지. 자기가 꺼낸 말이니까.

──내가 생각해도 최악이네.

멧돼지 한 마리 정도 되면 고기의 양도 상당했다.

우리가 고기를 슬라이스하고 자잘하게 뼈와 지방을 제거하는 동안에, 하루카는 냄비를 사용해서 오는 길에 딴 허브와 소금, 가게에서 구입한 소량의 향신료, 잘게 썬 딘들 껍질 등을 섞었다.

그걸 끝내고 하루카도 고기 슬라이스에 참전, 순식간에 우리보다 많은 고기를 쌓아 올렸다.

그리고 도마에 더 이상 올릴 수 없는 고기는, 하루카가 조합한 소금을 묻힌 다음에 항아리로 투입했다.

"저기, 딘들 쪽은 어떻게 만든다고 생각해?"

그런 처리를 하며 하루카가 꺼낸 의문에, 나는 조금 전에 생각하던 것을 입에 담았다.

"내가 생각한 건 삶은 다음에 말린다, 방부제 같은 약초즙을 발라서 말린다, 이렇게 두 가지일까. 저런 사이즈의 과일은 통째로 말린다면 그냥 썩겠지?"

"삶더라도 썩는 건 마찬가지일 것 같긴 하지만…… 방부제는 그럴듯하네."

그야 그런가. 삶은 직후에는 살균이 되더라도 시간이 지나면 오염되나.

레토르트 팩같이 완전히 밀봉되는 게 아니라면.

"토야는?"

"으~~응…… 있잖아, 이제부터 단숨에 추워진다, 그런 일은 없겠지?"

"어? 응. 계절적으로 기온은 내려가겠지만, 이 부근에서는 밤에도 영하로 떨어지지는 않나 봐. 제일 추울 때라도."

아, 그건 고맙네.

딱히 겨울을 싫어하지는 않지만, 이 세계에는 에어컨도 없고 단열이 잘되는 집도 없다.

다운재킷 같은 보온성이 높은 옷이 있을지도 모르겠고, 있더라도 사려면 돈이 든다.

따뜻한 기후는 그것만으로도 경제적으로는 도움이 되는 것이다.

"그럼 안 되나. 얼음이 얼 정도의 기온이라면 그걸 이용할 수 있으려나 했는데. 그게, 안데스의 감자 이야기, 있잖아?"

"아, 그러고 보니."

수업에서 배운 것 같다.

안데스 산맥 주변에서는 수확한 감자를 야외에 방치. 밤에 동결되고 낮에 녹은 걸 밟아서 수분을 빼는 행위를 반복하여 건조시켜서 장기간 보존한다고.

아무리 그래도 딘들을 밟으면 으스러지겠지만 이 방법이라면 썩지 않게 건조시키는 것도 가능하겠지.

"애당초 그러면 물을 끓일 필요가 없지?"

"그건…… 단순히 밥이라도 만들었다? 아니면 차라든지?"

잠시 생각하고는 참으로 재미없는 소리를 하는 토야.

디오라 씨한테 받은 단서, 그냥 날려버렸다.

"──아니, 뭐. 그럴 가능성도 있어. 서술 트릭은 아니지만, 딱히 디오라 씨도 끓는 물이 필요한 도구라고 한 건 아니니까."

확실히 그렇긴 하지만!

끓는 물의 사용 방법으로 고심하던 내가 바보 같다.

"그래서, 하루카는 어떻게 생각해?"

"나? 나는 곶감처럼 쓰는 건가, 했는데."

기본적인 곶감 제작 방법은, 땡감의 껍질을 벗긴 다음에 끈으로 묶고 매달아서 말리는 것뿐이지만, 그때에 가볍게 끓는 물에 담그는 경우도 있다나.

딘들도 그것과 같은 과정을 거치는 게 아닌가, 그것이 하루카의 생각이었다.

"그건 아마도 살균을 위한 거겠지? 표면을 살균하는 것만으로 가능한가?"

손에 닿은 상태 그대로 만드는 것보다도 살균은 하는 편이 곰팡이가 잘 슬지는 않을 거라 생각하지만, 그 정도로 어떻게 해결이 될까?

"곶감이 가능하니까 딘들도 불가능하진 않을 거라고 생각해."

"그건 겨울의 기온과 통풍, 그리고 껍질을 벗겼기 때문이 아닐까? 여긴 기온도 높고 딘들은 껍질을 안 벗기잖아. 유리한 점은 습도가 낮다는 건가?"

음식의 부패는 온도와 습도가 큰 영향을 미치는 요인이다.

특히 습도는 중요해서, 쉽게 상하는 생선을 건어물로 만들 수 있는 것도 그와 관련이 있다.

곶감의 경우에는 상하기 전에 건조되니까 문제가 없을 뿐, 껍질을 벗기지 않고 저런 사이즈의 과일을 건조시킬 수 있느냐면…….

"그런 부분은 역시 노하우 아닐까? 간단히 할 수 있다면 비밀도 아닐 거고."

"노하우를 허사로 만드는 게 하루카의 마법이라는 건가."

"허사로 만들다니 듣기 뒤숭숭하네. 나도 노력해서 익혔거든?"

"그건 알다마다."

실제로 나는 아직 독자적인 마법을 사용하지 못하니까 말이지! 전혀 자랑은 아니지만.

"저기저기, 애당초 우리는 건조 딘들을 본 적이 없잖아? 사실은 가다랑어포처럼 곰팡이를 이용할 가능성도 있지 않나?"

"──역시 토야, 갑자기 근본을 박살내는구나."

"내가 아는 한도 안에서 곰팡이를 사용한 말린 과일은 모르지만, 가능성은 제로가 아니잖아."

"그렇다면 부업으로 어떻게 될 문제가 아니니까 포기하자⋯⋯ 음. 좋아! 이걸로 끝!"

이야기를 나누면서도 손은 계속 움직였기에 고기 처리는 진행되었다.

늦게 참전했으면서도 가장 많은 고기를 자른 하루카의 작업이 가장 처음 끝나고, 이윽고 우리도 모두 마쳤다.

그리고 항아리로 옮기고 남은 소금을 구석구석까지 섞으면 염장은 완료였다.

제거한 지방과 뼈는 가죽주머니에 집어넣어두고 내일 일을 할 때라도 숲에 버리면 되겠지.

"둘 다, 손과 나이프를 꺼내."

하루카가 끈적끈적해진 손이랑 기름기, 도마도 한꺼번에 『퓨리피케이트』를 걸어 깨끗하게 해주었다.

정말이지, 엄청 편리한 마법이었다.

주방용 세제를 사용하지 않고 이 기름기를 깨끗이 씻어낸다니,

그런 상황은 썩 달갑지 않다.

"이걸로 작업은 끝인가?"

"고기에 소금이 밸 때까지…… 최소한 하루 이틀, 가능하다면 일주일 정도일까? 기다린 다음에 가볍게 물로 씻고 말리는 거야."

"꽤 걸리네? 항아리, 추가로 사둬야 하지 않을까?"

"……토야, 너 대체 육포를 얼마나 만들 생각이야?"

"어? 멧돼지를 사냥한 만큼?"

당연하다는 듯 말하는 토야를 보고, 나와 하루카는 얼굴을 마주하며 한숨을 내쉬었다.

"토야, 아무리 그래도 전부 못 먹잖아?"

"어, 그런가? 가령 1톤을 만들어도 셋이서 1년 동안이라면 하루에 1킬로그램이 안 되는데…… 조금 많나?"

"조금이 아니잖아! 단순한 고기라면 몰라도 염장한 고기를 그렇게나 먹었다가는 염분 과다로 죽는다고!"

소금기를 뺀다고는 해도 그건 위험할 것 같다.

【완강】스킬은 성인병에도 효과가 있을까?

"애당초 이 작업을 매일 한다고? 나는 솔직히 사양하고 싶은데."

뼈를 빼고 슬라이스하는 것뿐이라면 큰일은 아니지만, 지방을 제거하는 게 무척 귀찮았다.

그 작업량을 떠올렸는지 토야가 아쉽다는 듯 신음했다.

"지방이 붙은 상태로도 맛있다면야…… 아니면 하루카의 마법으로 멋지게 제거한다든지."

"토야, 넌 대체 내 마법에 얼마나 의지할 셈이야…… 아마도 가능하겠지만."

"가능한 거냐!"

역시 하루카 님이었다.

"으—음, 라드의 녹는점을 생각하고 그걸 짜내듯이 하면……?
문제는 마력이겠지만."

안타깝게도 스테이터스에 MP 표시는 없지만, 마법을 쓰면 무
언가가 소비되는 건 체감적으로 알 수 있었다.

처음과 비교하면 나도 많은 마법을 쓸 수 있게 된 느낌이지만,
눈에 보이지 않으니까 정말로 마력량이 늘어났는지 아니면 효율
적으로 쓸 수 있게 되었는지, 혹은 한계까지 짜내게 되었을 뿐인
지 알 수 없다는 것이 난점이었다.

수치로 알 수 있다면 마법에 대한 실험도 순조로울 텐데.

"마력 회복약은 사면 비싸서 수지가 안 맞고, 직접 만들 수 있
을 만한 건 하루카 뿐이란 말이지."

게임이라면 문제없었을지도 모르지만, 현실이라면 우리는 명
백하게 스킬 선택을 실수한 느낌이었다.

전투 시에는 괜찮지만, 평소의 생활에서 나와 토야가 그다지
도움이 안 되는 것이었다.

스킬이 없다면 우리 능력은 지극히 평범한 일반인. 잡무 정도
밖에 못 한다.

"나는 드라이도 써야 하고……. 토야가 대충이라도 지방을 제
거한다면 마력 소비도 조금은 줄어들 거라 생각하지만."

"뭐야! 할게할게! 내 【해체】 스킬이 불을 뿜겠구나!"

"토야, 너 대체 고기를 얼마나 좋아하는 거야……."

애당초 아직【해체】스킬, 가지고 있지도 않잖아.

"뭐, 식비 절약도 되니까 토야가 열심히 하겠다면 나도 협력하겠지만……. 나오, 『액셀러레이트 타임』은 어느 정도로 쓸 수 있어?"

"어디―, 현재로서는 세 배 정도, 지속시간은…… 최대한 짜내도 열 시간이 채 안 될 거야."

"그러니까…… 이 항아리에 걸고 한나절을 놔두면 만 이틀 치라는 느낌인가? 아무래도 내일 아침에 다시 한번 거는 건 안 되겠지."

"그러네. 일을 쉰다면 모를까, 숲에 가는 데 전투에서 마법을 못 쓰는 건 곤란해."

최근에는 그다지 전투에 사용하지 않는다고는 해도, 보험으로는 필요하겠지.

아직 고블린이랑 만난 적도 없으니까.

"사흘을 절인다고 생각하면 항아리가 하나는 더 필요한가. 의외로 비싸더라, 항아리."

원래 있던 세계에서 항아리를 사본 적이 없으니 비교도 못 하겠지만, 드럼통보다 훨씬 작은 사이즈로 대략 3000레아. 같이 구입한 냄비보다도 조금 비쌌다.

"저기, 항아리는 딱히 새 물건이 아니라도 되지? 여기 아저씨한테 넘겨받을 수는 없을지 물어보자. 이만큼 번창하는 여관이라면 항아리로 사들이는 식품도 있지 않을까?"

"아, 그런가! 토야, 대단해! 그러네, 염장에 사용하는 거니까 중고라도 문제없어! 냄새를 신경 쓰는 음식이 아니니까."

그렇게 되어 나중에 주인장이 한가해 보이는 시간에 사정을 이야기하고 논의했더니, 만든 육포를 조금 나눠주는 것을 조건으로 항아리를 공짜로 받게 되었다.

술이 들어있었다는 그 항아리는 우리가 사 온 것보다도 조금 더 작았지만, 몇 개를 받은 덕분에 항아리 걱정은 사라진 것이었다.

참고로 나중에 조사해봤더니 중고 항아리는 평범하게 판매하기도 했고, 적당한 것(외관이 그리 상하지 않고 좋지 않은 냄새가 배지 않은 물건)은 새것의 절반 정도였기에 그걸 거의 공짜로 준 주인장에게는 감사의 기분도 담아서 딘들도 조금 나누어주었다.

◇　　◇　　◇

장소를 옮겨, 여관의 우물가.

그곳에는 간단한 아궁이와 냄비가 설치되어 있었다.

물론 여관 주인장에게 허가는 받았으니 문제는 없다.

"자, 시간도 없으니까 서두를게."

고기 염장에 시간을 들인 탓에 해가 질 때까지 그다지 여유가 없었다.

원래 있던 세계라면 아직 일할 수 있는 시간이더라도, 이 세계에서는 해가 지면 일을 끝내는 게 상식이었다.

일단 마법으로 불빛을 만들어서 작업을 계속할 수도 있지만, 그 마법을 쓸 수 있는 것은 작업에도 마력이 필요한 하루카이고,

무엇보다도 너무 눈에 띈다.

주변이 거의 캄캄한 가운데 휘황찬란한 불빛을 밝히고서 작업을 한다면 당연히 남들의 시선을 끌고, 그곳에서 취급하는 것이 고가의 과일 딘들이라면 귀찮은 일이 벌어질 가능성도 부정할 수 없었다.

"우선은 물을 끓이자. 이건 나오에게 부탁할게."

"라저."

"그동안에 우리는 딘들의 꼭지를 따고 씻어둘 테니까."

물을 끓인다고는 해도 지금은 나로서는 장작에 불을 편하게 붙인다, 정도밖에 못 한다.

장작 대신에 손끝에서 『이그나이트』를 계속 사용한다, 같은 짓을 했다가는 물이 끓기 전에 내가 쓰러진다.

그래서 불이 안정된 다음에는 두 사람을 도와서 딘들을 씻고 소쿠리에 담았다.

이 소쿠리도 오늘 산 물건인데, 나물을 말릴 때에 사용할 법한 소쿠리라고 하면 이해하기 쉬울까.

다만 소재는 대나무가 아니라 억새 같은 것이 사용되었다.

이건 겨울이 되기 전에 산으로 들어가면 간단히 입수할 수 있는 풀이라서, 소쿠리 같은 물건은 농가가 겨울의 가내수공업으로 만들어서 판매한다고.

덕분에 열 개 세트를 상당히 저렴하게 입수할 수 있었다.

절반 정도 딘들을 씻은 참에 물이 끓기 시작했다.

"하루카, 결국 어떻게 할 건데?"

"어떻게 하냐고 물어도, 지금 가능한 일은 끓는 물에 담그는 거겠지? 시간을 바꿔가며 시험해보자."

일단 하나씩. 아무것도 하지 않은 것, 잠깐 담근 것, 1분부터 5분까지 분 단위로 담근 것의 일곱 종류를 만들어보기로 했다.

딘들 여섯 개를 냄비에 던져 넣고 순서대로 꺼내어 소쿠리에 늘어놓았다.

다만 시계가 없으니 감각으로 수를 셀 수밖에 없었다.

"이럴 때는 시계가 필요해지는구나."

"그러네. 이 세계의 시간 감각에 조금은 익숙해졌지만……."

이 세계, 시계가 일반적이지 않아서 다들 꽤나 애매하게 움직인다.

일단 해가 뜨고 질 때까지 종이 다섯 번 울리니까 대략적인 시간은 알 수 있지만, '이제 곧 종이 울린다' 같은 걸 알 수는 없기에 '몇 번째 종에 맞춰서 만난다'라는 방식은 어려웠다.

그래서 만날 약속을 잡는다면 '종이 울린 다음에 약속 장소로 가서 도착할 만큼의 시간' 정도의 애매함을 허용할 수밖에 없다.

또한 해가 진 뒤에는 종이 울리지 않으니 술집 등의 폐점 시간은 명확하게 정해져 있지 않기도 했다.

이 여관이라면 주인장의 기분에 달려 있는지, 모두가 돌아갈 때까지 열려 있는 경우도 있고 손님을 내쫓는 경우도 있는 모양이었다.

우리는 저녁 식사 후에는 술자리로 다가가지 않으려고 하니까,

아래층에서 들리는 소리에 따르면, 이지만.

"좋아! 다소 착오는 있을 거라 생각하지만 이러면 되겠지?"

소쿠리에 늘어놓은 딘들 일곱 개.

겉보기에는 거의 차이가 없었다.

그래도 5분을 삶은 것과 날것을 비교하면 삶은 쪽이 살짝 말랑말랑한 느낌도 들지만, 비교해보지 않으면 알아차리지 못할 범위겠지.

"생각했던 것 이상으로 변화가 없는데?"

"으음, 섞어놓으면 전혀 모르겠어."

"그러네. 과일이라서 이런 느낌, 일까? 과일을 통째로 삶은 경험 같은 건 없으니까……."

그렇지. 보통은 날것으로 먹는 거니까.

고작해야 잼으로 만드는 정도겠지만, 그건 삶는다기보다 으깨서 졸인다는 느낌일 테고.

"일단 해볼게……『드라이』!"

""오오오오오!""

흡사 타임 랩스 영상.

하루카가 손을 들고 마법을 사용한 순간, 동그랗게 부풀어 있던 딘들 열매가 순식간에 시들시들 줄어들었다.

"──어디, 이 정도일까?"

그러면서 손을 내리자 변화는 멈추고 멋지게 건조된 딘들 열매가 완성되었다.

걸린 시간은 채 1분도 되지 않았다.

현대의 과학 기술로도 거의 불가능한 기술 아닌가, 이거?

"굉장해……. 뭔가, 그야말로 마법이야……."

"응. 그게, 어떤 의미로는 『파이어 애로』보다 더 감동했어."

……어라?

어쩐지 토야 씨한테, 현재 내 최강 마법(불 마법 레벨1)이 시원스럽게 디스당했는데?

부정할 수는 없지만!

"흐흥. 칭찬해도 된다고? 꽤 고생했으니까, 이거."

오오, 웬일로 하루카가 득의양양한 표정이었다.

그다지 노력을 자랑하지 않는 하루카의 말이니 아마 정말로 고생했을 테지.

살짝 뽐내듯 몸을 젖힌 하루카를 보고, 나와 토야는 얼굴을 마주보고는 박수를 보내며 칭송하기로 했다.

"오오! 하루카 씨, 역시!"

"하루카 씨 덕분에 우리는 살아있습니다!"

"하루카 님이라고 부르는 게 나을까요?"

"아예 여신이라고 불러야 하나?"

"제단을 만들자."

"그러자."

호흡을 맞추어 추어올리는 우리를 상대로 하루카는 쓸쓸한 표정을 지으며 양손을 들었다.

"——됐으니까. 조금 칭찬하는 것만으로 충분하니까. 쓸데없이 호흡 안 맞춰도 되니까."

어라, 아무래도 우리의 칭찬은 마음에 안 드시는가 보다.

물론 일부러 그랬다.

"그런가. 그럼 맛을 보자고."

"그러네. 하루카, 잘라줘."

"너희는……. 뭐, 됐어. 일단 사등분으로……."

기가 막힌다는 듯 한숨을 내쉰 하루카가 딘들을 자르고, 그걸 우리가 한 조각씩 맛을 봤다.

흠흠. 날것과는 다른 맛이네.

달기는 하지만 평범한 말린 과일처럼 끈적끈적한 단맛이 아니라 팥소가 든 것 같은 느낌도 있어서 먹기 편했다.

삶는 시간에 따라서 조금씩 차이는 있지만, 어느 것이든 맛있었다.

하루카는 간단히 만들었지만, 보통은 며칠이나 걸려가며 말린다는 걸 생각하면 비싼 것도 납득이 갔다.

"자, 전부 시식해봤는데…… 어느 게 나았어?"

하루카의 그 말에 나와 토야는 잠시 생각하고 대답했다.

"나는 1분 삶은 녀석일까? 날것은 물론이고 금방 뺀 녀석은 껍질이 딱딱하고 좀 쌉쌀해."

"나는 2분…… 아니, 2분보다 살짝 덜 하는 정도가 좋은 것 같아."

딘들은 토야가 말했듯이 삶으면 껍질의 쓴맛이 사라지고 물러지는 모양이었다.

날것으로는 먹을 수 없는 껍질도 삶아서 말린 과일로 만들면 과육과 하나가 되어 더욱 맛있어진다.

오히려 껍질이 있기에 느낄 수 있는 맛일까.

조금 전에 팥소로 비유했는데, 그야말로 만주의 껍질 같은 역할?

팥소만 먹는 것보다도 만주로 먹는 편이 더 맛있다. 그런 느낌이었다.

"1분이랑 2분인가……. 으~음, 충분히 맛있기는 한데……. 그러네, 이건 과육에도 불이 닿은 게 문제인가? 급랭하는 걸까, 반숙달걀처럼."

하루카는 우리의 의견을 듣고 자기 몫을 조금씩 먹으며 고민에 빠졌다.

하루카 왈, 맛있는 반숙달걀을 만드는 방법은 제대로 시간을 재면서 삶고, 시간이 되면 바로 냉수에 넣는 것이라고.

그대로 방치하면 여열(餘烈)로 노른자가 익어버리기 때문이다.

딘들도 마찬가지인지 껍질을 익힌 시점에서 냉각하면 과육은 날것 그대로니까 더 맛있게 만들어지지 않을까, 그것이 하루카의 예상이었다.

"이번에는 2분에 급랭을 시험해보자. 나오, 물을 준비해."

이번에는 두 개, 하루카의 예상에 맞추어 끓이고, 급랭하고, 건조를 진행해서 절반씩 먹어봤다.

"──응. 아까보다 맛있어. 너희는 어떻게 생각해?"

"으음. 약간의 차이지만, 이쪽이 맛있네."

"솔직히 말해서 나는 별로 모르겠어. 그러니까 판단은 두 사람한테 맡길게."

찬성 둘, 기권 하나인가.

"일단 오늘은 이 방법으로 만들어보자. 그리고 디오라 씨한테 먹어보라고 해서, 어느 게 판매되는 딘들에 가까운지 물어볼 수밖에 없어. 설령 다르더라도 맛있으니까 우리가 먹으면 그만이고."

"그야 그런가. 내일 이후로도 따러 갈 거니까."

돈벌이가 아니라 우리가 이용할 보존식이라면 판매품에 맞출 필요도 없다.

팔지 못하더라도 우리는 당분간 맛있는 걸 먹을 수 있어서 해피. 낭비는 아니다.

"토야, 이쑤시개를 만들고 구분할 수 있도록 표식을 단 다음에 꽂아둘래?"

"응, 알았어."

"과연. 그러면 섞이지 않겠네. 머리 좋구나, 하루카."

나는 다른 주머니에 나누어서 넣어야겠다, 같은 식으로 생각했다.

내일, 여기서 길드까지 가져가는 거리라면 이쑤시개 정도로도 충분하겠네.

"칸이 나뉜 도시락 상자라도 있으면 모르겠지만 없으니까 말이지. 우리는 이걸 양산할 거야."

배낭 하나 분량이나 있다. 그야말로 양산.

마법을 사용하는 하루카의 부담은 당연히 무겁다.

그렇다고 해도 마법 이외의 작업을 우리가 맡는 것 말고 할 수 있는 일은 없지만.

결국 그날, 하루카는 녹초가 될 때까지 마법을 사용하게 되었다. 착실한 그녀가 식사를 하며 잠들어버렸을 만큼.

그런 하루카를 침대에 밀어 넣은 나도 염장 항아리에 전력으로 『액셀러레이트 타임』을 사용하고, 그 자리에서 잠들어버리게 되었다.

혼자 마법을 쓰지 못하는 토야만은 체력이 남아서, 다음날 물어보니 우리가 잠든 뒤에 시간 부족으로 못 했던 자율 연습을 소화했다나.

든든하기는 한데 참으로 터프하구나.

다음 날의 기상은 뭐, 그렇게 나쁘지는 않았다.

마력을 아슬아슬한 수준까지 소비해도 하룻밤 푹 자면, 다음 날 아침에는 문제가 없다는 건 솔직히 다행이었다.

다만 감각적인 면에서는 정말로 완벽하게 회복되었는지 정확하게는 알 수 없지만.

수치화할 수 있다면 좋겠지만 하루카에게 몇 번이나 마법을 쓸 수 있을지 한번 시험해보지 않겠냐고 제안했더니, "예를 들면, 체중계를 5킬로미터의 힘으로 누른다. 이걸 100번, 오차도 없이 할 수 있겠어?"라며 되물어 그 자리에서 단념했다.

마법의 위력을 조정할 수 있다는 것은 소비하는 마력도 가변이라는 것.

게다가 마력의 사용 효율 문제가 있어서, 같은 위력의 마법이라도 똑같은 마력을 소비한다고 단정할 수는 없었다.

처음과 비교하면 우리도 많은 마법을 쓸 수 있게 되었는데, 그 이유가 마력량의 증가인지 아니면 마력의 사용 효율이 올라갔을 뿐인지 알 수가 없는 것이었다.

마법은 무척 어렵다.

"자, 일어날까!"

이미 새벽의 종은 울렸으니까 평소에 기상하는 시간은 지났다.

내가 침대에서 일어나서 문득 옆의 침대를 보니, 웬일인지 그곳에는 하루카가 잠들어 있었다.

평소에는 우리가 일어나기 전에 깨서 채비를 갖추는 하루카가 아직 잠들어 있는 걸 보면, 역시 어제 작업은 상당한 부담이었던 거겠지.

깨워주려고 손을 뻗다가 생각을 바꾸어 그만뒀다.

평소에는 아침식사 후에 곧바로 숲으로 향하지만, 오늘은 그 전에 모험가 길드에 들러서 디오라 씨에게 시식을 청할 예정이었다.

하지만 평소와 같은 시간에 여관을 나가면 길드가 바쁜 시간에 방해를 하는 격이라 디오라 씨에게 폐를 끼치고 만다.

그걸 피하기 위해서는 출발 시간을 살짝 늦출 필요가 있었다.

그렇다면 피곤한 하루카는 좀 더 재워둬도 괜찮겠지.

반대쪽 침대를 확인하니 이쪽은 이미 빈 허물.

토야의 행동 패턴을 생각하면 자율 연습 중일까.

저쪽에 있을 때의 토야는 아침 일찍부터 조깅을 하는 타입도 아니었고 열심히 부 활동 등에 몰두하지도 않았다.

하지만 이쪽으로 온 뒤로는 시간이 날 때마다 훈련에 매진할 정도로 열심히 검 솜씨를 갈고닦았다.

그건 나도 마찬가지이지만, 역시 『안 하면 죽는다. 진짜로』인 상황이 되면 힘이 들어가는 게 다르다.

이 상황에서 게으름을 피운다면 어지간히도 생각이 없거나 근거 없는 자신감의 소유자, 혹은 『나는 주인공이니까 괜찮다』 같은 생각을 하는 머리가 아픈 녀석 정도겠지.

──같은 반 아이들 중에 그런 녀석이 없다고 단언할 수 없는 게 무섭지만.

물론 나는 그중 어느 것도 아니라서 가능한 한 노력을 아낄 생각은 없다.

나는 창을 손에 들고는 소리가 나지 않도록 조심해서 방을 나갔다.

그리고 얼마 후에 깨어난 하루카에게 어제 받지 못했던 『퓨리피케이트』를 부탁하고, 평소보다 조금 늦은 아침을 먹었다.

가볍게 식후 휴식을 취하고, 우리는 시험 삼아 만든 말린 딘들을 가지고 모험가 길드로 향했다.

평소에는 거의 방문한 적이 없는 시간대지만 길드 안에는 모험가 몇 팀이 있을 뿐, 이미 바쁜 시간대는 지난 뒤였다.

디오라 씨가 앉은 카운터도 비어 있었기에 얼른 그곳으로 향했다.

"안녕하세요, 디오라 씨."

"어머, 웬일로 이런 시간에 오셨네요, 여러분. 안녕하세요."

"안녕."

"안녕하세요. 예의 말린 딘들이 완성되어서요."

내가 그리 말하자 디오라 씨는 놀라서 눈을 크게 떴다.

"벌써 말인가요!"

"시식, 부탁드려도 될까요?"

"예, 물론이죠! 딘들에는 깐깐한 제가 단호하게 평가해줄게요!"

놀람에서 회복, 이번에는 기쁜 듯 미소를 띠었다.

『단호하게』라고 그랬지만, 굳이 표현하자면 『희희낙락하게』라는 느낌이네.

그래도 시식하고 평가를 해준다는 건 고마웠다.

말린 딘들, 손에 넣을 수 없으니까 비교 대상이 없거든.

그래서 먹은 적이 있는 사람에게 물어볼 수밖에 없는 것이었다.

"감사합니다. 큰 도움이 될 거예요."

"아뇨아뇨~~. ──홋홋홋, 부수입이네요."

무언가 작게 중얼거렸다. 딱히 상관없지만.

"그런데 디오라 씨, 평가할 수 있을 만큼 말린 딘들을 먹은 적이 있어요? 비싸잖아요?"

"……예, 가격대는 다양하지만 평균적으로 1000레아 정도는 해요."

이런이런, 디오라 씨가 이리저리 시선을 헤매는데?

굳이 말하면 나비를 좇는 것 같은 기세로.

"그냥 딘들도 사는 게 힘들다고 그러지 않았던가요?"

"말린 딘들은 그것보다도 비싸다……."

"이참에 좀 더 말하자면, 길드에서도 취급하지 않더라고. 가공품이니까."

우리 셋의 시선이 디오라 씨에게 향했다.

필사적으로 시선을 피하던 그녀는 의혹이 담긴 우리의 시선을 더는 참을 수 없었는지 머리를 푹 숙였다.

"죄송해요! 잘난 척 평가할 수 있을 만큼 먹진 않았어요! 하지만 먹은 적이 있다는 건 정말이니까 그거랑 비교할 수는 있어요!"

꾸벅꾸벅 머리를 숙이는 디오라 씨에게 자세히 물어보니, 실제로 말린 딘들을 먹은 적은 몇 번뿐이고 그것들은 다른 사람에게 받은 것, 자신이 구입한 건 없단다.

우리 입장에서는 입원했을 때라든지, 그럴 때에 병문안을 와서 고급 과일을 주는 그런 느낌일까.

"아니, 먹은 적이 있다면 딱히 상관없는데요."

"그래그래, 우리는 비교해줬으면 하는 것뿐이니까. 일단 먹어 봐요."

그러면서 하루카가 카운터에 늘어놓은 것은, 어제 시험 삼아 만든 것들.

평가에 영향이 없도록 순서는 랜덤이었다.

어제도 생각했지만, 겉보기에는 차이를 알 수 없어서 이쑤시개로 달아둔 표시에 의지해야 한다.

"여덟 종류, 인가요?"

"예. 조금씩 처리 방법이 다르거든요. 먹고 비교해봐요."

"예, 그럼."

디오라 씨는 오른쪽부터 순서대로, 조금씩 몇 번이나 맛을 비교하며 "흐음흐음"이라든지 "이건……" 같은 말을 중얼거리고 고개를 끄덕이며 순서를 바꾸었다.

어쩐지 생각한 것 이상으로 확실하게 평가를 해주네.

덥석덥석 집어먹고 "이게 맛있어요!" 같은 느낌일 거라 생각했는데.

"예. 끝났어요. 여기서부터 이쪽은 이전에 먹은 것보다 맛있어요."

표시를 보니 가열 후 급랭한 것과 삶는 시간이 1분, 2분, 3분인 것들이구나.

"이건 같은 정도, 이것들은 조금 다르네. 그런 느낌일까요."

4분이 같은 정도이고 5분과 날것, 잠깐 담근 녀석은 아니라는 건가.

"고마워요, 디오라 씨. 그럼 파는 건 이거라는 뜻이죠?"

하루카가 가리킨 것은 디오라 씨가 같은 정도라고 평가한, 삶은 시간 4분인 딘들.

하지만 디오라 씨는 하루카의 말에 가볍게 고개를 갸웃거렸다.

"어떨, 까요? 이거, 어떻게 했는지 모르겠지만 어제 만들었죠? 아무리 건조를 했더라도 보존 상태에 따라서는 맛도 떨어질 테고, 제가 먹은 게 어느 정도의 딘들인지 모르니까요……."

그야 그런가.

시간을 들이면 맛이 열화되는지, 아니면 잘 숙성되어 맛있어지는지 모르겠지만 전혀 변화가 없지는 않겠구나.

현 시점에서 같은 수준이라도 보존했을 때에 어떻게 될지는 알 수 없다.

어쩌면 맛은 괜찮아도 쉽게 곰팡이가 슨다든지 그런 결점이 있을지도 모르니까.

으~음, 그걸 생각하면 보존식으로는 내년까지 팔 수 없다는 거 아냐?

만전을 기한다면 대조 실험으로 판매하는 말린 딘들을 입수, 양쪽을 보존해봐야겠지.

뭐, 이 세계는 유통기한 표기 따윈 없으니까 신경 쓰지 말고 파는 방법도 있지만.

"다만 이건 불평할 여지없이 맛있어요! 꽤 비싸게 팔 수 있을 거예요."

디오라 씨가 "이거"라며 가리킨 것은, 우리에게도 가장 평가가 높았던 가열하고 급랭한 딘들.

맛의 방향성은 틀리지 않았나보다.

"그런가, 보존성이 아니라 맛을 전면에 내세워서 파는 방법도 있구나."

하루카도 나와 같은 생각을 했는지 디오라 씨의 평가를 듣고 무언가 납득해서는 고개를 끄덕였다.

"아, 하지만…… 하루카 씨, 직접 파시게요?"

"아직 생각 중이지만, 아침 장의 노점 같은 식이라면 팔아도 되잖아요?"

우리가 일하러 가기 전에 가볍게 살펴보기도 한 아침 장은, 근처 농가가 농작물을 판매하러 오는 곳이라 장소만 잡을 수 있다면 자유로운 매매가 가능했다.

대부분의 시민은 이곳에서 식량을 조달, 점포에서 구입하는 것은 오래 보존할 수 있는 곡물이나 가공품 따위가 메인인 듯했다.

우리가 가게를 차릴 수는 없고, 아침 장에서는 과일도 파니까 말린 딘들을 판다면 여기가 최적——이라고 할까, 다른 선택지가 없었다.

다른 장소에서 멋대로 노점을 열면 상업 길드에게 배제당하는 것이다.

좀 더 말하면, 포장마차 같이 조리해서 파는 타입의 노점은 아침 장에서도 길드에 허가 없이는 불가능했다.

보건소의 영업 허가는 존재하지 않지만, 실질적으로 길드가 그 역할을 맡고 있는 것이었다.

"물론 가게를 내는 것 자체는 문제없지만, 과연 팔릴지는……."

조금 말하기 어렵다는 듯 말끝을 흐리는 디오라 씨를 보고 하루카가 고개를 갸웃거렸다.

"예? 디오라 씨, 비싸게 팔 수 있다고 했잖아요?"

"예, 비싸게 팔 수 있는 '가치'는 있다고 생각하지만…… 저기, 비교적 급료를 괜찮게 받는 저도 좀처럼 손을 대지 않는다고요? 말린 딘들. 그걸 아침 장에 오는 사람들이 빈번하게 살 수 있다고는……."

"——앗! 그런가……."

"확실히 아침 장에는 안 어울리네……."

디오라 씨의 그 지적에 우리는 서로 얼굴을 마주봤다.

동네 슈퍼마켓에서 선물용 머스크멜론이 빈번하게 팔리느냐면, 아마도 무리겠지.

백화점 지하매장이나 병원 앞의 과일 가게 등등, 그런 곳이라면 다를지도 모르겠지만 아침 장은 명백하게 동네 슈퍼마켓 쪽이었다.

게다가 혹시 백화점 지하매장 같은 가게에서 팔더라도, 이 도시 사람들의 소득과 인구를 생각하면 매일 100개는 명백하게 공급과잉이다.

"큭, 갑자기 좌절됐어."

어깨를 풀썩 떨어뜨리는 하루카, 한숨을 내쉬는 우리.

우리가 소비하는 것도 생각했으니까 헛수고는 아니지만, 작업할 때에는 『좀 괜찮게 벌어서 주머니 사정에 여유가 생길지도?』 같은 생각을 한 것도 분명했다.

"아—, 꽤 열심히 했는데 말이지."

주로 하루카가.

"으~음, 저기, 그냥 딘들은 오래 가진 않겠지? 길드는 어떻게 처분하는 거지?"

"저희는 귀족이나 상인, 그리고 가공하는 장인들과도 연결되어 있으니까요. 그 정도 양이라면 전혀 문제없어요. 말린 딘들의 경우에는 다른 마을로도 보내니까 오히려 부족해요."

실은 모험가 길드, 말린 딘들도 취급하고 있었나보다.

역시나 한 번 장부에 올라간 물품이라 디오라 씨가 싸게 매입할 수는 없는 모양이지만.

"소개를 받을 수는——없겠죠?"

"예, 아무래도 그건 좀. 중개 수수료가 저희의 수익원이니까요."

그러면서 쓴웃음 짓는 디오라 씨.

너무도 당연해서 우리도 순순히 물러날 수밖에 없었다.

"저기, 길드라면 일괄적으로 매입할 수 있다고요? 직접 파는 것보다는 저렴하겠지만, 여러분이라면 판매에 시간을 쓰는 것보다 그동안에 다른 일을 하는 편이 더 낫지 않을까요."

"그건, 그러네요. 너희는 어떻게 생각해?"

"좀 아깝지만 우리 같은 초짜가 파는 것보다는 맡기는 편이 안심이겠지. 무리해봐야 좋을 것 없다고 생각해."

"나도 동감. 사냥 같은 걸 더 애쓰는 편이 낫지 않을까?"

우리는 상인이 아니고 그쪽 방면의 스킬도 없다.

이상한 상인한테 걸려서 사기 같은 걸 당할 위험성을 생각하면 모험가 길드에 통째로 맡기는 것도 나쁜 선택지는 아니겠지.

조금 싸게 팔더라도 보험료라고 생각하면 어쩔 수 없는 범위였다.

하루카는 잠시 불만스럽게 신음했지만 포기한 듯 한숨을 내쉬고 표정을 풀었다.

"음…… 알았어요. 그럼 또 가져올게요."

"감사합니다. 저기, 샘플을 하나 받을 수 있을까요? 얼마에 매입할지 정해야 하니까요."

"그럼 이걸로."

비상식량으로 가지고 다니던 것 중에 하나를 디오라 씨에게 건넸다.

참고로 가게에서 구입한 비상식량도 가지고 다녔는데, 다행히도 이제까지 활약할 기회는 없었다.

어째서 다행이냐면…… 이전에 셋이서 하나를 나눠서 맛을 봤을 때, 우리는 첫날에 들른 노점 이상의 충격을 받았다면 이해할 수 있겠지.

그래서 육포가 완성되면 그 비상식량은 말린 딘들과 육포로 즉각 배턴 터치하는 것이 확정사항이었다.

"예, 확실하게 받았습니다. 저녁——평소에 오시는 시간에는 정해져 있을 테니까 방문하시면 그때 알려드릴게요."

"잘 부탁드립니다."

그야말로 김칫국부터 마신 격.

계획이 빗나가서 조금 침울해진 우리는 디오라 씨에게 가볍게 머리를 숙인 뒤에 모험가 길드를 뒤로하는 것이었다.

◇   ◇   ◇

"아~~, 미처 생각 못 했어……."

"그러게. 가격 생각밖에 안 했어."

"'좋은 물건이라면 비싸도 팔린다'라니, 일본에서도 성립되지 않으니까 무리가 있었네."

살짝 늦어졌기에 숲을 향해 조금 빨리 걸어가며 반성의 자리를 가지는 우리.

"가장 먼저 수요와 고객층을 생각해야 했는데."

"그러네. 편의점에서 백화점 지하매장의 도시락을 팔아봐야 안 팔리지."

입지에 따라서도 다르겠지만, 예를 들면 통학로에 있는 편의점 이라면 확실하게 남겠지.

집에서 편의점을 하는 녀석도 "장소나 날씨, 계절, 고객층도 포함해서 잘 고려하여 물품을 정하지 않으면 이익은 생기지 않는 다"라고 그랬던 것 같기도.

그때는 "헤에, 그렇구나—"라며 적당히 흘려들었지만, 장사는 어느 세계에서도 간단한 것이 아니라는 의미겠지.

"어떻게 할래? 말린 딘들 만들기, 계속할까?"

"음~, 너희는 어떻게 하고 싶어?"

들이는 수고가 이익에 걸맞은지를 판단해야 하는데——.

"가장 부담인 건 하루카니까 결정은 맡기겠지만, 모티베이션은 좀 내려갔으려나."

"나는 육포 만들기를 늘리는 데 한 표."

"육포는 못 팔잖아. 무엇보다도, 나는 고기만 먹는 건 싫거든?"

애당초 맛있는 육포가 될지조차 알 수 없는 것이다.

대량으로 만드는 건 괜찮지만 완성도가 슬픈 수준이라면 충격 이 크다.

"나로서는 계속하는 편이 좋지 않을까, 싶은데. 그냥 파는 것보다는 높은 가격인 것은 분명하고, 모티베이션 쪽도 구입할 수 있는 휴대식량을 생각하면 올라가지 않아?"

"……응, 월등하게 올라가네."

"……어느 정도까지는 눈감아줄 수 있을 정도로, 말이지."

휴대식량──우리가 비상식량으로 가져 다니는 그것은 모험가가 야영할 때에 일반적으로 먹는 식량인데, 보존성과 휴대성이 높은 것**만**은 우수했다.

그 대신에 맛의 측면으로는 열악해서, 그 멋들어진 맛은 무어라 형용하기 어려웠다.

굳이 말로 표현하면 지점토를 먹는 듯한 기분이 들었다, 라고만 말해두자.

현재 우리는 묵을 필요가 있는 일을 받지는 않기에 필요하지는 않지만, 받게 된다면 무언가 방법을 강구해야만 한다.

그때까지 내가 고성능 매직 백을 완성할 수 있다면 문제는 해결되겠지만, 그리 간단히 만들 수는 없는 물건이었다.

마법 능력이 훌쩍 올라갈 만큼 이 세계는 다정하지 않은 것이다.

"점심만이라도 직접 준비할 수 있다면 그만큼 돈도 아낄 수 있으니까, 일단 삼분의 일은 그대로 매각하고 남은 건 말려서 그 절반도 매각, 그러면 어떨까?"

"나는 상관없지만, 하루카는 괜찮아? 어제도 엄청 힘들었잖아? 육포 쪽 일도 있는데."

"그러네. 힘들다면 확실히 힘들지만, 육포 쪽은 딘들의 계절이 끝날 때까지 계속 염장해두는 방법도 있으니까."

하루카가 말한 딘들의 계절이란, 딘들을 수확할 수 있는 기간을 가리킨다.

날씨에 따라 다르지만 대략 1개월 정도.

디오라 씨의 예상에 따르면, 올해는 앞으로 일주일에서 이주일 정도면 끝날 가능성이 높다나.

그렇다면 확실히 마력 문제는 해결된다.

하지만 그 대신에 항아리 문제는 커진다.

주인장한테 넘겨준다는 약속은 받아냈지만 일주일치 항아리가 있을지, 그 항아리를 우리 방에 놔둘 수 있을지가 문제였다.

"뭐, 하루카는 마법을 쓸 때 말고는 쉬도록 하고, 그 밖의 작업은 전부 우리가 하면 조금은 낫지 않을까?"

"가능한 건 그 정도밖에 없나."

"게임이랑 달리 스킬 포인트를 소비해서 마법을 익힐 수 있는 것도 아니니까."

레벨 업으로 포인트가 쌓인다든지 하면 여러모로 편하겠지만, 제아무리 사신이라도 그런 애프터서비스까지 제공하지는 않는 듯했다.

다시 한번 만날 수 있다면 물어보고 싶은 것도 있지만, 쾌락 범죄자 같은 소리를 했으니까 아마도 무리겠지.

"토야는 완전히 무리겠지?"

"그러네. 수인이 마법을 익히는 건 어렵다는 게 상식이야. 아마도 그게 마법의 소질 유무겠지."

"엘프는 괜찮잖아? 나오, 물 마법을 배워보면 어때?"

"으……."

간단하게 말하지 말라고~~.

이미 익히고 있는 【불 마법】의 레벨을 올리지도 못하는데.

그야 쓸 수 있다면 편리하겠지? 물 마법이든 빛 마법이든.

하지만 거기에 시간을 쓴다는 건, 다른 훈련을 할 시간이 줄어든다는 의미이다.

도움을 청하는 하루카를 쳐다보자 그녀는 쓴웃음 지으며 말했다.

"내 경우에 빛, 바람, 물, 그리고 연금술도 소질을 찍었으니까. 나오는 불 마법 소질은 안 찍었고, 소질을 찍은 공간 마법은 어려우니까 어쩔 수 없지 않나?"

"그렇지!"

역시 하루카, 다정한 이야기를 해주었다.

하지만 안도한 표정을 띠는 나를 보고 하루카는 짓궂은 미소를 띠더니 덧붙였다.

"하지만 배우지 못하는 건 아닐 테니까, 나랑 같이 한 번 기초 마도서라도 사서 공부해보는 편이 나을지도."

"……예."

아무리 그래도 "공부하기 싫다"라는 소리는 할 수가 없었기에 나는 순순히 고개를 끄덕였다.

말린 딘들의 판매 가격은 개당 800레아로 정해졌다나.

하루에 수확할 수 있는 숫자가 300개 남짓. 100개 정도를 우리 몫으로 확보하고 나머지를 날것과 말린 것으로 판매하면, 세상에나 하루에 10000레아 전후로 벌 수 있다.

처음에는 한 사람 당 1000레아밖에 없어서 급급했던 게 거짓말 같았다.

그 대신에 우리 모두, 매일 녹초가 될 때까지 일하는 꼴이 되었지만.

역시나 특히 하루카의 부담이 커서, 우리가 할 수 있는 부분은 전부 맡아서 하더라도 육포에 손을 댈 수 있는 상태가 아니었다.

첫날부터 열흘, 우리는 세 번 정도 장소를 바꾸어 딘들 수확을 계속했지만, 하루에 수확할 수 있는 양이 200개를 밑돈 것을 계기로 채집은 마무리했다.

실제로는 조금 더 계속할 수 있을 것 같았지만 아무래도 하루카의 피로가 본격적으로 영향을 미칠 수준이 되었기에 나와 토야가 반쯤 억지로 결정했다.

수입은 줄어들게 되겠지만, 솔직히 하루카도 포함해서 간신히 휴식을 취할 수 있게 되었다는 사실에 안도하는 표정을 띠었던 것이다.

고블린?

아아, 나왔지요, 사흘째에.

완전히 기우였지만.

우선 강함.

살짝 지능은 있지만, 기본적으로는 터스크 보어 쪽이 더 강해서 별다른 문제는 없었다.

게다가 인간 형태라는 점.

이 또한 전혀 문제되지 않았다.

뭐라고 할까, 그다지 사람처럼 느껴지지 않는 것이었다.

이족보행을 하면서 무기 같은 작대기를 들고 있을 뿐.

사람에 가깝다고 하면 차라리 일본원숭이 쪽이 더 가깝게 느껴졌다.

얼굴 골격 같은 게 전혀 달라서 그런가?

어떤 의미로는 안심, 하지만 인간 형태에 익숙해진다는 의미에서는 실패. 미묘한 결과였다.

대인전 경험을 쌓기 위해서, 누군가 강사를 고용하는 것을 진지하게 검토해야 할지도 모르겠다.

딘들의 계절이 끝난 다음 날부터 며칠은 일은 쉬기로 하고, 휴양을 겸해서 육포 만들기로 돌렸다.

항아리에서 고기를 꺼내어 물로 세척, 소쿠리에 놓고 하루카가 【드라이】를 건다.

하루카는 그대로 방으로 돌아가서 휴식, 우리는 말린 고기를 주머니에 담고 하루카가 기운을 찾을 때까지 자율 연습을 한다.

이것의 반복.

완전한 휴식이라고는 못하겠지만, 밖으로 나가면 거의 항상 【적탐지】를 사용하는 상태라서 그럴 필요가 없다는 것만으로도 정신

적으로는 충분한 휴식이 되었다.

자율 연습 쪽도 쉬엄쉬엄 이었기에, 다음날에 피로가 남을 법한 운동 강도는 아니었으니 휴식이라고 해도 되지 않을까?

뭐라고 할까, 솔직히 아무것도 하지 않는 불안감이 강하구나.

토야가 빠짐없이 훈련을 하는 것도 틀림없이 같은 심정이겠지.

간단하게 말하면, "바이프 베어가 두 마리 나온다면 어떻게 하지?"였다.

아마도 죽는다. 아니, 거의 틀림없이 죽는다.

뛰어서 도망친다?

아니, 무리다. 곰은 스프린터니까.

진심으로 쫓아온다면 단거리 달리기 세계 기록 보유자라도 못 이기니까.

그걸 만나지 않는다면 우리도 좀 더 느긋하게, 이세계 관광 같은 걸 즐길 수 있었을까?

혹은 위기감을 가지지 못하고 그대로 들판의 시체가 되었을까?

어느 쪽일지는 모르지만, 지금 우리는 살아있고 나름대로의 생활을 보내고 있다.

즉, 우리는 그리 잘못하고 있지는 않다.

그거면 충분하겠지.

"이것 참, 드디어 방이 넓어졌어!"

"그러네, 토야가 괜히 신이 나서는……."

"그러게……."

환한 표정으로 그렇게 말한 토야와 달리, 나와 하루카는 얼굴을 마주보며 나란히 한숨을 내쉬었다.

방이 좁아졌던 원인은, 염장고기가 든 항아리.

숫자는 당초의 예정을 가볍게 오버해서 끝내는 우리가 돌아다니는 것조차 힘든 지경이 되었다.

그리고 그 원흉은 말할 필요도 없이 토야였다.

처음 며칠이야 하루에 한 마리만 저축했지만, 딘들 처리가 끝날 때까지 고기 건조 작업은 방치하는 걸로 결정한 뒤로는『그렇다면 조금 늘려도 상관없겠네?』라더니 근처에 터스크 보어가 있다면 옆길로 빠져서라도 사냥에 나서서 두 마리가 되는 날도 적지 않았다.

게다가 사냥한 멧돼지는 토야가 직접 처리했기에 불평하기도 힘들었다.

그렇게 모은 염장고기를 육포로 계속 가공하길 도합 사흘.

우리 방을 차지하고 있던 염장고기 항아리가 마침내 모두 사라진 것이었다.

가장 큰 피해자는 끝없이 건조 작업을 해야만 했던 하루카 지만, 나 역시 가능한 한 옆에서 도왔다. 나와 하루카가 그로기 상태에 빠진 것도 어쩔 수 없는 일이겠지.

"이걸로 간신히 냄새로 고민하지 않아도 되겠네."

"그래. 솔직히 좀 힘들었어."

방 안에서 대량의 고기를 처리했던 것이다.

게다가 처리한 고기를 염장하여 방에 채워놓았다.

아무리 【퓨리피케이트】를 걸어도 냄새가 나는 건 도저히 피할 수 없었다.

"하지만 결과는 아주 좋잖아?"

"그건, 그렇지만."

어째 득의양양한 표정으로 토야는 말했지만, 확실히 완성된 육포는 맛있었다.

그대로 먹어도 좋고, 가볍게 구워도 좋고, 스프에 넣어도 또 좋고.

주인장의 평가도 좋아서 항아리 대금 말고도 얼마 정도 더 넘겨주어 상당한 액수가 손에 들어왔다.

참고로 토야가 소량만 만든 지방이 붙은 육포의 평가는, '먹을 수 없지는 않겠지만, 없는 쪽이 맛있다'라는 당연한 결과였다.

게으름 피우지 않고 지방을 제거한 것이 정답이었다.

"하지만 맛있는 건 하루카 덕분이잖아? 어째서 토야가 득의양양한데?"

"──잔뜩 만들자고 결단한 나, 대단해."

"그만큼 나는 고생했지만…… 뭐, 토야도 열심히 고기를 처리했으니까 괜찮나?"

시선을 피하며 그런 소리를 하는 토야를 보고, 하루카는 쓴웃음 지으며 어깨를 으쓱이고 편을 들어주었다.

"역시 하루카, 잘 알잖아! 아, 그렇지. 새삼스럽지만 어쩐지 나, 【해체】 스킬이 생겼어."

"어, 진짜!"

"그래. 레벨 1이지만."

"뭐, 열심히 했으니까. 그건 그렇고, 우리 중에서 처음이네, 새로운 스킬은."

"그러네."

최근 반 개월, 꽤 성실하게 훈련이랑 일을 소화했음에도 우리 중 누구도 새로운 스킬은 물론이고 스킬 레벨의 상승조차 없었다.

"엄청 했으니까 말이지. 도합 수십 시간은 고기를 계속 상대했다고, 나."

"하지만 비교적 간단해 보이는【해체】가 레벨 1이 되는데 그렇게나 걸리다니…… 현실은 무르지 않다는 걸까."

"아! 아니아니, 잠깐만. 토야 너,【봉술】이 생겼잖아!"

고육지책으로 철봉을 사용하기 시작하고 비교적 금세 생긴 스킬.

최근에는 검을 사용하니까 완전히 잊고 있었다.

"──앗! 그래, 있었어, 새 스킬. 쓰질 않으니까 잊고 있었어."

"핫핫핫" 하고 태평하게 웃지만, 자기 스킬 정도는 기억해달라고 토야.

"나오는 아직 레벨이 안 올라갔지?【적 탐지】같은 스킬은 꽤 사용한 것 같은데……."

"그래. 훈련도 꽤 열심히 했는데【창술】도 안 올라갔고."

【적 탐지】는 도시 밖에 있을 때에는 거의 항상 사용했으니까, 사용 시간으로 따지면 단연코 길었다.

감각으로는 처음보다 잘 사용하게 되었지만, 레벨의 수치 자체는 변화가 없었다.

"움직임 자체는 좋아졌으니까 시간 낭비는 아니잖아? 보통은 수치로 보이는 게 아니니까 너무 신경 쓰지 않아도 돼."

"……나, 옛날에 스테이터스를 볼 수 있다면 열심히 트레이닝을 하겠다고 생각한 적이 있었는데, 보이니까 또 그것대로 아무런 성과도 없다는 이야기를 들은 기분이야."

"아, 그건 나도 생각한 적 있어. 게임처럼 스킬마다 경험치 표시가 있다면 좋겠는데 말이야!"

오오, 그건 절실히 필요했다.

자율 훈련을 하고는 있어도, 정말로 이러면 되는 건지 고민하는 경우가 많았다.

일단 처음보다 원활하게 전투를 치르게 되었으니 그저 시간 낭비한 건 아니겠지만.

"『스킬 레벨은 거의 올라가지 않는다』라고 생각하는 편이 마음이 편할 것 같은데?"

일반적으로는 스킬이 인식되지 않으니까 최고 레벨은 불명이지만, 마도서에 실려 있는 마법의 최고 레벨이 10인 모양이라 그와 같다면 다른 스킬도 10일 것이다.

마법의 경우에는 레벨 10의 마법을 완벽히 쓸 수 있는 사람은 상당히 희소해서 평생을 바쳐도 그 경지에 도달하지 못하는 것이 보통이다. 그 정도로 어려웠다.

"레벨이 낮을 때는 쉽게 올라간다고 생각했는데, 어느 정도가 되면 연 단위로 필사적으로 훈련하지 않고는 무리인 것 같아."

"반 개월 정도로 결과를 바라지 말라는 건가."

"처음보다는 강해졌으니까 결과는 나왔잖아? 그게 스테이터스에 반영되지 않더라도 신경 쓸 필요는 없지 않나? 그런 이야기야."

"뭐, 가──끔 확인하는 정도로 괜찮겠지, 스테이터스는. 할 수 있게 되었으니까 스킬이 표기되는 거지 결코 그 반대는 아니야."

당연하지만 토야의 해체 스킬이 올라갔으니까 【해체】 스킬이 표기되었지, 스킬이 추가되었으니까 해체를 잘 할 수 있게 된 것이 아니다.

"게임이라면 레벨 업 단계에서 강화되겠지만, 여기서는 조금씩 숙달되고 어느 일정한 단계에서 레벨의 수치로 반영되는 거겠지."

"당연하다면 당연하지만…… 역시 게임 같지는 않구나?"

"사신이 그렇게 말했잖아. 하지만 어떤 의미로는 괜찮지 않아? 게임 같지 않은 쪽이 괜히 무리를 하지 않고도 그치잖아?"

"아~~, 확실히. 경험치 같은 게 보였다면 틀림없이 그걸 벌고 싶어졌을 거야."

"동감! 게이머의 천성이겠네."

경험치가 보이는데 레벨링을 하지 않는다?

그럴 리가 없잖아.

"현실에서는 죽으면 돌이킬 수 없으니까. 너희의 성격을 생각하면…… 나는 사신에게 감사해야 하나?"

"아니아니, 아무리 그래도 자기 목숨이 걸려 있다면 안 한다고."

"정말로? 『조금만 더 하면 레벨이 올라가니까, 조금 더 고블린을 사냥하자!』 같은 소리를 안 한다고?"

나는 토야에게 시선을 향했다.

교차하는 시선.

이어지는 마음.

"…………그런데! 내일부터는 어떻게 하지?"

"노골적으로 이야기를 피하는구나……."

아니, 그치만!

그리 말하는 나, 혹은 토야의 모습이 눈에 선했다고!

게이머라면 욕심이 나는 것도 어쩔 수 없잖아?

아마도 게이머의 9할은 동의할 의견이라고 생각한다.

적당히 생각한 숫자지만.

"하아, 뭐 됐어. ──자. 일단락된 참에, 중대발표. 전날, 주인 아저씨한테 육포를 판 대금으로, 단기 목표였던 금액을 달성했습니다! 박수!"

"오오! 드디어!"

"예상 밖으로 시간이 걸렸네! 이예─이!"

짝짝 박수를 치며 하이파이브를 나누는 우리.

참고로 처음에는 단기 목표로 50만 레아 같은 소리를 했지만, 실제로 그 정도로는 약간의 잡화와 우리 무기를 갖추는 것만으로 가볍게 날아가 버리는 금액에 불과했다.

그래서 비교적 금방, 목표 금액을 150만 레아까지 늘리게 된 것이었다.

"이걸로 토야가 큰 부상을 당해도, 나오가 병으로 자리보전해도 괜찮습니다!! 만세!"

"어이, 무슨 불길한 소리야!"

그리고 역시나 본인은 제외네.

확실히 후위인 하루카는 쉽게 부상을 당하지는 않겠지만【완강】레벨은 나랑 같잖아?

……뭐, 일본에서는 병으로 쉰 횟수는 하루카보다 내가 많았지만.

"이걸로 버짓에 버퍼가 생겨서 비전이 보였다고!"

"'의식이 높은 계열(웃음)'은 이제 됐어!"

하루카도 조금 들떴는지 드물게도 엄지를 척 들며 미소를 띠었다.

"하지만 이것으로, 안정적으로 생활을 영위할 만큼의 기반이 생겼다는 거구나."

필요한 장비를 갖추었고, 부상이나 질병을 필요 이상으로 겁낼 일도 없다.

돈은 이토록 위대했다.

"그래! 귀여운 동물 귀 아내, 바로 그 첫걸음이구나!"

이것 참. '동물 귀 아내'에 '귀여운'이 추가됐다고?

하지만 꿈을 꾸는 건 자유다. 힘내, 토야.

"……어어, 그러네."

"응? 귀여운 동물 귀 아내는 안 되나?"

동의하면서도 조금 표정이 어두워진 하루카를 보고 토야가 고개를 갸웃거리며 되물었다.

"아니, 그건 마음대로 해. 하지만──응. 너희한테 할 이야기가 있는데…….”

　조금 전까지의 표정을 바꾸어 결의를 다진 듯한 진지한 표정을
띤 하루카는, 조금 망설이면서도 단호한 말투로 그 말을 입에 담
았다.

　“내일——혹은 며칠 안으로, 이 도시에서 나가고 싶어.”

사이드 스토리 "유키와 나츠키"

강한 빛에 황급히 눈을 감았다.

몇 초 후, 조심조심 눈을 뜨자 그곳은 어딘가 유럽의 뒷골목을 연상케 하는 거리였다…… 텔레비전 방송에서 본 것 같은.

나, 해외여행 같은 거 간 적 없으니까.

후우, 숨을 내쉬고 주위를 둘러보다가 옆에 서 있던 사람과 시선이 마주쳤다.

조금 인상이 바뀌기는 했지만, 친구의 모습이 확실하게 남은 그 얼굴.

"나츠키?"

"유키? ——다행이야아아아~~. 같이 있게 됐어요."

안도한, 그리고 조금 울 것 같은 표정으로 안겨드는 그 사람을, 나도 역시나 끌어안았다.

버스에서 옆에 앉아 있었으니까 틀림없이 가까이 있을 거라고, 그렇게 기대해서 곁의 도깨비불한테 달라붙기를 잘 했어!

이런 곳에 홀로 던져졌다가는 솔직히 불안해서 못 견딘다고~~.

"다행이야. 정말로 다행이에요……. 하루카는…… 없나요?"

"응…… 자리, 떨어져 있었으니까…….."

평소부터 나랑 나츠키, 하루카는 셋이서 있는 경우가 많았다.

나츠키랑은 초등학교부터, 하루카는 고등학교에 들어와서 알게 된 사이인데, 어쩐지 필링이 맞아서 금세 친해졌다.

……하루카는 나오랑 토모야하고 노는 경우도 많았으니까, 역시 가장 친한 건 나츠키지만.

큭! 리얼충 자식!

미남을 둘이나 독점하기는! 폭발해라!

"유키? 왜 그래요? 하루카가 없으니까 불안해요?"

상당한 노도의 전개.

그런 상황에서 반쯤 현실도피 같이 바보 같은 생각을 하는데, 나츠키가 내 얼굴을 걱정스럽게 들여다봤다.

하지만 오히려 나츠키의 표정이 더 불안해보여.

그런 나츠키의 얼굴을 보고 나는 황급히 고개를 가로저었다.

"어, 아니. 괜찮아. 괜찮아."

오히려 자기가 불안해 보이는 표정으로 나를 들여다보는 나츠키에게, 나는 황급히 고개를 내저었다.

후우. 안 되지. 어두운 분위기로 빠져버릴 뻔했어.

하지만 하루카는 어느 쪽이 진짜일까? 어쩐지 나오 쪽이랑 거리가 가까웠던 것 같긴 한데…….

그보다도 일반적으로 생각하면, 나오겠지?

"저기, 하루카는 나오랑 토모야, 어느 쪽이 유력하다고 생각해?"

"어어?! 그게 지금 생각할 이야긴가요!"

이런, 그랬지. 나도 모르게 그만.

"으―음, 토모야 군일까요? 어쩐지 거리낌 없이 대하는 것 같아요. 단순히 생각하면 나오 군이겠지만."

그래도 대답해주는 나츠키, 정말 좋아.

"어—, 하지만 너무 거리낌 없지 않나? 좋아하는 사람이라면 좀 더 이렇게…… 뭔가……."

연애 경험치가 적어서 잘은 모르겠지만, 딴죽이라든지 심한 느낌이었다.

좋아하는 사람이 상대라면 좀 더 조심스러울 것 같은데…….

"그건 왜, 솔직해지지 못하는 소녀의 마음이라는 거예요."

"소녀의 마음……"

"그래요, 소녀의 마음. ……하루카한테, 소녀의, 마음. 으, 응? 뭔가 다를지도."

어쩐지 미묘한 표정으로 고개를 갸웃거리는 나츠키.

하루카는 귀엽고 여성스럽기도 하지만, 그다지 소녀라는 느낌은 없구나.

적어도 우리가 아는 범위라면.

굳이 따지자면 멋있는 느낌의 여자. 여자한테 인기 있는 타입.

다행히도 나오, 토모야랑 사이가 좋으니까 그런 계열의 여자들은 별로 다가오지 않았지만.

"아니, 아니에요! 지금 그런 걸즈 토크를 할 때가 아니라고요!"

이런, 그랬지.

"──아니아니, 나츠키가 평상심을 되찾았으면 해서 그랬어, 응."

"그런 느낌이 아니었던 것 같지만요……. 뭐, 됐어요. 그보다도 근처에 다른 사람들은…… 없는 모양이네요."

가볍게 주위를 둘러봐도 아는 사람은커녕 현지인으로 보이는 사람도 없었다.

"거리로 이동해서, 어디 가게로 들어가서 이야기해보자."

"그건 좋지만…… 괜찮을까요?"

"훗훗훗. 안심해! 나, 【이세계 상식】을 가지고 있으니까!"

캐릭터 메이킹 마지막에 5포인트가 남아서 어떻게 할지 생각하는 참에 좋은 게 있었거든.

외국에 가는 것 이상의 다른 문화 커뮤니케이션이 될 테니까, 틀림없이 도움이 될 거라고 생각해서 찍었지!

덕분에 어떻게 행동하면 수상쩍게 보이지 않는지도 아니까 카페……라고 할까, 식당 같은 곳의 물가도 확실하다.

"아니, 그걸 선택한 건 나이스라고 생각하지만, 그게 아니라 돈이."

"……아. 큭! 이런."

물가를 알아도 돈이 없다면 의미 없잖아!

이럴 때는――.

"그렇지! 뭔가 팔아서――."

"뭘 말인가요?"

그러면서 두 팔을 벌리는 나츠키.

옷은 그냥 평민이 입을 법한, 어떤 의미로는 조악한 천 옷. 짐은 아무것도 없었다.

덕분에 눈에 띄지는 않겠지만, 원래 있던 세계의 물건을 팔아서 자금을 얻을 수도 없다.

"적어도 옷만이라도 원래 그대로라면 주머니에 손거울 같이 팔 만한 것도 있었는데……."

"주머니…… 아, 유키, 이 옷. 주머니에 뭔가 들어있어요!"

그러더니 나츠키가 꺼낸 것은 동전 몇 개.

서둘러서 나도 주머니를 뒤져보니 같은 동전이 열 개 나왔다.

"이거, 대은화야! 으음…… 대략적인 가치로 만 엔 정도니까, 식당에 들어가는 데는 충분해! 평범한 음식의 물가는 싸니까!"

덮밥 한 그릇 정도의 가격으로 평범하게 식사할 수 있다.

반대로 고급품은 엄청나게 비싸지만.

유통이 발달하지 않았으니까.

"그럼 바로 가자! 나츠키. 차를 마시면서 작전 회의야!"

"──잠깐만 기다려요."

걸어가려던 순간에 손을 붙잡혀 크게 헛디뎠다.

"갑자기 식당 같은 데 들어가도 괜찮아요?"

"일단 【이세계 상식】이 있으니까 이상한 곳에 들어가거나 바가지를 쓰거나 그러진 않을 텐데?"

"아뇨, 그게 아니라. 돈, 둘이 합쳐도 2만 엔? 그것밖에 없다고요? 수입을 얻을 수 있을 때까지 괜찮을까요? 옷……은 눈물을 머금으며 참더라도 숙박이랑 식사는 필요하잖아요?"

"……그랬지."

원래 세계와 비교해서 상대적으로 숙박비랑 식비는 저렴하더라도, 대은화 스무 개로는 아슬아슬한 수준까지 절약하더라도 열흘도 못 버틴다.

숙박료랑 식사만으로도 그러니까 그밖에 필요한 게 생긴다면 여유는 더욱 없어진다.

그런 이야기를 실제 물가 등을 포함하여 나츠키에게 설명하자 그녀는 씁쓸한 표정으로 크게 한숨을 내쉬었다.

"이건 어느 가게에 앉아서 차분히 논의를 할 때가 아니네요. 안전해 보이는 장소라면 어디든 되니까 거기서 이야기해요. 여긴 뒷골목 같으니까 좀 불안해요."

"응, 그러네. 뭐, 뒷골목이라고 해도 그렇게 위험한 곳은 아닐 거라 생각하지만, 일단 거리로 나갈까."

보아하니 슬럼 같은 곳은 아니니까 갑자기 습격을 당한다든지 할 정도로 위험하진 않을 거라 생각하지만, 사람들의 눈길이 적은 것은 분명하다.

나는 나츠키의 손을 붙잡고 거리 쪽인 것 같은 방향으로 걷기 시작했다.

◇   ◇   ◇

"그러네요, 우선은 어떤 스킬을 찍었는지 이야기할까요."

"응, 그러네!"

아무래도 우리가 전이한 마을은, 강가에 세워진 작은 항구인 듯했다.

마을 한쪽이 강과 맞닿아 있고 그곳에 항구가 만들어져 있었다.

그 항구와 거리는 조금 떨어져 있고, 그 사이는 광장 같은 형태였다.

아마도 물이 불어났을 때의 완충지대가 아닐까?

나랑 나츠키가 이야기를 나눌 장소로 선택한 곳은 그런 장소.

다른 사람들에게 대화가 들리지 않았으면 좋겠지만, 사람들의 시선이 없는 장소로 가는 것은 불안.

여기라면 주위가 잘 보여서 누가 다가오면 알 수 있고 남들에게도 보인다.

게다가 우리가 앉아 있으면 그저 강을 바라보는 걸로 보여서 그렇게 수상쩍지도 않았다.

나쁘지 않은 선택이네.

"그래서, 어떻게 하면 스킬을 확인할 수 있나요?"

"으음, 우선 이 세계의 사람들은 스킬을 인식하지 못해."

"……예? 우리는 스킬을 찍었잖아요? 그런데도?"

"응. 내 '상식'으로는 그래. 뭐라고 할까, 인생 도중에 전이되었으니까 사신이라는 사람이 재능을 선택하게 해준 걸지도?"

원래 있던 세계에는 마법 같은 건 없고, 반대로 이쪽 세계에서는 도움이 안 되는 스킬도 있다.

그 스펙 그대로 전이된다면 열심히 스포츠를 하던 사람이랑 계속 영어를 공부하던 사람, 명백하게 전자가 너무도 유리하다.

영어를 쓸 수 있다고 해도 이 세계에서는 아무런 도움도 안 되니까.

그걸 생각해서 능력의 배분을 스킬 취득이라는 형태로 다시 하게 해준 걸지도 모른다.

사신이라 그런 것치고는 평범하게 상냥하네.

그렇다고 해서 영어를 완전히 잊어버린 건 아니니까, 그런 부분의 포인트 환산이 조금 의문이지만…… 이 세계에서의 유용함을 고려한 걸까?

"그런데, 그건 곤란하네요. 스킬, 전부 기억하진 못하는데……."

"나는 대략 기억하고 있으려나?"

【스킬 복사】 때문에 거의 못 찍었지만 말이지.

"나는…… 【도움말】이랑, 그리고 절반 정도는 기억하지만…… 아, 잠깐만요…… 그렇구나."

갑자기 나츠키가 그런 소리를 꺼내더니 살짝 시선을 움직이다가 납득한 듯 고개를 끄덕였다.

"그렇구나"라고 그래도 모르겠는데.

"왜 그래?"

"유키, 스테이터스라고 말하면 되나 봐요."

"어? 어떻게?"

나, 그런 지식은 없는데.

나츠키가 어떻게 알아?

"나는 【도움말】을 찍었으니까요. 이건 약간의 조언도 받을 수 있는 스킬이라서──. 아니, 그렇다는 건 유키는 【도움말】을 안 찍었다는 건가요!"

"으, 응."

갑자기 안색을 바꾸어 허둥대듯 말하는 나츠키.

어라, 20포인트나 필요했고 캐릭터 메이킹할 때밖에 못 쓴다고 생각했으니까 그 자리에서 그냥 생각도 안 했는데.

지금 나츠키가 한 것처럼 이쪽으로 와서도 조언을 받을 수 있다는 건 확실히 편리할 것 같지만, 나한테는【이세계 상식】이 있으니까 필요 없잖아?

"유키, 알겠나요? 스킬 안에는 엄청나게 위험한 것이 있으니까요. 절대로【스킬 강탈】이나【스킬 복사】같은 걸 찍지는 않았죠?"

"…………"

딱 찍었는데.

어, 뭔데? 이거 위험한 거야?

【이세계 상식】도 있고【스킬 복사】도 있으니까, 이 세계에서도 어떻게든 될 거야.

나츠키도 지켜줄게.

나, 그런 생각을 하고 있었는데 사실은 엄청난 위기인가?

나츠키의 얼굴을 보니 엄청나게 진지한 분위기였다.

내 얼굴에서 핏기가 가시는 걸 알 수 있었다.

이런, 살짝 현기증이.

"유키, 진정하고. 우선은 스테이터스로 스킬을 가르쳐줘요."

"으, 응.『스테이터스』. ──어라?"

이름: 유키

종족: 인간 (17세)

상태: 건강

스킬:

스테이터스 같은 건 표시되었지만 스킬에는 아무것도 표시되지 않았다.

"저기, 스킬은 안 표시되는데?"

"……예? 그럴 리는…… 어? 제 스킬도 사라지고…… 돌아왔어? 버그?"

나츠키가 그렇게 말한 순간, 내 스킬도 표시되었다.

무슨 웹사이트의 로딩 시간이 걸린 것처럼.

나츠키 쪽도 조금 이상해진 모양이고, 무언가 신의 네트워크 같은 게 회선 불량인 걸까?

"이건, 어쩌면……. 그렇다면 처음 해야 할 일은…… 응. 그러네요. 우선 유키의 스킬을 가르쳐줄래요?"

"어디——."

스테이터스 화면을 직접 보여줄 수는 없는 모양이라 그걸 소리 내어 읽었다.

【스킬 복사】　　　　【이세계 상식】　　　　【마법 소질, 흙 속성】
【마법 소질, 불 속성】【마법 소질, 물 속성】【마법 소질, 시공 속성】
【흙 마법 Lv.1】　　　【완강 Lv.1】　　　　【간파 Lv.1】

"어쩐지 의문스러운 스킬 구성이지만, 달리 위험한 스킬은 없

는 모양이네요."

내가 스킬을 모두 이야기하자 나츠키는 조금 안도한 듯 한숨을 내쉬었다.

그 말을 듣고 나도 안도하여 가슴을 쓸어내렸다.

위험한 스킬 뿐이라고 그랬다면 진심으로 절망했을 참이었다고.

"【스킬 강탈】은 없어서 다행이에요. 복사 쪽이라면 사용하기에 따라 다르니까요."

"그게 강탈은 도둑질 같은걸. 복사도 양심에는 좀 찔리지만 그래도 나은가, 했거든."

엄청 편리할 것 같구나, 그렇게는 생각했지만 다른 사람의 노력이나 재능을 빼앗아버리는 건 역시 좀.

강탈 쪽이 필요 포인트가 낮은 만큼 상당히 마음이 흔들렸지만.

"다행이야. 유키의 그 양심이 목숨을 구했네요."

"……그런 거야?"

"예. 나중에 자세히 설명할 테니까 【스킬 복사】는 절대로 쓰면 안 된다고요?"

"그렇게까지 말한다면 안 쓰겠지만, 지금이 아니라 나중에?"

목숨을 구했다, 그렇게까지 말할 정도라면 당장 설명해줬으면 좋겠는데…….

"그보다도 먼저 해야 하는 중요한 일이 있어요."

"허어?"

진지한 표정으로 말하는 나츠키에게 이끌려 나도 진지한 표정으로 되물었다.

"우선은 한 시간 정도, 마을의 거리를 산책해요."

"——예? 어, 산책? 잘못 들은 거 아니지?"

"예, 산책이에요. 나중에 설명할 테니까 일단은 날 믿어주지 않을래요?"

잘못 들은 게 아닌가 보다.

이 상황에서 산책이 중요하다니, 무슨 생각인 거야?

말하는 게 나츠키가 아니었다면 틀림없이 무시했을 거라고, 정말!

"알았어. 나는 나츠키랑 같이 걸으면 되는 거지?"

"예. 함께 걸으면서 이 세계의 상식에 대해 이야기를 나눠요."

기쁜 듯 싱긋 웃는 나츠키에게 이끌려, 우리는 정말로 한 시간 남짓 거리를 산책하게 된 것이었다.

——어떤 남자.

시야가 돌아온 순간, 나는 재빨리 주위를 둘러봤다.

어딘가의 광장. 그야말로 이세계 그 자체인 거리.

나는 황급히 뒷골목에서 튀어나와 물건 뒤로 몸을 숨겼다.

이세계에서 출세하려면, 솔직히 말해서 스타트 대시가 운명을 가른다.

그것도 같은 반 아이들에게 들키지 않도록, 어떻게 잘 하느냐.

그게 그렇잖아?

치트 스킬을 가진 반 아이들은 아무리 생각해도 위험한 상대다.

그중에서도 위험한 것은 【스킬 강탈】이겠지.

기껏 포인트를 써서 얻은 스킬을 모조리 빼앗기는 거니까.

【취득 경험치 두 배】는 필요했지만 강탈을 찍으면 포인트가 부족했고, 편리해 보이는 만큼 반 아이들 중에 찍은 녀석도 있겠지.

그 녀석한테서 잘만 뺏으면 아무런 문제도 없다.

외모 관련도 스킬로 되어 있었으니까 그것들을 빼앗아서 미형이 되는 것도 기대할 수 있다.

외모가 스킬이라니 영문을 모르겠지만, 찍을 수 있었으니까 그런 법이겠지.

그렇기에 나는 모든 포인트를 사용해서 【스킬 강탈】을 선택했다.

"가장 첫 타깃은, 역시 반 아이들이겠지. 지금이라면 가까이 있을 거야."

유용한 스킬을 가지고 있다는 건 거의 확실하지만, 시간이 지나면 어딘가 다른 마을로 이동할 가능성도 있다.

주위의 인물들한테 무차별적으로 빼앗아도 되겠지만, 강탈 같은 치트 스킬에 아무런 제한도 없다고 생각하기는 어렵다.

"설명에는 없었지만 가능성이라면…… 상대가 대항할 경우도 있어서 한 사람한테는 한 번뿐이라든지, 하루에 쓸 수 있는 횟수가 제한되어 있다든지?"

그렇다면 낭비할 수는 없다.

이쪽이 쓸 수 없을 때에 강탈을 가진 반 아이를 만나기라도 하면 끝이다.

모은 스킬을 전부 **빼앗길** 우려마저 있다.

"방침이라면, 반 아이한테 우선적으로 사용하는 게 정답인가."

거의 확실하게 이익인 스킬을 가지고 있으니까 보너스 캐릭터 같은 존재다.

게다가 잘못하면 다른 반 아이들과 서로 다투게 되어 한 번밖에 출현하지 않는 복권이 될 수도 있을 법하다.

사실은 당장 찾으러 가고 싶은 참이지만, 내가 오히려 먼저 발견 당할 가능성이 있다면 섣불리 움직일 수는 없겠지.

"근처로 전이했다면 통행량이 적은 뒷골목이 아니라 이런 광장 같은 곳으로 올 가능성이 높아. 지금은 기다리자."

작게 그리 중얼거리고 물건 뒤에서 주위를 관찰하길 수십 분.

십여 미터 앞에 본 적이 있는 여자가 둘 나타났다.

저 녀석들은…… 시토랑 후루미야인가.

자주 아즈마랑 셋이서 다니는 그룹으로, 남자들 사이에서도 인기가 높은 여자들.

아즈마와 후루미야는 미인, 시토는 귀여운 쪽인데, 그중에서도 아즈마는 조금 보기 드문 수준이라서 사이가 좋은 카미야와 나가이는 남자들한테 심한 시기의 대상이었다.

뭐, 둘 다 붙임성이 좋은 만큼 진심으로 따돌림을 당하는 건 아니고 놀리는 수준에 불과하지만.

하지만 이세계로 왔다면 상황이 바뀌지.

"아즈마가 없는 건 아쉽지만 마침 잘 됐어. 처음은 저 녀석들부터 할까."

솔직히 말해서 스킬이 없다면 이 세계에서 살아가기는 무척 힘
겨울 터.

그리 되었을 때에 다정하게 말이라도 건네어 도와주면 된다.

지금부터 나는 점점 강해진다.

"내게 의존할 수밖에 없게 만들면 그냥 내 거야. 여긴 일본이
아니니까 언젠가는 노예도 사서…… 후히히."

스킬의 사용법은 감각으로 알 수 있었다.

두 사람을 발견하고 스킬을 구사.

——그 직후, 내 의식은 어둠으로 뒤덮었다.

"자, 나츠키! 이야기해줘!"

나츠키와의 산책은 정말로 그냥 산책이었다.

이 세계의 물가나 모험가 길드에 대해서, 돈에 대한 상식 등을
이야기하며 그저 걸을 뿐.

선착장에서 마을 문까지 걸어가서 또 여기로 되돌아온 것 말고
아무것도 하지 않았다.

잠깐 가게를 들여다보기는 했지만 그 정도로 뭔가 했다고 그러
지는 않잖아?

"알겠어요. 우선은, 그러네요.【스킬 복사】의 위험성을 가르쳐
줄까요."

그러더니 지극히 담담하게, 진지한 표정으로 들려준 스킬의 제한에 나는 또다시 얼굴에서 핏기가 가시는 것을 느꼈다.

"어, 어, 어~~쩌지~~! 나, 이제 안 돼? 인생 종료!"

"진정해요, 유키. 확실히 지금 당신은 도움이 안 되지만요."

으극.

부정할 수는 없지만 마음이 아프다고, 나츠키.

"하지만 복사라면 아직은 어떻게든 돼요. 제 스킬을 복사하면 되는 거니까요."

"그, 그렇지! 어떻게든 되는 거지! 역시 나츠키! 의지가 되네!"

스킬을 가르쳐주는 사람이 있다면 나도 스킬을 얻을 수 있구나!

100포인트는 낭비했나 싶었는데 그렇지 않구나!

"뭐, 어떻게 가르쳐주면 좋을지 모르겠지만요."

"──으흑!"

확실히!

요리 같은 스킬이라면 모를까, 나도 【간파】를 가르쳐달라고 해도 방법을 모르겠어!

"그래도 실기 계열의 스킬은 가르쳐줄 수 있을 것 같으니까 낙담하지 마요. 하루카 쪽이랑 합류할 수 있다면 배울 수 있는 스킬도 늘어날 거라고요?"

"그렇구나! ……하지만 하루카, 어디에 있을까?"

"예상이지만, 나오 군이랑 같이 있을 것 같아요."

"아~~, 토모야도 같이 있겠네. 그 세 사람이라면 그 상태로도 판별할 수 있을 거야."

그때, 친한 영혼한테 붙으라는 말을 들은 순간, 내가 어쩐지 모르게 알았던 것은 가까이 있던 나츠키뿐.

혹시 하루카가 가까이 있었다면 알아차렸을 거라 생각하고 싶지만…… 어떨까?

하지만 그 세 사람은 조금 떨어져 있어도 서로를 인식할 것 같은 느낌이 있었다.

"그쪽 세 사람이 같이 전이될 수 있었다면 무척 기대할 수 있을 거예요. 우리보다 더 잘 해낼 것 같으니까."

"응. 그런 신뢰감이 있지, 그 세 사람은."

끈질기다고 할까, 강하다고 할까, 요령이 좋다고 할까?

토모야는 조금 차분함이 부족한 부분은 있지만 하루카가 있다면 아마도 누름돌로는 충분하겠지.

여자 둘인 우리가 섣불리 찾으러 다니는 것보다는 기다리는 편이 안심일지도.

"이 마을에 있다면 좋겠는데."

"으~음, 거리를 다녀봐도 만나지 못했으니까…… 없을지도 모르겠네요."

확실히. 그렇게 큰 마을이 아니니까 있다면 만났을 가능성이 높겠네.

"다른 반 아이들과도 안 만났으니까…… 의외로 근처에 우리 반 애들은 없는 걸까?"

"【스킬 강탈】을 생각하면 없지는 않을 거라 생각하지만…… 혹시 그럴지도, 싶은 사람은 있었고요."

"어, 그랬어?"

"예, 확증은 없지만요."

"아―, 외모가 완전히 똑같지는 않네."

용모와 관련된 스킬을 찍지 않은 우리도 머리카락 색깔 등등 조금은 분위기가 바뀌었다.

【매력적인 외모】등의 용모 관련 스킬, 혹은 종족을 변경했다면, 그리 친하지 않은 상대라면 알아차리지 못할지도?

"아, 그리고【스킬 강탈】말인데, 이쪽은 더욱 지독하다고요?"

한숨을 내쉬며 가르쳐준 그 자세한 내용에, 나는 아연실색했다.

"저기, 그건 무차별적으로【스킬 강탈】을 사용하면 죽는다는 거잖아?"

"그래요."

"우와~~, 나, 위기일발! 다행이야! 양심에 따라서!"

그때 유혹에 져서【스킬 강탈】을 찍었다면, 난 사망.

거의 확실하게.

"……응? 그럼 아까 산책은 뭐야? 산책보다 이쪽이 중요하잖아?"

물론 나츠키가 "【스킬 복사】는 쓰지 말라"라고 그랬으니까 사용할 생각은 없었지만, 이 설명은 무척 중요하지?

"그건, 지금 설명에 힌트가 있어요."

"지금 설명……?"

【스킬 강탈】에 대한 설명 말이지?

【도움말】로 알 수 있는 설명일 테니까,『수명의 4%×빼앗은 스킬의 레벨 합계를 대상에게 양도한다』라는 부분?

그런【스킬 강탈】을 가진 반 아이가 있는 마을을 태평하게 산책한 우리.

"……혹시 의도적으로 빼앗겼어?"

"그래요. 조금 전에 우리 스테이터스가 일시적으로 스킬이 표시되지 않았잖아요?"

"그때도 누군가가 우리한테【스킬 강탈】을 사용했다?"

"그럴 가능성은 높아요.【스킬 강탈】의 소유자 입장에서라면, 타깃을 우리 반 학생으로 결정하는 건 이치에 맞으니까요."

【스킬 강탈】을 가졌다면 자신의【스킬 강탈】을 빼앗길 가능성도 있다.

『빼앗기기 전에 빼앗아버려라』, 그렇게 생각하면 나츠키의 주장은 그야말로 적절했다.

"게다가 수명을 나누어주는 보너스 캐릭터, 굳이 놓칠 이유는 없잖아요?"

그러면서 나츠키는 싱긋 미소를 띠었지만…… 시커메! 시커멓다고, 나츠키!

하지만 유효하다는 사실은 부정할 수 없어!

우리의 안전이라면 측면에서 보면, 갑자기【스킬 강탈】을 사용할 법한 사람은 빨리 사라져주는 편이 고마운 일이니까.

지독한 소리 같지만.

"뭐, 보너스 캐릭터라는 건 조금 과한 표현이지만, 우리라는 맛있어 보이는 미끼를 일부러 늘어뜨려서 행동을 유도했다는 건 부정하지 않을게요. 그리고【스킬 복사】의 경우에도 마찬가지라고요?"

"어?"

"우리한테 스킬을 복사한다, 그것 자체가 상대에게 약점이 되니까요."

"……스킬 습득이 제한되는구나."

평범하게 훈련하면 얻을 수 있을 법한 스킬도 한 번 우리한테서 복사해버리면, 우리에게 머리를 숙이고 가르침을 청하지 않는 한 배울 수 없게 되어버린다.

그것만으로도 상대의 우위에 설 수 있으니까, 스스로를 미끼로 삼아서 돌아다닌 것은 확실히 합리적이었다.

역시 조금 시커멓지만.

"그밖에는【영웅의 자질】같이 주위에 피해를 주는 스킬도 성가시지만, 관여하지만 않는다면 그만이니까요."

"같이 행동하자고 그러면?"

"예? 물론 거절할 건데요? 이런 상황에서 신용할 수 있는 사람, 있나요?"

"……없을지도?"

우리는 그다지 교우 범위가 넓지 않았으니까.

아니, 정확하게는 넓었지만 얕았다고 해야겠네.

학교의 범위 안에서는 그럭저럭 사이좋게 지냈지만, 학교에서 나가면 거의 어울리지 않았다.

서로의 집도 모르고 휴일에 만난 적도 없다.

그런 사람들과 계속 같이 행동하는 것은 상당히 스트레스가 쌓이겠지.

"적이라고 하지는 않겠지만, 동료로 삼기에는 불안이 더 커요."

"응, 그러네. ——그밖에 다른 주의할 점은 있어?"

"아뇨, 유키의 스킬에 대해서는 딱히 없지만…… 뭔가 취득 방법이 이상한 게 신경 쓰이는 정도예요."

"어, 그런가?"

"예. ……우선 논의를 나누기 위해서, 서로의 스킬을 땅에 써볼까요."

"응."

우리는 그 자리에 앉아서 스테이터스 화면의 스킬을 땅바닥에 옮겨 적었다.

스테이터스 화면을 직접 보여줄 수 있다면 편리하겠지만……
이 세계의 사람들은 인식하지 못하니까 트러블의 원흉인가.

"——좋아, 다 됐다."

【스킬 복사】　　　【이세계 상식】　　　【마법 소질, 흙 속성】
【마법 소질, 불 속성】【마법 소질, 물 속성】【마법 소질, 시공 속성】
【간파 Lv.1】　　　【흙 마법 Lv.1】　　　【완강 Lv.1】

"——나도 다 됐어요. 우선은 유키부터 볼까요."

"응."

"복사는 이제 넘어가고【이세계 상식】, 이건 나이스예요. 난 있는 줄도 몰랐어요."

"아마도 나중에 누가 희망해서 늘어난 걸까? 너도 처음에는 알아차리지 못했으니까."

이건 5포인트밖에 필요 없는데도 상당히 도움이 되는 스킬.

이 세계에 와서 처음 시작할 무렵에만 의미가 있을 테지만, 그 시기를 무사히 넘기기 위해서는 중요한 스킬이 아닐까?

"【간파】는 복사랑 연관이 있겠네요. 가장 신경 쓰이는 건, 마법 소질만 잔뜩 찍었다는 건데요. 마법 자체는 흙 마법밖에 안 익혔고요."

"그게, 소질은 선천적인 거잖아? 배우면 익힐 수 있을 것 같은 마법보다, 익힐 수는 없을 것 같은 소질에 포인트를 사용하는 편이 이득이잖아? 물론 포인트에 여유가 있다면 마법도 익혔을 거라 생각하지만."

예를 들면 스포츠에서도 습득한 기술이 향상되는 경우는 있어도 '소질이 향상되는' 경우는 없을 거라 생각한다.

반대로 소질이 있다면 처음에는 초짜더라도 쉽게 연습의 성과가 나올 가능성이 높다.

재능이 없으니까 안 된다니 그런 생각은 하고 싶지 않지만, 숙달되기 위해서는 역시 어느 정도의 재능은 필요하지 않나?

단순한 연습량의 차이만으로 프로와 아마추어가 갈린다고 생각되지도 않고.

"그러니까 '재능'을 자유롭게 획득할 수 있다면 역시 찍지 않는 게 손해잖아?"

"그런 이유인가요. 하지만 파인 플레이에요. 사실 인간의 경우, 소질이 없으면 마법을 익힐 수 없으니까요."

"어? 그래? 그럼 태어날 때에 소질이 없다면 아무리 연습해도 안 된다는 거야?"

"그런 거라고 생각해요. 게다가 스킬을 확인할 방법은 없잖아요? 이 세계의 인간이 마법을 익히는 건 큰일이지 않나요?"

"으음…… 응, 확실히 인간 마법사는 적은 모양이야."

내 【이세계 상식】에는 '소질이 없으면 안 된다'라는 사실은 포함되어 있지 않지만, 스테이터스를 확인할 수 없다면 소질의 유무를 알 수 있을 리가 없다.

이 세계에서 마법을 사용하려면 마법사에게 제자로 들어가서 어느 정도 훈련을 받는다. 그러고서도 쓸 수가 없다면 그 사람은 마법사가 될 수 없다는 것이 상식이다.

하지만 그 상식 안에 속성마다 소질이 있다는 사고방식은 없어서, 마법사가 될 수 없었던 사람 중에는 어쩌면 스승이 쓸 수 없는 속성의 소질을 가진 사례가 있었을지도 모른다.

그렇게 생각하면…… 꽤나 힘들구나, 마법사의 길.

완전히 소질의 세계, 선천적인 재능에 좌우되어버리니까.

"'빛'도 찍었다면 나한테서 카피할 수 있었을 텐데."

"아, 나츠키는 빛 마법을 찍었어?"

"예, 레벨 1이지만요. 의료 체제가 갖추어지지 않은 장소에서 부상을 당한다든지 하면 무서우니까요. ——하지만 유키는 어째서 흙 마법만 익혔나요?"

"마법 중에서는 가장 안전하게 벌 수 있을 것 같았으니까? 왜, 흙이라면 여러모로 쓸모 있을 것 같잖아?"

이세계가 어떤 곳인지 몰랐으니까 현실 세계를 기준으로 생각해봤는데, 대부분의 마법은 일상생활에서는 그다지 도움이 될 것 같지 않았거든.

물——수도가 있잖아.

바람——선풍기?

불——최근에는 자기 집 정원에서도 모닥불조차 피우지 못한다.

빛——큐어는 편리해 보이지만 낮은 레벨로 장사가 되나?

어둠——으~음, 담력 시험?

시공——꿈은 있겠네. 꿈만은.

그런 가운데, 흙은 사용할 길이 있었다.

전투 이외에도 토목 작업이나 농업에 쓸 수 있을 것 같으니까 일상적으로도 일이 있겠지.

기계를 사용할 정도도 아닌 현장이라면 귀중하게 여겨지지 않을까?

물론 이세계니까 상황은 다를 거라고 생각했지만, 일상생활에서도 쓸모가 있어 보이는 것은 마찬가지잖아?

나츠키에게 그런 설명을 했더니 묘하게 감탄해버렸다.

"난 위험성의 배제를 생각했는데…… 상상한 것 이상으로 착실한 이유였네요."

"상상한 것 이상…… 너무한 거 아냐?"

"안이하게【스킬 복사】를 찍은 사람이라고는 여겨지지 않아요."

"그건 이야기하지 말고!"

이미 흑역사 인정 완료니까!

"그보다도 나츠키의 스킬을 보여줘!"

"예, 이런 느낌이에요."

【도움말】	【완강 Lv.4】	【질병 내성】
【독 내성】	【암시(暗視)】	【창술 재능】
【창술 Lv.4】	【빛 마법 Lv.1】	【마법 소질, 빛 속성】
【투척 Lv.1】	【체술 Lv.3】	【약학 Lv.3】
【함정 지식 Lv.1】	【자물쇠 따기 Lv.2】	【은폐 Lv.2】

"흠흠…… 확실히 위험 배제라는 느낌의 스킬 구성이네. 자물쇠 따기라든지, 도적 같아서 조금 신경 쓰이지만."

원래 있던 세계에서는 조금 병약했던 탓인지【완강】이랑【질병 내성】,【약학】같이 건강에 신경을 썼다는 것이 느껴지는구나.

【완강】만으로도 질병 예방은 되는 모양이니까 사실은 상당히 터프해진 거 아냐?

외모는 여전히 수화폐월(羞花閉月), 꽃도 수줍어하고 달도 숨는다는 고사성어가 어울리는 단아한 미인인데.

【창술】이랑【체술】의 경우에는, 원래 체력을 쌓는다면서 나기나타*나 합기도를 즐겼으니까 의외는 아니었다. 레벨을 너무 올린 것 같기도 하지만.

"딱히 도둑질을 할 생각은 없지만, 만에 하나라도 갇혔을 때에 사용할 수 있을 것 같아서요."

"터프하면서 눈에 띄지 않고, 밤에도 행동할 수 있으며 체술도 쓸 수 있다. ——응, 특수부대 같아."

여기에 창이 아니라 나이프를 사용했다면 더욱 딱 맞았을 텐데.

"난 서바이벌을 목표로 했을 뿐인데요……. 유키의 흙 마법은 도움이 될 것 같나요?"

"그건 물론인데? 잠깐만. 어디, 레벨 1로 쓸 수 있는 마법은……."

『그라운드 컨트롤(흙 조작)』과 『샌드 블래스트(흙 분사)』인가.

우선은 알기 쉬운 쪽부터.

"그럼 갑니다!『샌드 블래스트』!"

손을 내밀고 영창하는 것과 동시에, 손바닥에서 뿜어 나온 한 줌 정도의 흙이 정면을 향해 날아갔다.

그리고, 그대로 떨어졌다.

"……눈에 뿌리는 거네요. 그거라면 나도 할 수 있다고요? 자."

그러면서 발밑의 흙을 쥐고 던지는 나츠키.

아니, 실행할 필요는 없으니까!

---

* 긴 손잡이에 구부러진 날이 달린 무기. 중국의 언월도와 비슷한 형태이지만 더 가볍고 얇게 만들어져서, 현재 일본에서는 주로 여성들이 수련용으로 많이 사용하는 무기이다.

스스로도 미묘하다는 건 알겠으니까!

"이건…… 응, 갑자기 영창하면 쉽게 들키진 않는다고?"

"뭐, 그러네요. 몰래 흙을 주울 필요는 없으니까요."

음음, 그러면서 다정한 미소를 띠는 나츠키를 보고 나는 황급히 손을 내저으며 말했다.

"괜찮아! 하나 더 있으니까!『그라운드 컨트롤』!"

풀, 가리킨 곳의 땅바닥이 함몰되었다…… 30센티미터 정도.

"…………음식물 쓰레기를 버릴 때는 편리할까요?"

다시 한 번 다정한 미소를 띠는 나츠키.

이상해!

좀 더 굉장할 거라 생각했는데!

이래서는 정원을 가꾸는 데도 못 쓴다고!

"아니아니, 잠깐잠깐! 내 포텐셜은 이 정도가 아닐 거야!"

이건 아무 생각도 없이 사용한 게 잘못이다, 응.

좀 더 명확한 결과를 상상하고 기합을 넣어서 영창하면——.

"『그라운드 컨트롤』!!"

퍼억!

내 앞의 땅바닥에 직경 1미터, 깊이 2미터 정도의 구멍이 생겼다.

"좋아!"

그와 동시에 몸이 휘청거려 그 구멍에 떨어질 뻔한 나를, 나츠키가 허겁지겁 뒤쪽에서 끌어안아 고정시켜줬다.

"괘, 괜찮아요? 유키!"

"으, 응. 갑자기 힘이 빠져서…… 응, 이제 괜찮아. 고마워, 하마터면 떨어졌을 거야. 그야말로 제 무덤을 파는 참이었어."

"아뇨, 안 웃기니까요. 오히려 이미 다 팠으니까요."

몸을 바친 혼신의 개그를 나츠키가 진지한 표정으로 부정했다. 젠장.

하지만 실제로 급격한 허탈감에 휘청거렸지만 진정되니 충분히 서 있을 수 있는 정도의 피로.

이것이 마력을 소비한 감각인가?

익숙해지지 않으면 전투 시에는 전력으로 쓸 수 없을지도.

"이건 그거야. 마법을 사용한 마력과 이미지에 따라가니까, 사용할 때에는 제대로 이미지를 그려야 되는 모양이네. 그러니까, 자."

이번에는 살짝 지면을 북돋워봤다.

10센티미터 정도 튀어나왔을 뿐이지만 이것도 재빨리 쓸 수 있다면 상대를 넘어뜨리는 것 정도는 가능할 것 같네.

"헤―, 굉장하네요. 하지만 유키?"

"왜?"

"이 구멍, 안 메우면 안 되겠죠?"

"……그러네요."

역시나 이런 사이즈의 구멍을 방치하는 건 너무도 큰 민폐다.

운이 나쁘면 떨어질 때에 큰 부상을 당할 수도 있는걸.

잘못되면 민폐 행위로 지명수배. 그건 피해야지!

나는 최대한의 '포텐셜'을 발휘하여 지면을 원래 상태까지 되돌린 것이었다.

물론 몇 번인가 휴식을 취하면서, 말이지만.

◇　　　◇　　　◇

"자, 유키의 흙 마법이 의외로 쓸 만하다는 건 알았는데요."

"의외라니 너무해! 익숙해지면 엄청 편리하다고, 틀림없이!"

"예예, 앞으로 기대할게요. 그보다도 유키, 근접 전투 관련 스킬, 안 가지고 있죠?"

"어? 응."

솔직히 검술 같은 건 적당히 복사하면 어떻게든 될 거라고 생각했으니까.

현실은 그렇게 무르지 않았지만.

"솔직히 말해서 이대로 행동을 개시하는 건 불안해요. 이 마을의 치안 수준은 모르겠지만, 우리는 여자 둘. 저항할 수 있는 능력이 없이는……."

"어―, 응, 그러네. 위험하지."

나도 원래 있던 세계에서는 이상한 헌팅에 휘말린 적도 있어서 간단한 호신술 정도는 익혔지만, 물론 그런 쪽의 프로를 당해낼 수 있는 수준은 아니라는 사실은 잘 안다.

반면에 나츠키 쪽은 【창술 Lv.4】에 【체술 Lv.3】.

어지간한 모험가라면 상대가 안 될 거라 생각한다.

이러면 내가 보호를 받을 수밖에 없나?

공주님 같이.

"나츠키 님! 나 무서워!" 같은 소릴 하면서 안겨들면 지켜주는 걸까?

"그러니까, 유키는 체술을 익히도록 해요."

"……그러네. 기껏 【스킬 복사】를 찍었으니까."

"필요한 『기초』가 어느 정도인지는 모르겠지만, 이거라면 나도 쉽게 가르쳐줄 수 있으니까요."

"알았어. 그럼 해볼게. 【체술 Lv.3】를 【스킬 복사】."

입으로 꺼낼 필요는 없다고 생각하지만, 알기 쉽도록 말해봤다.

아무런 변화도 느껴지지 않는데…… 아, 스테이터스 추가됐다.

"【체술 Lv.1】, 확실히 추가됐어. 글자는 회색으로 되어 있지만."

나한테밖에 안 보이는 스테이터스 표시.

그것은 통상적으로 검은색 반투명한 윈도에 하얀 글자로 표시되어 있었다.

그와 달리 【체술 Lv.1】 부분만은 글자가 회색.

이것이 봉인 상태라는 그건가?

"복사는 문제없네요. 나머지는 '기초'인데, 그야말로 기초부터 가르쳐줄 테니까 빈번하게 체크해서, 어느 단계에서 유효해지는지 확인해주세요."

"응, 알았어."

그 후로 대략 10분 정도일까?

나츠키가 시키는 대로 몸을 움직이자 스테이터스의 글자가 흰

색으로 바뀌었다.

아니, 정확하게 말하면 갑자기 몸이 스무드하게 움직여서 스테이터스를 확인했더니 그렇게 되었다고 해야 할까.

요령을 파악했다, 그런 레벨이 아니었기에 조금 무서울 정도.

"10분이 안 걸려서, 인가요. 레벨은 1이지만 교사만 있다면【스킬 복사】도 상당히 유용할지도 모르겠네요."

"그렇지! 나, 실패한 거 아니지!"

"20개 이상 익힌다면 흑자예요. 참고로 내가 확실하게 가르쳐 줄 수 있을 만한 스킬은 앞으로 서너 개밖에 없다고요?"

"으윽."

레벨이 있는 스킬 대부분은 레벨 1로 5포인트였으니까, 나츠키의 말은 틀림없었다.

혹시 무기 스킬을 몇 종류나 익혀도 죄다 어중간할 뿐이라면 의미가 없고, 다른 스킬이라도 레벨 1뿐이어서야 별로 도움이 안 되는구나…….

"역시 이건 아닌가……."

"하루카 쪽이랑 제대로 합류할 수 있다면 상황이 완전히 바뀔지도 모르니까 그렇게 낙담하지 말아요."

나츠키가 그러면서, 둥글게 웅크린 내 등을 다정하게 쓰다듬어 줬지만──.

"나츠키가 마지막 일격을 가했는데?"

"그럴 생각은 없었는데요……."

조금 곤란하다는 듯 미소를 띠는 나츠키를 보고, 나는 내 두 뺨을 짝짝 두드렸다.

"응, 좋아. 생각을 바꿨어! 하루카네 세 사람한테 다섯 개씩 배우면 일단은 흑자야!"

여차하면 흙 마법을 열심히 연습해서 '숙련된 흙 마법사'로 이름을 알려주겠어.

"게다가 침울해할 여유는 없어. 지금도 부족하니까 착실하게 생각해서 서둘러 행동하지 않으면 곤란해질 거야!"

"그러네요. 아까 유키한테 들은 이야기로는, 우선은 모험가 길드에 등록해서 일을 얻는 게 우선이겠죠."

우리의 소지금은 불과 2000레아.

시간을 낭비하면 하는 만큼, 주머니 사정은 악화된다.

"하지만 그 전에, 커버스토리를 생각해두죠."

"커버스토리?"

"예. 우리 같은 젊은 여자가 둘, 혈혈단신인 현재 상황은 조금 수상쩍어요. 어째서 여기에 있는지를 꾸며낸 이야기, 당면의 목표, 그리고 도달점을 정하고 경우에 따라서는 그에 맞추어 물건을 살 필요도 있을 거예요."

"그런가, 일을 찾더라도 그에 따라 어떤 일을 고를지, 상대에게 어떻게 설명할지도 바뀌겠구나."

역시 나츠키, 의지가 되네.

그걸 정하지 않으면 모험가 길드에 가서 "어떤 일이 좋은가요"라는 질문을 받아도 그에 대한 대답조차 못 하겠구나.

그리고 한동안 나츠키와 이야기를 맞춘 결과, 우선 우리는 '동료와 함께 이 마을에 왔지만, 동료는 다른 용건으로 잠시 이탈하여 귀환을 기다리는 상태'라는 걸로 했다.

어찌 봐도 그리 강해 보이지도 않는 여자 둘만 여행한다는 건, 일반적으로 보면 부자연스러우니까.

"다음은 어떤 일을 찾느냐, 방향성은 두 가지야."

"마을 안에서 아르바이트를 할지, 마을 밖으로 나가는 일인지 말이군요."

"응. 역시 마을 밖으로 나가는 건 위험하겠지만, 나츠키, 싸울 수 있겠어?"

"위험의 정도에 따라서요. 어떤 적이 나올지 모르니까요. 창이 손에 들어오면, 스킬 레벨을 생각하면 어떻게든 될 것 같지만, 굳이 말하자면 유키가 걱정이에요."

"그렇지!"

나츠키 덕분에 【체술】 스킬은 손에 넣었지만 그래봐야 레벨 1.

게임과 달리 '이 부근에는 이런 적밖에 안 나온다' 같은 게 정해져 있지 않으니까 여유가 필요했다.

특히 무서운 것은 도적.

여자 둘뿐이라니 어찌 봐도 딱 좋은 먹잇감이라고.

나츠키의 【창술】이라면 산적 몇 명 정도는 쓰러뜨릴 수 있겠지만, 막 이쪽으로 와서는 인간을 상대로 살생을 벌이도록 하는 건 너무도 미안한 일이었다.

적어도 나도 나름대로 싸울 수 있을 정도는 된 다음부터겠지.

"한동안은 마을 안에서 알바, 이려나……."

"그러네요. 지금의 소지금으로는 무기를 살 수 있을지도 의심스러우니까요."

"마을 밖으로 나간다면 둘 다 무기랑 방어구 정도는 갖춰두고 싶네."

"예. 유키의 이야기를 듣기로는, 무방비한 상태로는 너무 위험하겠죠."

"그러면 모험가 길드에 일을 찾으러 갈까."

이 세계의 모험가 길드는 인재 중개업, 말하자면 직업소개소 같은 업무도 하니까 알바를 찾으려면 이곳으로 가는 게 효율이 좋다.

알바 정보지는 물론 가게에 벽보를 붙여서 알바 모집, 같은 방식은 일반적이지 않은 것이다.

글자를 못 읽는 사람이 많으니까.

"아뇨, 그 전에 물건을 사러 가죠. 짐이 전혀 없는 건 부자연스러우니까요."

"확실히 그러네."

호의적으로 봐준다면, 짐은 여관에 두고 왔다고 판단할지도——아니, 안 되나. 괜찮을 것 같은 여관도 소개를 받고 싶으니까.

"게다가 일단, 무기를 가지고 있어야 얕보이지 않을 거예요. 창이라면 그런대로 다룰 수 있으니까요. 여자 둘이니까 조심해서 나쁜 건 없어요."

"알았어. 그럼 우선은 거기부터네!"

처음에 무기점으로 간 우리는, 나츠키가 『어떻게든 타협할 수 있는』 수준의 창을 그곳에서 구입했다.

가격은 800레아.

우리가 가진 모든 소지금의 절반에 가깝지만, 창 중에는 엄청나게 싼 부류라서 한데 묶어 팔릴 법한 물건.

일단 나츠키가 애써서 골랐지만 마침 딱 맞게 괜찮은 물건이 있을 리도 없어서, 그나마 조금 나은 창을 고른 것만으로 마쳤다.

그 다음으로 향한 곳은 잡화점.

가방 같은 사치스러운 물건은 살 수 없었기에 저렴한 등짐주머니를 구입.

빈손이어서야 어떻게 얼버무릴 수가 없겠지만 등짐주머니에 무언가를 채워두면 여행에 필요한 물건은 가지고 있다며 착각해줄 터. 내용물은 보이지 않으니까.

"하지만 이것만으로도 남은 건 1000레아 남짓인가요……. 큰일이네요."

"응. 일용직을 고르더라도 일할 수 있는 건 내일부터일 테니까, 그렇게 되면 오늘 여관비는 필요해."

"둘이서 500레아는 확보하고 싶으니까 쓸 수 있는 건 500레아뿐인가요."

솔직히 적었다. 하지만 물가가 꽤 세구나, 이 마을.

하지만 없는 걸 바라봐야 소용없다. 나츠키와 논의해서 『적어도 이것만큼은』이라며, 갈아입을 속옷과 수건을 대신할 천만 구입해서 등짐주머니를 채웠다.

싸구려지만 어쩔 수 없다.

"하지만, 갈아입을 옷은 없네."

"예. 헌 옷 가게라도 꽤 비싼 가격이었으니까요. 공업 제품이 아니니까 어쩔 수 없겠지만…… 힘드네요."

"이 옷이 검소하면서도 튼튼하다는 게 구원이지만 말이야."

헌 옷 가게에서 팔던 옷이나 주위의 사람들을 보기에는 나름대로 고급인 부류에 들어갈 것 같거든, 이 옷.

천도 튼튼하고 재봉도 깔끔.

이 옷을 팔면 대신에 헌 옷을 몇 벌인가 살 수 있지 않을까, 그런 생각도 있었지만 그건 그만뒀다. 헌 옷의 수준이 좀, 그래서.

무척 더럽고 몇 번만 세탁하면 찢어질 것 같은 게 많아서…… 이 옷과의 차이가 너무 컸다.

"자, 그럼 일을 찾으러 갈까!"

"예. 드디어 진짜네요."

"응, 일의 방향성은 '동료가 돌아올 때까지의 생활비를 벌 수 있는 것'이었지."

마을사람한테 물어물어 방문한 모험가 길드는 무척 조촐한, 미리 듣지 않았다면 알아차리지 못했을 법한 건물이었다.

내부도 한산해서 카운터에 아주머니가 하나 앉아 있을 뿐.

──어쩐지 예상 밖인데. 이미지랑 너무 다르다.

"저기, 안녕하세요."

"어서 와요. 무슨 용건이지?"

"일을 찾고 있는데, 여긴 모험가 일은 없을까요?"

"아아, 여기에는 거의 없어. 자."

그러면서 가리킨 방향을 보니 아무것도 붙어 있지 않은 게시판이.

"그런 일은 라판 쪽으로 가니까. 여긴 거의 없어."

진짜로요?

모험가로서 활동한다면 그 '라판'이라는 마을로 이동하라는 거야?

"……인재 알선 쪽은?"

"그쪽도 적어. 작은 마을이니까. 뭐, 있기야 있지만. 어떤 일을 원해? 우리는 창부 알선은 안 해."

"그, 그런 일은 안 찾아요!"

"흥, 그쪽 방면이라면 벌 수 있을 것 같은데 말이지, 너희 둘."

그러더니 코웃음을 치는 아주머니를 보고, 얼굴에 드리우고 있던 영업 스마일이 굳어버리는 것을 느꼈다.

일단 【이세계 상식】을 가진 내가 교섭을 맡았는데, 뒤에서 나츠키가 어떤 표정을 짓고 있는지 신경 쓰이네.

──아니, 나츠키라면 필요한 경우에는 전혀 표정을 바꾸지 않나. 내심 잔뜩 분노했더라도.

애당초 모험가 길드에서는 제대로 된 일을 알선한다는 걸 알고 있으니까 왔다.

그런 방면의 일을 찾는다면 여기로 올 리가 없는데, 이 아주머니한테 맡겨도 괜찮을까?

조금 불안을 느끼면서도 다른 선택지가 없다는 것이 괴롭네.

"한동안 이 마을에서 동료를 기다리게 됐으니까, 그동안의 생활비를 벌고 싶어요. 여관비도 싸지 않으니까."

"흐~응, 그러네. 너희라면 마침 딱 적당할지도. 숙식 제공으로 식당 종업원을 모집하는 여관이 있거든. 급여는 낮지만."

"……숙식 제공인가."

자세히 들어보니 급여는 하루에 불과 100레아밖에 안 되지만 숙박과 식사는 보장된다고 한다.

다른 일도 몇 가지 보여 달라고 했지만, 그것들의 보수는 이 마을의 평균적인 숙박비를 고려하면 묵고 식사를 하는 걸로 아슬아슬하다나.

상당히 블랙 느낌의 노동환경이지만, 이 마을에서 얻을 수 있는 일의 숫자가 적으니 낮은 보수에도 사람이 모이는 거겠지.

으~음, 그렇게 생각하면 조건이 나쁘지는, 않나?

나츠키 쪽을 보니 어쩔 수 없다는 표정으로 고개를 끄덕였다.

"알겠어요. 그럼 이걸 부탁드려요."

"흥, 길드 카드를 꺼내."

"──앗."

실수했다! 길드 등록이 있었지!

잊어버렸다고 해야 하나? ──아니, 그런 핑계를 댈 이유도, 없나? 아마도?

"……신규 등록으로 부탁드려요."

"흠? 뭐, 됐어. 600레아."

"윽…… 예."

나츠키의 시선이 날카로워!

아슬아슬하게 낼 수는 있었지만, 정말로 빈털터리가 되어버렸다고!

그런 나츠키의 시선을 견디며 얼른 등록을 마치고, 구인표를 받아들고 길드를 뒤로했다.

그리고 길드를 나온 순간, 계속 가만히 있던 나츠키가 입을 열었다.

"유키? 등록료 이야기, 못 들었는데요?"

"미안해! 잊고 있었어!"

모험가 길드를 설명할 때, 등록에 돈이 필요하다고 이야기하는 걸 까맣게 잊어버린 것이었다.

그걸 고려하지 않고 예산을 짰으니, 600레아가 남아 있던 건 단순히 운이 좋았던 것에 불과했다.

"어떻게든 내긴 했지만, 자칫 잘못했다가는 등록도 못 했다고요?"

"예, 그 말이 맞습니다."

"【이세계 상식】을 가지고 있으니까 신뢰했는데……."

"정말 죄송합니다."

으으, 나츠키를 상대로 내가 가진 거의 유일한 어드밴티지, 【이세계 상식】에 대한 신뢰가 흔들린다고.

완전히 깜박한 내가 잘못했지만.

"실수는 누구라도 하니까 이 이상은 말 안 하겠지만, 잘 부탁한다고요?"

"예! 맡겨주세요!"

치명적이지는 않았으니 금방 창을 거두어주었지만, 담담하게 이야기하는 나츠키, 무서웠어~~.

◇　　◇　　◇

"흐─음, 너희 둘인가. ……나쁘진 않네."

구인표를 가지고 방문한 우리를 맞이한 것은, 뚱뚱하게 살이 찐 아주머니였다.

나이는 아마도 쉰은 넘었겠지.

……아니, 어떠려나? 외국인, 게다가 이세계 사람이라면 연령은 판단하기 어려웠다.

적어도 내 눈에는 그 정도로 보이는 여성.

"조건은 들었겠지?"

"예."

"그러면 오늘부터 일하겠어? 돈은 안 나오지만, 저녁이랑 방은 빌려주겠는데?"

"그렇게 부탁드릴게요."

아니면 노숙 확정이었다.

"그리고…… 그러네, 휴일은 사전에 말하면 주겠지만 그럴 경우에는 숙박비와 식비를 받을 거야. 일이 끝난 뒤라면 파는 건 자유지만, 우리 여관에서 손님을 받으면 상납금을 잊지 마."

323

"안 할 거니까요!"

어째서 이 세계의 아주머니는 금세 매춘을 시키려고 하는데!

……아니, 모를 것도 아니지만.

이 세계의 여관 종업원은 창부를 겸하기도 하고, 하루 급여가 100레아라면 전혀 돈이 안 모이니까 그런 부업이라도 할 수밖에 없다는 것도 납득이 갔다.

일본에서도 에도 시대 정도까지는 여관마을의 여관에서 평범하게 있었다고 하니까 말이지, 메시모리*라는 이름의 유녀가.

하지만 그런 사실과 그걸 우리가 하느냐는 다른 문제.

창부가 될 바에야 나라면 다소 무모하더라도 마을 밖으로 나가서 몬스터를 사냥할 거고, 나츠키라면 혀를 깨물고 죽어버릴 것 같다.

──아니, 그러지는 않나. 나 이상으로 귀신같이 몬스터를 죽여대겠지, 분명히.

그만한 실력은 있으니까.

그걸 고르지 않았던 것은, 아직 생명의 위기를 고려할 여유가 있기 때문일 뿐. 정말로 여유가 사라진다면 주저하지는 않을 것이다.

하지만 가능하다면 안전하게 스텝을 밟아나가고 싶거든?

그런 느낌으로, 우리의 이세계 생활 첫째 날은 끝났다.

---

* 에도 시대의 여관에서 손님의 시중을 들며 매춘도 하던 여자.

『이세계 생활 첫째 날은 끝났다』라고 그랬나?

그건 거짓말이야!

그 후로 잠자리에 들 때까지가 힘들었다.

엄청나게 힘들었다.

일의 내용은 레스토랑 웨이트리스를 떠올렸는데, 이 세계는 일단 손님의 매너가 나빴다.

전혀 거리낌 없이 엉덩이를 만지려 하고, 우리를 '사겠다'라는 남자가 많다는 것.

물론 그 자리에서 거절했지만.

"삼천으로 어때?"라니, 얕보는 거야?

아니, 얼마라면 팔겠다는 것도 아니지만, 싼값을 매기면 그건 그것대로 화가 난다.

정말이지, 나츠키한테 【체술】을 배워두어서 살았다.

나츠키처럼 곡예 같은 움직임으로 모두 피하지는 못했지만, 대부분은 막을 수 있었으니까.

하지만 시간이 지나면서, 영업 스마일을 띠고 있던 나츠키의 얼굴이 점점 무표정해지는 게 무서웠다.

언젠가 나츠키의 팔꿈치가 남자의 얼굴에 틀어박히지는 않을까.

실적이 있거든. 사실은.

겉보기에는 청초하고 온화하게 보이지만 사실 **기본적**으로는 그래서, 원래 있던 세계에서는 신체도 약했지만 일선을 넘으면 상당히 위험했다.

표정 변화도 없이 엄청 뼈저린 공격을…… 응, 자세한 내용은 생략하겠지만.

뭐, 그렇게 여러모로 힘든 종업원의 일이었지만, 진짜 시련은 그 뒤에 기다리고 있었다.

주어진 방이 나츠키와 함께 쓰는 2인실인 건 전혀 문제없었다.

문제는 나온 식사.

대우가 나빴기에 어떤 식사가 나올지 전전긍긍하던 참에, 나온 것은 가게에서 팔다가 남은 요리.

조금 맥이 빠졌지만 잘 생각해보면 파는 요리는 전부 커다란 냄비에 한데 끓인 요리니까, 굳이 다른 요리를 만드는 수고를 할 필요도 없나.

전부 팔렸을 때는 어떻게 될까, 조금 걱정이지만.

이 요리의 가격이 70레아이고, 아침이랑 점심에 같은 수준의 요리……는 나올 것 같지 않으니까 40레아씩이라고 생각하면, 식비만으로도 하루에 150레아.

이 여관의 경우, 2인실에서 1박을 하면 한 사람 당 요금은 400 레아.

급여를 포함하면 총합 650레아인가……. 하루 종업원 일을 한다고 생각하면 조금 낮나?

6500엔 상당이라고 생각하면, 노동 시간은 열 시간 정도니까 시급 650엔.

터무니없이 낮은 것도 아니었다.

아니, 물론 낮지만, 신원불명의 인물을 고용한 걸 생각하면, 말

이지.

뭐, 그나마 나은 곳에 취직할 수 있었던 게 아닐까?

그렇게 생각한 것도 요리를 한 입, 입에 넣었을 때까지였다.

이거 뭐야.

이걸 요리라고 해도 되는 거야?

요리에 대한 모독 같은 거 아냐?

우리를 괴롭히는 건──아니겠지.

이거, 그냥 가게에서 팔았고 손님도 평범하게 먹었으니까.

옆을 보니 나츠키가 숟가락을 입에 문 채로 굳어 있었다.

안색이 조금 새파래지고 이마에서는 비지땀이.

목의 움직임을 보면 필사적으로 구토를 참고 있는 것 같았다.

솔직히 이게 일본의 레스토랑에서 나왔다면 돈을 돌려내라고 소리치기는커녕 위자료를 지불하라고 소송을 걸어도 이길 수 있지 않을까?

하지만 이곳은 이세계.

이걸 먹지 않으면 죽는다.

돈 없으니까.

물은…… 좋아, 맛있지는 않지만 그냥저냥 마실 수 있다.

나는 각오를 다지고 숨을 들이쉰 다음, 코를 움켜쥐고 그저 요리를 밀어 넣어 필사적으로 씹으며 물로 넘겼다.

맛 따윈 느끼고 싶지 않았다.

그걸 반복하길 몇 번, 인생에서도 1, 2위를 다툴 정도로 빠른 식사를 선보인 나는 물로 목구멍을 씻어내고 크게 숨을 내쉬며 코를 붙잡고 있던 손을 뗐다.

"우욱!"

위험해! 이건 위험해!!

계속 코를 막고 있었던 탓인지 강렬한 냄새가!

황급히 다시 코를 붙잡았다.

응, 당분간은 입으로 숨을 쉬자.

"훌륭해요. 유키."

아니, 『잘도 숙적을 쓰러뜨렸도다!』 같은 표정을 지어도 말이지.

객관적으로 보면 나, 엄청 얼빠진 모습이었다고?

"나도 그렇게 할 수밖에 없을까요……."

"참을 수 있다면 그대로 먹으면 될 거라 생각하지만, 냄새를 차단하는 것만으로도 구역질은 억누를 수 있을, 지도?"

요리의 향기라는 것은 의외로 중요하구나.

예를 들면 '맵다'는 것은 '미각'이 아니라 '통각'인데, 코를 막고 생강을 먹어보면 그걸 잘 알 수 있다.

그저 아플 뿐이지 그 어떤 가치도 사라져버리니까.

그때 코를 막고 있던 손을 떼면 냄새가 확 풍기면서 그냥 통증이 전혀 다른 '맛'으로 변화한다.

참고로 지금 내가 경험한 것이 그 반대였다.

엄청 맛없는 요리가 코를 막고 있던 손을 떼면서 요리라고 부르는 것도 화가 나는 모독적인 무언가로 변화한 것이다.

이것이 요리의 심연이라는 녀석일까.

"그러네요. 먹을 수밖에 없네요. 돈이 없으니까요. 설마 내 인생에서 이런 경험을 하게 될 줄이야."

그러게. 나츠키의 집은 비교적 유복해서 적어도 먹는 거로 곤란할 일은 거의 없었을 터였다. 그대로 살았다면 말이지.

애당초 현재의 일본이라면, 사치하지만 않으면 적은 돈으로도 식사가 가능하다.

옛날에 "가난한 사람은 보리를 먹어라"라고 해서 비판받은 정치가가 있었는데, 지금이라면 브랜드를 따지지 않으면 보리보다도 저렴한 쌀을 살 수 있으니까.

다만 그 발언은 '보리는 몸에 좋으니까 그걸 먹으면 병에 잘 안 걸려서 의료비가 들지도 않는다'라는 의미였다고 하지만.

그 사람 본인이, 몸이 약해서 보리를 먹었다는 이야기라고.

매스컴에서 자기들 좋을 대로 잘라내어…… 아니, 정확하게는 '가난한 사람'이라고 하지는 않았으니까 좋을 대로 '번역'해서 보도해버렸다지.

지금이라면 현미이려나?

보리보다도 입수가 용이하고 비교적 싸게 손에 넣을 수 있다.

'영양가를 남겨서 정미한 고급스러운 쌀'과 달리 통째로 영양이 남아 있으면서 저렴하다.

냄새와 식감을 받아들일 수 있다면 가장 좋다고 생각하는데.

지금이라면 적당히 지은 현미밥이라도 기꺼이 먹을 자신이 있다, 응.

오곡미 같은 것도 옛날에는 백미의 대용품이었지만, 지금은 백

미보다 비싸니까……

──이런, 식사가 너무 맛이 없어서 현실도피를 해버렸다.

쭈뼛쭈뼛 코를 잡고 있던 손을 떼자…… 아, 어떻게 괜찮아졌다.

아직 좀 신경은 쓰이지만 계속 입으로 숨을 쉬는 건 힘들었다.

나츠키 쪽은, 아직도 노력하고 있었다.

"나츠키, 다 먹고 나서도 한동안은 코를 잡고 있는 편이 낫다고? 섣불리 뗀 순간, 역류하니까."

눈물을 글썽이면서 입 안의 음식물(?)을 삼키며 고개를 끄덕이는 나츠키.

무척 힘든 모양이었다.

굳이 따지자면 섬세한 맛을 좋아하는 나츠키의 입장에서는, 이 요리는 나 이상으로 힘겨울 테지.

열심히 씹고 있지만 빨리 삼켜버리려고 하니 틀림없이 위장에는 나쁘겠지.

탈이 나지 않으면 좋겠는데.

틀림없이 【완강 Lv.4】, 【질병 내성】, 【독 내성】의 콤보가 제 역할을 해주겠지?

나는 【완강】이 레벨 1이니까 조금 불안하다.

……아니아니, 잘 생각하면 이거 평범한 요리였지.

가게의 손님들은 평범하게 먹었으니까 맛 말고는 문제가 없을 터.

결코 【완강】이나 【독 내성】이 작동할 만한 건 아니다.

아니, 겠지……?

"수고했어."

"예…… 솔직히 식사로 이렇게까지 소모될 줄은 몰랐어요."

"예상 밖이었지. 손님들은 평범하게 먹었으니까."

"설마 이 세계에서는 이 맛이 표준일까요?"

"어, 뭐야, 그 무서운 상상은……."

하지만 이곳이 맛없다면 손님들이 그렇게 들어올 것 같지는 않다.

요리 이외에 파는 게 있더라도, 최소한 표준보다 조금 맛없는 정도의 맛이 아니라면 손님도 떠날 터.

그럼에도 이 요리를 주문해서 평범하게 먹었으니까…….

"어어~~, 나, 이 세계에서 살아갈 자신이 사라졌는데."

"우연이네요. 나도 그래요. 저런 요리…… 요리? 요리 같은 무언가? 요리일지도 모르는 것…….."

"나츠키, 요리가 게슈탈트 붕괴하고 있잖아. 아직 우리가 알고 있는 건 이 작은 마을뿐이야. 희망은 있어. 게다가 이 마을에도 맛있는 요리가 존재할지도 모르니까."

"그러, 네요. 포기하는 건 아직 일러요. 지금은 돈이 없지만, 반드시 맛있는 걸 먹으러 가요."

"응. 그걸 목표로 열심히 하자!"

그러면서 우리는 서로의 손을 맞잡고 새로이 결의를 다졌다.

하지만──결국 우리가 맛있는 음식을 만나기 위해서는 하루카네 일행과 합류할 때까지 기다리는 신세가 된 것이었다.

◇　　◇　　◇

숙식 제공 아르바이트를 시작하고 2주일 정도.

종업원 일이나 성희롱 대우에도 꽤 익숙해졌다.

하는 일 자체는 무척 단순하며 메뉴도 적고 일본처럼 정중한 서비스는 존재하지 않는다.

급료가 싼 것도 수긍이 가는, 누구라도 할 수 있는 간단한 일입니다.

하지만 익숙해지지 않는 것이 매일 나오는 식사.

아침은 그래도 괜찮았다.

흑빵과 물.

가장 심플한 메뉴이지만 엄—청 허들을 낮춰두면 수수하게 맛있었다.

흑빵이 납품되는 게 아침이라서 아직은 좀 따듯하고 그렇게 딱딱하지도 않으니까.

맛도 옅어서 그런지 이때 나츠키의 표정이 가장 온화했다.

점심도…… 그래도 나으려나?

채소 찌꺼기를 푹 끓인 밍밍한 스프와 조금 딱딱해진 흑빵.

그렇게 맛있지는 않지만 구역질을 초래할 정도는 아니었다.

아주 약간, 고기가 섞여 있다든지 하면 조금은 맛있었다.

전날 남은 건지 생선 토막 같은 게 들어 있으면 단숨에 그레이드 다운.

스프 전체에 흙내가 나서 나츠키의 얼굴이 무표정해진다.

하지만 다른 알바한테는 그 생선 토막이 호평인 모양이라, 어쩌면 이 마을 사람은 흙내를 느끼지 않는 후각을 가진 걸지도 모른다.

밤.

시련의 시간.

이 여관의 추천 요리가 남는다면, 반드시 이것이다.

메인은 반드시 민물생선.

위험한 순서대로 놓자면 끓이기, 조리기, 굽기.

어느 것이든 엄청나게 흙내가 나지만 구우면 그래도 좀 낫다. 코를 막는 시간이 짧아진다.

그것과 같이 나오는 것은 흑빵이나 감자, 그에 곁들이는 채소.

멀겋게 끓인 채소라면 당첨, 자우어크라우트*라면 실패.

이때의 나츠키는 기본적으로, 하얗다.

어디를 보는지 판별할 수 없는 모습으로, 코를 막은 채 기계적으로 음식을 입에 밀어 넣고는 물로 넘긴다.

그리고 다 먹고 나서도 부활할 때까지 한동안 시간이 필요하다.

드물게도 식당이 가득 차서 추천 요리가 떨어지기라도 하면, 대환희.

부실한 요리가 제공된다.

경험한 것 중 최고는, 데쳤을 뿐인 감자와 소금, 그리고 육포.

다른 알바들한테는 엄청 평가가 나빴지만, 나랑 나츠키는 방에

---

* '자우어크라우트(Sauerkraut)'는 독일어로 '신맛이 나는 양배추'라는 뜻으로 양배추를 발효시켜 만드는 요리이다.

서 축배를 들었다.

……돈은 없으니까 물로.

그날 이후, 나와 나츠키가 추천 요리 판매에 흠뻑 빠져든 것은, 물론 말할 필요도 없겠지.

——여관 아주머니가 금세 준비하는 양을 늘렸기에 거의 무의미했지만 말이야!

후기

이렇게 이 책을 구입해주시어 감사합니다.

처음 뵙겠습니다, 이츠키 미즈호라고 합니다.

그리고 인터넷 연재본을 읽어주시는 분들, 항상 응원해주셔서 감사합니다.

여러분의 응원 덕분에 이렇게 서적으로 간행할 수 있게 되었습니다.

이미 모두 읽으셨다면 아실 거라 생각합니다만, 이 이야기에는 밀어닥치는 곤란한 상황을 화려하게 해결하는 히어로도 없고 박애주의의 뻔한 히로인도 존재하지 않습니다.

그렇다고 슬로 라이프라고 하기에는 조금 혹독.

이미지로 들자면 등신대로 현실적인 캐릭터들.

그런 이야기인 만큼 솔직히 『일반적으로 받아들여지지 않겠지』라고 생각하며 투고했습니다만…… 예상 밖으로 많은 분께서 읽어주시는 지금 상황은 뜻밖의 기쁨입니다.

여기서 조금만 뒷이야기 같은 내용을 적는다면, 캐릭터의 행동이나 스킬 등은 비교적 자유도가 높은 테이블RPG를 의식한 부분이 있습니다.

잠재적인 능력은 높더라도 처음에는 그리 강하지 않은 캐릭터.

발상에 다라서 다양한 사용법이 가능하지만 실패하는 경우도 있고, 게임 밸런스를 무너뜨리는 사용법은 불가능한 스킬.

나오 일행으로서는 MP의 소비량 같은 것을 알 수 없고 실패, 성공도 정확하게는 모르니까 테이블RPG보다도 조금 더 현실적, 입니다만.

마지막이 되었습니다만 편집 분, 교정 분, 일러스트레이터 네코뇨 네코 씨, 그밖에 본 작품에 관여해주신 모든 분께 감사를.

여러분 덕분에 그냥 텍스트가 책이라는 형태가 되었습니다.

그리고 다시금 구입해주신 독자님.

읽어주셔서 감사합니다.

또 만날 수 있기를 바라며, 이만 붓을 놓고자 합니다.

이츠키 미즈호

역자 후기

안녕하세요, 본 작품의 역자입니다.

TRPG는 기본적으로 주사위놀음, 이라고 말합니다만 사실은 아니라고 생각합니다. 물론 상당수의 TRPG에서는 거의 모든 결과가 주사위에서 나오니까 정말로 중요한 것임에는 틀림없지만, 그런 주사위를 던지는 상황으로 가는 것은 어디까지나 본인의 선택에서 시작되니까요. 게다가 룰북의 종류에 따라서는 주사위를 사용하지 않는 경우도 많지만, 이건 사족이겠지요.

낯선 상황에서 사람에게는 선택이라는 요소가 중요합니다. 익숙한 환경에서는 선택을 하더라도 여러 안전책이 마련되어 있고 본인도 그 선택에 따를 결과를 어느 정도 예측할 수 있기 때문에 그를 대비할 수 있으니까요. 하지만 낯선 상황에서는 단순히 안전책이나 선택에 따르는 결과 같은 것은 물론이고, 애당초 자신의 행동에 '선택지'가 있는지를 판단하는 것조차 어렵습니다.

무계획 여행을 떠나서 어느 공항에 내려섰는데 그곳에서 어떤 대중교통을 이용할지를 고르는 것 정도는 인식할 수 있는 선택이겠지만, 애당초 공항에서 다른 무언가 필수품(와이파이나 교통 카드 같은 물품 등등)을 미리 장만할 수 있다는 사실을 모르고 바로 나가버렸다면 그건 선택지라는 인식도 못 했음에도 여행 자체에는 큰 영향을 미치는 '선택'이었을 테니까요.

낯선 이세계에서 스킬을 받아서 그것을 가지고 생활한다. 그런 상황에서는 당연히 스킬의 선택이 중요할 테고, 주인공들도 각자의 판단에 따라서 그것들을 선택했습니다. 하지만 막상 본편에서 메인이 되는 것은 그런 스킬들의 활약이 아니라 캐릭터들도 의식하지 않았던, 존재도 깨닫지 못했던 '선택'이 아니었을까요.

자못 당연하다는 듯이, 혹은 그냥 그런 상황이라서 행동했지만 사실은 뒤에 큰 영향을 미치는 그런 선택들. 무적인 스킬도 편리한 도구들도 없이, 그런 무수한 선택지를 헤쳐 나가는 내용이라 무척 재미있었습니다. 앞으로 이어질 이야기들도 무척 기대가 되고요. 이 책을 구입하시어 읽어주신 독자 여러분께서도 그런 재미를 느끼신다면, 느끼셨다면 좋겠습니다.

그럼 다음 권에서 또 뵙기를 바라며 이만 마치겠습니다.

ISEKAI TENI, JIRAI TUKI.

©Itsuki Mizuho 2019
First published in Japan in 2019 by KADOKAWA CORPORATION, Tokyo.
Korean translation rights arranged with KADOKAWA CORPORATION, Tokyo.

이세계 전이, 지뢰 포함. 1

2021년 10월 6일 1판 1쇄 발행

저   자 이츠키 미즈호
일러스트 네코뵤 네코
옮 긴 이 손종근
발 행 인 유재옥
본 부 장 조병권
담당편집자 조현진
편 집 1 팀 이준환 김혜연 박소연
편 집 2 팀 정영길 조찬희 박치우 조현진
편 집 3 팀 오준영 곽혜민 이해빈
라이츠담당 한주원
디 지 털 박상섭 이성호 최서윤
미   술 김보라 서정원
발 행 처 ㈜소미미디어
인쇄제작처 코리아피엔피
등   록 제2015-000008호
주   소 서울시 마포구 토정로222, 403호 (신수동, 한국출판콘텐츠센터)
판   매 ㈜소미미디어
마 케 팅 한민지 최정연
전   화 편집부 (070)4164-3962, (070)4260-9534 기획실 (02)567-3388
          판매 및 마케팅 (070)4165-6888 Fax (02)322-7665

ISBN 979-11-384-0318-4 04830
ISBN 979-11-384-0314-6 (세트)